Flann O'Brien · Durst

FLANN O'BRIEN

DURST

UND ANDERE DRINGENDE DINGE

Geschichten und Stücke

Aus dem Englischen von Harry Rowohlt

KEIN & ABER

Die Originalausgabe *Stories and Plays*
erschien 1973 bei Hart-Davis, MacGibbon Ltd.,
Frogmore, St. Albans und London.

Neuausgabe
1. Auflage, Herbst 2002

Coverillustration: Volker Kriegel
Covergestaltung: Nick Ditzler
Gesamtherstellung: Ebner & Spiegel, Ulm
ISBN 3-0369-5103-0

www.keinundaber.ch

Inhalt

Slatterys Sago-Saga
oder
Von unter der Erde bis hoch auf den Baum

EIN ROMANFRAGMENT

I

»Ein gottverdammter Schotte, auch das noch!«

Diese Worte sagte Tim Hartigan laut vor sich hin, als er den Brief fertiglas und sich auf seinem Stuhl halb umdrehte, um Corny anzusehen, welcher den Kopf seitwärts reckte und die Augen zu verdrehen schien.

Tim war auf seine, Tims, eigene Weise klug. Es war zwar vielleicht nicht gerade klug gewesen, sich den Brief vor fünf Tagen in die Gesäßtasche zu stecken und ihn dort zu vergessen, aber das lag daran, daß er es nicht gewohnt war, Briefe zu bekommen, und außerdem war er sowieso gerade auf dem Weg zum Schweinefüttern gewesen, als Ulick Slattery, der Briefträger, ihm den Brief ausgehändigt hatte. An diesem Morgen bewirkte eine seltsame Erleuchtung, daß er wieder daran dachte, und es war klug von ihm, als er ihn beim Frühstück hervorzog, zuerst Briefmarke und Poststempel sehr sorgfältig zu untersuchen. Ja, dort stand Houston, Texas, U.S.A. Außerdem war es völlig angemessen, als er den Brief aufriß, zuerst das Ende des Briefes zu betrachten, um sich zu vergewissern, daß er auch von Ned Hoolihan war.

Geistesabwesend hatte er den Brief, bevor er ihn las, gegen den hübschen Milchkrug aus Zinn gelehnt, und aus dem kleinen Gestell aus massivem Silber mit 22karätigem Goldfiligran (einem Artikel, von dem man annahm, er stamme aus Florenz) wählte er eine Scheibe trockenen Toast, bestrich sie großzügig mit Butter und rammte sich ein Stück davon zwischen die stabilen, scheinbar von keinem Nerv beunruhigten Backenzähne. Er erhob seine Tasse voll schwärzlichen Tees und schluckte ihn mit widerhallenden gurgelnden Lauten. Sein nichtssagendes Leben, so schwante ihm plötzlich, sollte gestört werden. Konnte er mit diesem Fremden fertigwerden?

Tim Hartigan, von seiner verwitweten Mutter im Alter von zwei Jahren als Waise zurückgelassen, war, als er vier Jahre alt war, vom hochherzigen Ned Hoolihan adoptiert worden, dessen Cousine, M. Superior Petronilla, als Äbtissin das Dominikanische Heim zur Hl. Zuflucht in Cahirfarren leitete. Hoolihan hatte an dem kleinen Jungen einen Narren gefressen, und das war auch schon alles. Er war reich und schaffte seine neue Dekoration zusammen mit dem Gepäck nach Hause auf seinen Herrensitz, Poguemahone Hall. Und da er selbst immer von schlichten Gewohnheiten gewesen war, schickte er Tim nicht aufs College, sondern auf die örtliche Volksschule und berief eine Wirtschafterin, die sich auf Poguemahone um die weiteren Bedürfnisse des Jungen zu kümmern hatte.

Bevor wir uns zu Tim und seinem Brief an jenem Morgen zurückbegeben, ist es nur richtig, hier noch ein wenig mehr über Ned Hoolihan anzufügen. Sein Geld war größtenteils ererbt – als Ergebnis eines Vermögens, welches sein Vater im Zusammenhang mit Erfindungen auf dem Gebiet der Automobile und Verbrennungsmaschinen angesammelt hatte. Tatsächlich wurde in der Familie überliefert, daß Constantine Hoolihan, ein Baccalaureus der Wirtschaftswissenschaften, von Henry Ford I schamlos hereingelegt worden sei, daß es aber dem genialen Ingenieur aus Bohoola (Mayo) durch seine Erfindung eines primitiven Computers, den man mit einer Diät aus winzigen Einzelheiten des Börsenwesens fütterte, gelungen sei, eine Summe zusammenzubringen, die jene, deren man ihn beraubt habe, noch übertreffe. Sein einziger Sohn Ned folgte seinem Beispiel – neue Dinge, Maschinen, Geräte zu ersinnen, unbegangene Pfade, das menschliche Los auf mechanische Weise zu erleichtern – nicht: er war ernsthaft, fleißig, faßte ein frühes Interesse am platten Lande, Gottes üppiger Improvisation und am großen Mysterium der Landwirtschaft. Seinen Doktortitel der Dublin University bekam er für eine Dissertation (bis heute unveröffentlicht) mit dem Titel *Die Stratifikation von alkalischem Humus,* welche ein System zur Erzeugung natürlichen Düngers durch das gezielte Kultivieren von Unkrautäckern zum Zwecke der Hervorbringung von Kompost und Silage darstellen sollte, ein System der Feldbestellung, in welchem gelegentlich aufkeimender Weizen oder Lauch oder Steckrüben eine schädliche Störung gewesen wären.

Nach dem Kauf von Poguemahone Hall, einer späten normannischen Gründung im Westen mit einigermaßen gutem Land, spielte er zunehmend die Rolle eines Gentleman-Farmers und Experimentators mit Wurzel- und Getreidepflanzen, wobei ihm sein Stiefsohn (denn als solchen bezeichnete er ihn) Tim Hartigan zur Hand ging. Als aus Ned Hoolihan jedoch ein vollendeter Sämereienkundler von wissenschaftlichem Rang geworden war, erwiesen sich die Kleinbauern und Landarbeiter ringsum als verstockte, nicht lernfähige Bande. Anstatt »Earthquake Wonder« einzusäen, eine Hoolihansche Saatkartoffel-Schöpfung von unendlicher Raffinesse und Dynamik, die ihnen beinahe kostenlos zugänglich war, bestanden sie darauf, bastardierte, undankbare Rassen ins Erdreich zu senken, welche chronisch ein Opfer des Schorfs, der späten Braunfäule, von *fusoria* und dem gefürchteten Wurzelstockbrand (auch als schwarze Schuppen bekannt) wurden. Fast wäre dem milden, intellektuellen Agronomen dann und da der Kragen geplatzt. Jedoch nach einigen Jahren knolligen Planens und Predigens, welches von so gut wie keinem Erfolg gekrönt war, verlor er dann doch die Geduld, als sie seinen wunderbar gesunden und ertragreichen Saatweizen »Faddiman's Fancy« zurückwiesen, für den er von der Regierung der Vereinigten Staaten eine lobende Erwähnung nebst Prämie empfangen hatte. Die Landleute zogen einfach Saatgut ihrer eigenen heimischen Provenienz vor und betrachteten Ausbrüche des Schwarzen Halmrosts, Pilzbefall (oder Stinkbrand) als die schnurrigen Ratschlüsse des allmächtigen Gottes.

Ned Hoolihan ordnete seine Belange, gab ihnen ein geschäftsmäßiges Gerüst, ernannte Tim Hartigan gegen anständige Bezahlung zu seinem Verwalter und wanderte nach Texas aus. Dort kaufte er 7000 Morgen mittelmäßiges Land, pflügte und düngte den größten Teil davon und besäte es mit Faddiman's Fancy. Es ging das Gerücht (wurde jedoch Tim gegenüber nie in einem Brief bestätigt), er habe etwa um diese Zeit geheiratet. Als die junge Ernte schöne Früchte zu tragen begann, wurden die Felder von schmutzig schwarzen Eruptionen entstellt. So übel diese Verfärbung auch aussah, entpuppte sie sich doch bei näherer Untersuchung als Öl. Und Farmer Hoolihan war unglaublich reich geworden.

Und nun überflog Tim Hartigan den Brief. Wenn er knapp gehalten war, so war dies die Knappheit der Zuneigung.

Lieber Tim, wenn Du diesen Brief erhältst, wird Dein – mir sehr lieber und teurer – Besuch, Crawford MacPherson, wahrscheinlich schon eingetroffen sein. Entferne also sämtliche Schonbezüge, Entfeuchtungs-Öfchen und alles Rattengift aus meinen Räumen und mach mein Haus für Crawford zugänglich und behaglich. Wenn Du Befehle bekommst, befolge sie, als kämen sie von mir.

Der Herr sei gepriesen, diese Ölquellen verdienen so viel Geld, daß ich mit dem Zählen nicht mehr nachkomme. Bisher stehen 315 Bohrtürme, und ich habe die Hoolihan

Petroleum Corporation gegründet (›H.P.‹). Natürlich mischen sich jetzt die Politiker ein, aber mit denen werde ich, glaube ich, fertig. Schöne Grüße an Sarsfield Slattery, an den Doktor und andere Nachbarn. Ich lege noch zusätzlich Geld bei. – *Ned Hoolihan*

Na ja. Tim lehnte sich zurück und stopfte nachdenklich seine Pfeife. Ob dieser verdammte Schotte wohl einen Kilt trug, vielleicht noch dazu den Dudelsack blies und seine eigene Sorte Whiskey verlangte? Aber das war Schwindel, Operettenkram, so, wie die Amerikaner von jedem Iren annehmen, daß er von zerkochtem Kohl lebt, und ihn seine Pfeife im Hutband tragen lassen. Höchstwahrscheinlich war dieser Schotte nur wieder ein ganz normaler Weltenbummler, sehr wohlhabend, auf der Suche nach Schnepfen oder Schneehühnern oder ähnlichem Zeug ... Lachs vielleicht. Und Sarsfield Slattery? Tim mußte den Brief Sarsfield zeigen, einem Freund, der eine Stellung innehatte, die der seinen auf seltsame Weise ähnelte, und zwar auf dem benachbarten Schloß Sarawad, dessen reicher Besitzer, der Sehr Ehrenwerte Dr Eustace Baggeley, ebendort jahraus jahrein residierte. Es wäre jedoch nur die Wahrheit, wenn man hinzufügte, daß der Doktor oft weg war, in dem Sinne nämlich, daß er gewohnheitsmäßig fremdartige Drogen nahm, die er sich selbst verschrieb. Morphium, Heroin und Meskalin waren erwähnt worden, aber Sarsfield glaubte, daß die Injektionen aus einer Mischung aller drei genannten Gifte bestand, plus noch was. Wie Ned Hoolihan war auch der Doktor eine Art Pionier. Und, ebenfalls wie Ned Hoolihan, hatte er Sarsfield, auch dieser ein Waisenkind, aber in Chicago geboren, adoptiert, als er in jener Stadt einer medizinischen Konferenz beiwohnte, die sich der Gewinnung einer toxischen, hypnotischen Droge durch Rinder widmete, welche aus Mexiko importiertes Heu fraßen.

Nachdem Tim seine Frühstückssachen weggeräumt und das Geschirr gespült hatte, ging er, von Corny begleitet, die Steintreppe hinauf, um die Unterkunft des Chefs aufzupolieren, das große Himmelbett mit frischem Linnen zu beziehen, die Fußböden zu kehren, das hübsche Wohnzimmer abzustauben, in den Kaminen Feuer anzumachen und auf dem Klo die Kette zu ziehen. Aufmerksam legte er im Badezimmer etwas von Neds Rasierzeug bereit und stellte sogar eine Angelrute und eine ungeladene Jagdflinte in eine Ecke des Wohnzimmers. Befehle waren Befehle, und man würde Crawford MacPherson nicht nur willkommen heißen, sondern man würde ihm zeigen, daß er wirklich willkommen war. Es war an der Zeit, sagte sich Tim, daß er auch mal ein wenig echte Arbeit verrichtete – denn er war ein gewissenhafter junger Mann. Und die Beratung mit Sarsfield würde noch ein bißchen warten müssen.

Der Vormittag verging schnell, und es war etwa zwei Uhr an jenem Tag im Frühherbst, als Tim sich zu einer reichhaltigen Mahlzeit niederließ, die aus Kohl, Speck, winzig klein geschnetzelter Wurst und ganzen gekochten Kartoffeln der Sorte »Earthquake Wonder« bestand – und dazu hatte er *Juda der Unberühmte* von Thomas Hardy gegen den Milchkrug gelehnt. Corny dinierte lärmend an einem großen Schinkenknochen, der ursprünglich Fetzen von Fleisch an sich gehabt haben mochte. Manche Menschen, überlegte Tim, als er sein Mahl beendete, halten Hardy für einen ziemlich verklemmten und düsteren Schriftsteller, der es mehr mit dem Stöhnen und Ächzen als mit der Leichtigkeit des Herzens hat. Nun, er war zwar umständlich, aber die Probleme, die er behandelte, waren ernst, sie waren menschliche Fragen, tief und schwer, und in seinen Wessex-Romanen hatte der große Autor Weisheit, Trost, Erhellung gebracht, eine Versöhnung mit Gottes großem Plan. Und er hatte die englische Landschaft wieder mit

Menschen bevölkert. Der Band als solcher gehörte Mr Hoolihan.

Ein knirschendes metallisches Geräusch klang vom Hof herein, und als er durch das dicke, verzerrende Fensterglas blickte, sah Tim den vorderen Teil der Kühlerhaube eines großen Automobils. Er verstand einiges von Autos und hatte einen Lancia gefahren und gepflegt, als Ned Hoolihan noch hier wohnhaft gewesen war.

»Hmmpf«, murrte er. »Ein Packard. Seit Jahren nicht mehr lieferbar. Wer Packard fährt, zeigt, daß er zum alten Eisen gehört.«

Aber er blieb sitzen und rührte sich nicht. Konnte dies der Schotte sein? Oder vielleicht ein Vertreter für Dünger? Corny knurrte leise. Wer immer es sein mochte: Er konnte anklopfen, auch wenn es nur die Tür des Lieferanteneingangs war. Sogar wenn es Juda der Unberühmte war, konnte er klopfen.

Aber es klopfte niemand.

Die Tür flog mit lautem Krach nach innen auf, und in den Eingang gerahmt war eine ältere Frau, in formlose, haarige Tweed-Stoffe gekleidet und mit kleinen, rotgeränderten Augen, die in einem bräunlich-klumpigen Gesicht glitzerten, welches Tim wie die Kruste eines gedeckten Apfelkuchens vorkam. Die Stimme, die nun ertönte, war schroff und mit jener grollenden Färbung beschmiert, wie sie nur aus Schottland kommt.

»Ich heiße Crawford MacPherson«, wurde grob und mit breiiger Aussprache gesagt, »und ich nehme an, daß Sie Tom Hartigan sind?«

»Tim.«

»Tom?«

»Tim!«

»Egal wie Sie heißen: Sagen Sie dieser jungen Promenadenmischung, sie soll aufhören, mir die Zähne zu zeigen.«

»Ich heiße Tim Hartigan, der Hund heißt Corny, gnädige Frau, und wir sind beide harmlos.«

Sie kam ein paar Schritte näher.

»Wehe, Sie nennen mich ›gnädige Frau‹. Sie dürfen MacPherson zu mir sagen. Seien Sie wenigstens wohlerzogen genug, mir einen Stuhl anzubieten. Haben Sie keine Achtung vor Frauönn, oder sind Sie betrunken?«

Als Tim Hartigan aufstand, entglitt *Juda der Unberühmte* seinen Fingern und fiel auf den Fußboden.

2

Vielleicht war es ein Ergebnis von Tim Hartigans Eifer und Gutmütigkeit, aber Crawford MacPhersons Stimmung milderte sich so weit, daß sie, obwohl immer noch bedrohlich, nicht mehr bösartig war. Aus ihrer großen Handtasche holte sie einen flachen Silberflakon und goß sich daraus eine gelbliche Flüssigkeit in ein Glas auf Tims Tisch. Corny täuschte einen wachsamen Schlaf vor, und Tim, der sich angelegentlich mit dem Stopfen seiner Pfeife beschäftigte, hatte auf einem Stuhl in der Nähe des Fensters Platz genommen. MacPherson sah sich in dem, was vor Zeiten eine beachtliche Küche gewesen war, um und grimassierte, als sie von ihrem Getränk kostete.

»Wie läuft's denn hier so?« fragte sie schließlich.

»Nun, gnä' Frau ... ich meine, MacPherson ... es läuft eigentlich ganz gut. Unsere Leute könnten schon fast mit der Ernte beginnen, wir haben drei junge Kühe – eine Färse, zwei geben Milch –, zehn Ochsen, fünfundfünfzig Schafe, ein Reitpferd, drei Traktoren, etwa fünfundzwanzig Tonnen Torf und Bauholz, ein paar gute Knechte, und es gibt einen Laden, etwa eine Meile von hier, wo man

Lebensmittel, Zeitungen, Zigaretten und so was in der Art kaufen kann ... Und wir haben ein Telefon, aber das ist meistens kaputt.«

»Ich nehme an, Sie halten das für sehr zufriedenstellend?«

»Na ja ... Ich finde, es könnte schlimmer sein. Der Besitzer, Mr Hoolihan, hat sich noch nicht beschwert.«

»Ach, wirklich? Was Sie nicht sagen!«

An dieser Stelle runzelte Crawford MacPherson die Stirn und schien böse den Fußboden zu mustern.

»Ich glaube, das stimmt schon«, erwiderte Tim eher lahm, »aber ich bekomme nur selten einen Brief von ihm.«

MacPherson stellte geräuschvoll ihr Glas ab.

»Hartigan, ich möchte Ihnen mal was sagen über Mr Edward Hoolihan«, sprach sie streng. »Ich bin seine Frau.«

»Oh, mein Gott!« schrie Tim, und Röte schoß ihm ins Gesicht.

»Ja«, fuhr sie fort, »und wagen Sie es nicht, mich Mrs Hoolihan zu nennen. Weder bürgerliches noch presbyterianisch-kanonisches Recht zwingen mich, mit einem derartigen Titel zum allgemeinen Gespött zu werden.«

Tim rutschte unbehaglich auf seinem Stuhl hin und her; in seinem Kopf herrschte Unordnung.

»Äh ja ... ich weiß«, begann er.

»Ich bin hier, um ein Projekt zu verwirklichen, dessen geistiger Urheber zwar einzig und allein ich bin, welches aber gleichwohl die volle Billigung meines Mannes findet. Der Summe Geldes, die ich auszugeben in der Lage bin, ist – natürlich – keine Grenze gesetzt. Mr Hoolihan meint, es sei nichts zu machen bei den Bauern dieses vermaledeiten Landes. Aber das werden wir ja sehen. *Das werden wir sehen!«*

Tim Hartigan konnte Sturmwolken in seiner Zukunft ausmachen; auch etwas Donner. Vielleicht sogar Blitz.

»Mr Hoolihan«, sagte er sanft, »hatte vor einigen Jahren selbst seinen Ärger mit ihnen. Er empfand sie als zu konservativ. Er bot ihnen guten Rat und materielle Hilfe für ihre Landwirtschaft an, aber, verdammt noch mal, sie wollten sie nicht annehmen, weil sie zu dämlich und zu bodenständig sind, MacPherson.«

»Ach«, sagte sie und trank einen weiteren Schluck aus ihrem Glas, »bodenständig? Ja, von ›Earthquake Wonder‹ wollten sie nichts wissen, wie ich hörte. Ich werde Ihnen was sagen. Bodenständig dürfen sie gern sein, aber meine Aufgabe ist es, dafür zu sorgen, daß es ihr eigener Boden ist, auf dem sie stehen bleiben. Verstehen Sie mich? *Ihr eigener Boden!*«

»Ja. Was anderes werden sie auch kaum wollen.«

Crawford MacPherson erhob sich, schritt zum Kamin, in dem ein Feuer glomm, kehrte ihm den Rücken zu und stand nun bedrohlich in ihren braunen Haferlschuhen da.

»Was sie wollen oder was sie nicht wollen, ist nicht wichtig, Hartigan. Das war es auch in der Vergangenheit nicht, als eine schreckliche Kartoffelhungersnot das Land überrollte wie Gottes Jüngstes Gericht; um 1846.«

»Na ja«, wagte Tim einzuwenden, »das war in den tieftrüben Tagen der Vergangenheit, der fernen, bevor ein günstiges Geschick uns und der Welt die Rasse ›Earthquake Wonder‹ bescherte.«

MacPherson schüttelte im Zorn den Zeigefinger.

»Die Menschen dieses Landes«, donnerte sie, »leben von Kartoffeln, welche zu 80 Prozent aus Wasser und zu 20 Prozent aus Stärke bestehen. Die Kartoffel ist die Feldfrucht der Faulpelze, und wenn sie ausfällt, sterben die Menschen zu Millionen. Sie verhungern ... und sie versuchen Brennesseln zu essen ... und Stroh ... und kleine Stöcke, und dann verhungern sie trotzdem. Aber etwas noch Schlimmeres passierte im letzten Jahrhundert ...«

»Bei den Himmeln über mir«, schrie Tim, »welche schlimmere Katastrophe könnte denn noch passieren?«

»Diejenige, die tatsächlich passierte. Sie sind nicht alle gestorben. Über eine Million dieser hungerleidenden Kesselflicker entkam in meine neue Heimat, in die Vereinigten Staaten.«

»Gott sei Dank«, murmelte Tim fromm.

»Ja, Sie können Ihrem Gott danken. Es fehlte nicht viel, und sie hätten Amerika ruiniert. Sie bekamen Junge und vermehrten sich und verseuchten den ganzen Erdteil, durchtränkten ihn mit Verbrechen, Suff, illegalem Maisschnaps, Bankraub, Mord, Prostitution, Syphilis, Bandenunwesen, krummen politischen Geschäften und römisch-katholischem Papistentum.«

»Der Name des Herrn sei gelobt«, keuchte Tim, den dieser Ausbruch so heftig und unvorbereitet traf, daß er taumelte.

»Mit Ehebruch, aufreizendem Tanzen, Erpressung, Drogenhandel, Zuhälterei, Einrichtung und Betreibung von Bordellen, Verkehr mit Niggern und gleich darauf von römisch-katholischen Priestern die Absolution für jedes Verbrechen ...«

Tim runzelte die Stirn.

»Aber es sind doch auch eine Menge andere Ausländer in die Vereinigten Staaten ausgewandert«, sagte er. »Deutsche, Italiener, jüdische Menschen ... sogar diese Holländer mit ihren Pumphosen.«

»Menschen vom europäischen Festland sind Fürsten, verglichen mit den dreckigen Iren.«

»Na, ich muß schon sagen«, schrie Tim.

Er war zornig, aber sein Gefühl der Bestürzung und der Ohnmacht, weil ihm keine vernichtende Antwort einfiel, war noch stärker. Wie konnte er mit dieser Tatarin fertigwerden? Hatte sie den Verstand verloren?

Sie kehrte unerwartet zu ihrem Stuhl beim Tisch zurück und ließ sich schwer fallen. Sie vertilgte das, was noch in ihrem Glas geblieben war.

»Ich erwarte jedoch nicht«, sagte sie, »daß Sie diese Dinge verstehen oder wissen, wie gravierend sie sind. Sie waren schließlich noch nie in den Vereinigten Staaten.«

Tim wurde tiefrot und schlug auf seine Armlehne.

»Gnädige Frau, der heilige Patrick war auch noch nie dort.«

Sie öffnete ihre Tasche, holte amerikanische Zigaretten hervor und zündete sich eine an.

»Ich werde Ihnen die spezielle Angelegenheit, die mich hierhergeführt hat«, sagte sie, »in großen Zügen darstellen. Die Ausführung des Plans wird beträchtliche Zeit in Anspruch nehmen, und ich erwarte Ihre Mitarbeit und Ihren Beistand. Das Ziel ist, die Vereinigten Staaten vor der irischen Bedrohung zu retten. Das wird ein sehr kostspieliges Unternehmen werden, aber ich habe so viel Geld aus texanischem Öl zur Verfügung, daß ich in dieser Beziehung keinerlei Schwierigkeiten befürchte. Zuallererst werde ich sämtliches landwirtschaftlich nutzbare Land in Irland kaufen und nominell in meinen Besitz bringen.«

Tim hob die Augenbrauen und sah säuerlich drein.

»Das wäre in diesem Land die sicherste Methode, sich ganz großen Ärger einzuhandeln«, sagte er. »Zu der Hungersnot kam es doch nicht zuletzt durch Pachtwucher sowie dadurch, daß sich die Grundbesitzer nicht im Lande aufhielten und daß sie ihre Latifundien bewußt verkommen ließen. Das Volk gründete daraufhin eine Organisation, welche als die Landliga bekannt wurde. Ein Mann, gegen den sich ihre Aktionen richteten, war Captain Boycott. Daher das Wort ›boykottieren‹.«

Aber MacPherson, unbelehrt, zog nachdenklich an ihrer Zigarette.

»Bilden Sie sich bloß nicht ein, Hartigan, auch nicht einen Augenblick lang«, sagte sie mit ihrer harten Stimme, »daß ich beabsichtige, mich in irische Politik hineinziehen zu lassen. Wenn ich irgend Neigung dazu verspürte, hätte ich die Vereinigten Staaten nicht verlassen müssen, um ihr nachzugeben. Ich werde das Land kaufen und es dann den Pächtern zu einer Pacht von symbolischem Wert überlassen. Einer Pacht von vielleicht einem Shilling pro Jahr.«

»Ein *Shilling* pro Morgen und Jahr?«

»Nein. Ein Shilling pro Jahr für jedes Grundstück, egal, welchen Umfangs.«

»Also heiliger Sankt Paul«, wimmerte Tim verdutzt, »das würde Sie zur Seele der angewandten Großzügigkeit als solcher machen, zu einem unerkannten, vermummten Engel aus dem Garten Eden.«

MacPherson ließ ein dürres Lächeln ahnen.

»Unter einer Bedingung, einer Bedingung ohne Wenn und Aber. Sie werden keine Kartoffeln anpflanzen dürfen.«

»Aber wovon sollen diese unseligen Menschen leben?«

»Wovon sie schon immer gelebt haben. Stärke.«

Tim formte seine Wangen in einem raschen, unhörbaren Einatmen konkav. Diese Frau war ein echtes Schreckgespenst, aber ehrlich! Wo wäre wohl ihresgleichen in der weiten Breite der Welt je wieder anzutreffen?

»Es gibt etwas, das noch mehr Stärke produziert als die Kartoffel«, fuhr sie fort. »Und das ist Sago.«

»Was? *Sago?«*

»Ja –: Sago. Wissen Sie, was Sago ist, Hartigan?«

Tim runzelte die Stirn und durchwühlte seinen ungeordneten Kopf.

»Ähm ... Sago ... ist so was wie Pudding, voller kleiner Kugeln ... wie Tapioka. Ich glaube, es ist eine Art Körnerfutter, wie Reis. Und vielleicht ist es für seine eigenen Krankheiten anfällig, wie die Kartoffel ...?«

Wieder erschien MacPhersons frostiges Lächeln.

»Sago«, sagte sie mit einer entfernten Ahnung von Höflichkeit, »ist nicht wie Tapioka, es ist nicht wie Getreide, und es ist für keinerlei Krankheiten anfällig, wenn sein Wachstum überwacht wird. Sago wächst auf einem Baum, und der Sagobaum braucht 15 bis 20 Jahre, bevor er seine reichhaltige, nahrhafte, liebliche Frucht trägt.«

Tim starrte seine Stiefel an. Die Aussage als solche war außergewöhnlich, der Zeitfaktor unglaublich.

»Verstehe«, sagte er unaufrichtig.

»Kein kleines Unterfangen«, räumte MacPherson voller Vernunft ein, »aber in der Substanz rational und simpel.«

»Trotzdem«, wagte sich Tim vor, »müßten Sie, glaube ich, erst mal mit der Regierung reden.«

»Sie sind ja wirklich schlau«, sagte MacPherson nahezu nett. »Das ist weitgehend bereits geschehen. Der hiesige amerikanische Botschafter hat seine Anweisungen bekommen. Er wird die amtierende Regierung in Kürze davon in Kenntnis setzen, daß die Einwanderung irischer Staatsbürger in die Vereinigten Staaten so lange zu unterbinden ist, bis der Anbau von Kartoffeln in diesem Lande mit einem totalen Verbot belegt wird.«

Tim wähnte seine Brauen leicht von Transpiration durchfeuchtet. Die Geschwindigkeit, mit der die Dinge auf ihn zukommen sollten, bestürzte ihn, es sei denn, die Dame versuchte zu scherzen.

»Gut und schön«, sagte er schließlich, »nehmen wir mal an, Sie kriegen das ganze Land, wie Sie sagen, und die Aussaat von Kartoffeln wird unter Strafe gestellt...«

»Dann«, unterbrach MacPherson, »wird es nie wieder eine Kartoffelhungersnot geben, und es wird nie wieder eine Invasion der Vereinigten Staaten durch die abergläubischen, diebischen Iren geben.«

»Ja, ich weiß. Aber Sie haben gesagt, ein Sago-Baum

brauche bis zu zwanzig Jahren, um von irgendeinem Nutzen zu sein. Wovon in Gottes Namen sollen die Menschen denn leben während dieser langen Zeitspanne?«

Wieder erschien das Lächeln, klein, aber eisig.

»Sago«, sagte sie.

Tim Hartigan stöhnte.

»Ich bin dumm, ich weiß, aber das verstehe ich nicht.«

»Ich habe die Frage dieser Versorgungslücke natürlich vorausbedacht und, natürlich, die nötigen Schritte unternommen. In etwa acht Monaten wird meine Flotte von neuen Sago-Tankern beginnen, die Route zwischen irischen Häfen und Borneo zu befahren. Es gibt unerschöpfliche Sago-Reserven, überall im Malaiischen Archipel – in Sumatra, Java, Malakka, Siam –, und sogar die Kohlpalme in Südamerika ist für die Sago-Gewinnung bestens geeignet. Bald werden Sie überall in diesem Lande Sago-Silos sehen.«

Tim nickte, runzelte aber dabei die Stirn.

»Und wenn die Menschen Sago einfach nicht mögen? Wie ich?«

Ein sehr tiefes, unmusikalisches Lachen entwich MacPherson.

»Wenn sie lieber verhungern, soll mir das recht sein.«

»Aha. Und wie wollen Sie diese Sago-Plantage in Schwung bringen?«

»Sago-Bäume wachsen überall, und in Kürze werden zwei Frachter mit Schößlingen eintreffen. In Ihrem Parlament kann man ganz schnell eine simple Gesetzesvorlage verabschieden, welche besagt, daß alle Kleinbauern und ärmlichen Krauter enteignet werden, mit der Zusicherung, daß es keine Exmittierungen geben wird, oder doch nur sehr wenige. Sie sind ein junger Mensch, Hartigan. Sie werden es wahrscheinlich noch erleben, daß Ihr Heimatland mit weglosen Sago-Wäldern bedeckt ist, ein erhabener

Anblick und zugleich eine Garantie für die Gesundheit, Freiheit und soziale Reinlichkeit Amerikas.«

Sie stand auf, als wolle sie andeuten, sie sei zum Abschluß ihrer Ausführungen gekommen.

»So, jetzt muß ich mich hier erst mal häuslich einrichten«, sagte sie. »Wollen Sie bitte mein Pferd hereinbringen, Hartigan?«

Tim erbleichte. Ein Blick aus seinem schmalen Fenster hatte ihm bereits gesagt, daß hinten an dem Packard ein enger Pferdeanhänger befestigt war, und er hatte sich darüber Gedanken gemacht. Das mußte doch wohl ein Pony sein?

»In die Stallungen, meinen Sie?« fragte er.

»Nein, hier herein. Ich habe mein Pferd immer gern in der Nähe des Kamins.«

Tim stand stumm auf und ging hinaus. Den Exzessen dieser Frau schienen keine Grenzen gesetzt zu sein. Abends oder am nächsten Tag mußte er Ned Hoolihan kabeln, ob es mit diesen Zumutungen und Vorkommnissen seine Richtigkeit habe. Außerdem brauchte er eine Bestätigung, daß diese Frau tatsächlich seine Frau war. Tim durfte sich nicht zum Narren halten lassen, und er durfte nicht tatenlos zusehen, wie eine Wahnsinnige das Haus niederriß.

Die Verriegelung vermittels einer vertikalen Eisenstange am hinteren Ende des Pferdeanhängers war schnell gelöst, und als sich die Türflügel öffneten, trafen Tims Augen auf eine Anzahl langer, runder, glatter Holzpfähle, die offensichtlich irgendwie miteinander verbunden waren.

»Ein Kleiderständer, beim heiligen Petrus«, brummelte er, »oder, wie der Amerikaner sagt, ein ›Kleiderpferd‹.«

Er pries für diesmal sein Geschick, zerrte das Gerät heraus, schulterte es zur Hälfte und schwankte zum Haus. In der Küche zog er es auseinander, so daß es stehen konnte.

»Gut gemacht, junger Mann«, sagte MacPherson mit echter Anerkennung.

»Ich muß Ihnen noch sagen«, sagte Tim und brach auf seinem Stuhl zusammen, »daß ich von Mr Hoolihan einen Brief bekommen habe, in dem er mir von Ihrem bevorstehenden Besuch berichtet und mich darum bittet, Ihnen seine Räume im 1. Stock herzurichten. Das habe ich getan. Ihr Bett ist gemacht, und in Ihrem Schlafzimmer brennt ein Feuer. Möchten Sie Würstchen zum Frühstück?«

»Ganz gewiß nicht. Für gewöhnlich besteht mein Frühstück aus Haferbrei, danach Sago mit Sahne, und dazu immer Schwarzbrot mit Landbutter.«

Es gelang Tim, liebenswürdig zu lächeln.

»Nun«, lächelte er, »das Zimmer, in dem wir uns jetzt befinden, ist in Wirklichkeit die Küche und mehr oder weniger auch der Raum, in dem ich wohne. Und was das Pferd betrifft: Soll ich es nach oben bringen und vor Ihren Kamin stellen?«

MacPhersons Augen wanderten gedankenverloren über den Fußboden.

»Hm, ich bin nicht sicher. Lassen Sie es erst mal über Nacht hier. Holen Sie meine Reisetasche aus dem Wagen, und zeigen Sie mir dann mein ... meine Wohnung. Ich gebe Ihnen schon mal eine Tüte Sago.«

Tim Hartigan tat, wie ihm geheißen. Sein neuer Schützling enthielt sich jeden Kommentars zu Ned Hoolihans üppiger Suite, begab sich statt dessen schnurstracks ins Badezimmer und gab Tim damit zu verstehen, daß er wußte, wo das Badezimmer und wo alles andere war. Tim kratzte sich am Kopf und stolperte die Treppe hinunter, wobei er eine Tüte Sago umklammert hielt.

»Muß absolut so schnell wie möglich zu Sarsfield«, flüsterte er bei sich. »Sonst bin ich absolut am Arsch.«

3

»Tut mir leid, was du für Ärger hast, Tim.«

Sarsfield Slattery stand vor dem Kamin, sein Hinterteil einem Feuer aus großen Scheiten entgegengereckt, die Füße auf einem Vorleger aus dünnen braunen Seilen, den er selbst geknüpft hatte. Er war von eher kleiner Gestalt, dünn, mit blondem Zottelhaar; scharfe, kecke Gesichtszüge wurden von schmalen marineblauen Augen erhellt, und seine sonderbare Sprechweise mit ruckhaftem Akzent und Intonierungsmuster bezeugte andauernd, daß er aus dem nördlichen Teil Irlands stammte, und war somit eine Verkleidung, denn er stammte aus Chicago. Sein Auftreten, ob ihm das nun paßte oder nicht, war das eines Menschen von unsagbarer Schlauheit und Umsicht. Fremde merkten, daß sie bei Sarsfield sehr wachsam sein mußten.

Es war am Mittag des folgenden Tages, und es regnete. Tim Hartigan hing traurig in einem Sessel aus Rohrgeflecht, nachdem er Sarsfield ausführlich berichtet hatte, wie Crawford MacPherson am vorangegangenen Tage angekommen war und was sie gesagt hatte. Der Vortrag ließ die Dinge noch schlimmer erscheinen, als sie gewesen waren, und tatsächlich, an jenem Morgen war noch ein Lastwagen mit Taschen und Paketen für die Dame angekommen, deren Inhalt nicht enthüllt wurde.

»Frauönn«, fügte Sarsfield hinzu, »können kleine Reptilien sein. Stimmt's?«

Tim hatte gerade seine Pfeife angezündet und sah nachdenklich aus.

»Ich bin, wie du weißt, kein Schißhase, Sarsfield«, sagte er, »aber mir behagt die Vorstellung gar nicht, daß ich ganz allein mit *ihr* im Haus sein soll. Gott weiß, was plötzlich in sie fährt und was sie dann anstellt.«

»Du kannst doch nachts die Küche abschließen, oder?«

»Nachts? Könnte sie nicht tagsüber komisch werden?«

»Inwiefern komisch?«

»Könnte sie nicht ohne einen Faden am Leibe die Treppe herunterkommen?«

»Och, ich glaube nicht, daß sie so eine ist.«

»Oder sie schreibt Ned und behauptet, ich hätte ihr abends arscho nackto ihr Tablett hochgebracht?«

»So eine Geschichte würde Ned nicht schlucken«, sagte Sarsfield und schnitt, während er sich am Ohrläppchen zupfte, eine Grimasse. Dann, nach einer Pause:

»Mal ehrlich: Ned ist wohl besoffen gewesen, als er die Alte geheiratet hat, und danach hat er sie dann so schnell wie möglich aus den Staaten karren lassen, damit Ruhe ist. Zu blöd, daß du jetzt den Schwarzen Peter hast.«

»Ach ja?« erwiderte Tim düster. »Und was hältst du von dieser Sache mit dem Sago?«

»Alles Quatsch.«

»Genau das meine ich auch. Aber hör mir mal zu, Sarsfield, wenn sie ein bißchen durchdreht – noch ein bißchen mehr durchdreht als sowieso schon –, was wird dann aus mir? Ich habe keinen Zeugen. Und wenn sie nun plötzlich lieber *hier* wohnt? Statt in Amerika?«

Der Blick, mit dem Sarsfield seine Antwort einleitete, war durchdringend.

»Hat denn eine verheiratete Frau nicht, heiligen Gottes, das Recht, im Haus ihres Mannes zu wohnen?«

Tim nahm ein wenig Farbe an.

»Vermutlich doch. Ich habe aber keinen Beweis, daß sie seine Frau ist.«

»Hat sie keinen Ring? Was *ich* aber das Allerstärkste finde, ist, daß du die Stirn besitzt, sie in *diesem* Haus abladen zu wollen. Haben wir hier nicht schon genug Ärger? Wenn du schon keinen Gedanken an mich verschwendest, wäre es jedenfalls dumm, sich bei meinem Herrn und Meister, dem Sehr Ehrenwerten Doktor Eustace Baggeley, auf irgend etwas verlassen zu wollen.«

»Ja, ich weiß, daß ich erst mal mit dem Doktor reden müßte, Sarsfield. Wie geht es ihm denn überhaupt?«

»Er ist besser drauf denn je, mit anderen Worten, schlimmer dran denn je. Inzwischen nimmt er seine Dosis zweimal täglich. Und er will dies Schloß zu einem Luxushotel umbauen, komplett mit Spielcasino. Tourismus, verstehst du. Er findet die Amerikaner sehr attraktiv, weil sie, wie er, alle soviel Geld zu haben scheinen. Sie geben es nur nicht aus, wenn du *mich* fragst.«

Tim runzelte ein wenig die Stirn, klammerte sich an einen Fetzen Hoffnung.

»Tatsache? Mann, vielleicht faßt er ja Interesse an Mrs MacPherson. Sie ist die Frau eines seiner besten Freunde, und sie sagt, sie stinkt vor Geld, und zwar in einem Maße, daß ihr die Maden aus sämtlichen Öffnungen kriechen.«

»Gott sei Dank *sind* sie sehr gute Freunde«, sagte Sarsfield ätzend. »Das ist nämlich ein sehr guter Grund für den Doktor, sich von der Dame weit fernzuhalten.«

»Och, ich weiß nicht. Der Doktor ist doch kein Frauenheld, falls du das meinst. Was zum Teufel soll dieses Gehämmer, Sarsfield?«

Scharfer Lärm war, leicht gedämpft, aber laut genug, aus den oberen Eingeweiden des Schlosses zu hören.

»Ach, das? Das ist Billy Colum, das Faktotum. Der Doktor hat ihm befohlen, überall vor den Wänden des großen Salons am Treppenabsatz ein Holzgerüst hochzuziehen und daran dann eine Teak-Täfelung anzubringen. Jetzt ist er fast fertig, und der Salon ist ruiniert. Ich glaube, das ist die erste Etappe des Hotel-Casino-Projekts.«

»Ach du lieber Gott.«

»Genau. Der Doc bringt sich um, wenn er sich weiter diesen Stoff in den Arm pumpt. Und ich glaube, hin und wieder gibt er auch Billy Colum einen kleinen Schuß ab.«

»Meinst du, ich kann mal mit dem Doktor reden? Ich glaube, ich sollte ihm von Mrs Ned berichten. Du kannst dich darauf verlassen, daß sie schon von ihm gehört hat, Sarsfield. Da möchte ich ihn schon mal ein bißchen vorbereiten.«

»Ganz wie du meinst, Tim. Soweit ich weiß, ist er oben in der Bibliothek. Du kennst ja den Weg. Nur nicht schüchtern.«

Tim kannte zwar den Weg, aber er blieb im Salon stehen, um Billy bei seiner außergewöhnlichen Arbeit zu betrachten. In dem großen, langgezogenen Raum war nur noch eine etwa vier Fuß breite Lücke übrig; alles andere war blaß und glänzend getäfelt und verdeckte, in einem Fuß Abstand vor der eigentlichen Wand angebracht, deren kunstvolle Ornamente.

»Das ist eine Meisterleistung verzwickter Baukunst, Billy«, sagte Tim.

Billy Colum, ein verhutzelter kleiner Mann, blickte wild um sich, als sähe er sein Werk zum erstenmal.

»Weißt du was, Tim«, sagte er mit seiner leisen, heiseren Stimme, »ich glaube, der arme Doc schnappt nun endlich doch ein bißchen über. Außer daß ich dieses Sowieso bauen soll, hat er mir noch gesagt, soll ich aufpassen, ob ich irgendwelche Juwelen finde, die möglicherweise im Schloß herumkullern. Er sagt, man kann sie überall einsammeln.«

»Juwelen?«

»Juwelen. Große.«

»Behandelt er dich auch manchmal ärztlich?«

»Aber klar. Mein Rheumatismus. Er gibt mir ein kleines schmerzstillendes Mittel, hier, in den Arm. Ein guter Arzt ist er nämlich trotz allem. Wie könnte ich ohne ihn den Arm heben, um den Hammer zu schwingen?«

Tim lächelte, als er weiterging.

»Ein Casino wird in diesem Teil der Welt eine große Bereicherung sein«, bemerkte er.

4

Die Bibliothek auf Schloß Sarawad trug schwer an dieser Bezeichnung, aber sie trug sie zu Recht. Sie war ein nobler, langgestreckter Raum mit hoher Decke und hatte rechter Hand stolze Fenster, die seltsam eng aussahen, sowie ein einzelnes Fenster ganz hinten, welches mit der Tür korrespondierte – alle von dunklen, roten Vorhängen verschattet –, und auf den anderen drei Seiten erhoben sich die dunklen Rücken von Büchern Regal um Regal vom Boden bis zur Decke. In der Mitte der vierten Wand befand sich ein großes Kaminsims aus grüngeädertem schwarzem Marmor, mit Böcken aus Messing bei der Feuerstelle und einem Großbrand aus Lokomotivenkohle und Baumstämmen, der im Schlunde des Kamins loderte. Ein paar Stühle und andere kleine Möbelstücke standen in der Nähe des Feuers, und ein weniges davon entfernt, in der oberen Hälfte des Raumes, stand ein breites, niedriges, vornehmes Pult. Zwischen dem Pult und dem Kamin befand sich ein Ledersessel, auf dem sich elegant der Sehr Ehrenwerte Doktor Eustace Baggeley lümmelte.

Der Doktor war recht stämmig und hatte üppiges schwarzes Haar, welches er angeklatscht und über dem breiten Kopf in der Mitte gescheitelt trug. Seine glattrasierten fleischigen Gesichtszüge waren grob und liebenswert, und der allgemeine Eindruck, der von ihm ausging, war von jener Jugendlichkeit, die den Aufmerksamen warnt, der Mann, der sie zur Schau trage, könne nicht so jung sein, wie er scheine. Als er sich erhob, um Tim Hartigan zu begrüßen, wurde sichtbar, daß seine Kleidung peinlich sauber und von teurem Zuschnitt war.

»Mein lieber Junge«, sagte seine leise, kultivierte Stimme, als er mit ausgestreckter Hand aufstand, »komm doch bitte herein und setz dich. Na, Tim, und wie geht es uns?«

Tim lächelte, gab ihm die Hand und setzte sich.

»Mir geht es bestens, Herr Doktor. Weit und breit kein Grund zur Klage.«

»So soll es sein. Keine besonderen Vorkommnisse, wie wir zu sagen pflegten, als ich noch im Felde stand. Und wie geht es Meister Cornelius?«

»In Hochform, Sir. Hat immer noch allen Ratten in der Gemeinde den totalen Krieg erklärt.«

»Ausgezeichnet.«

»Ich bin vorbeigekommen, um Sarsfield zu besuchen, Herr Doktor, und da dachte ich, ich könnte auch mal hier oben hereinschauen, um mit Ihnen über das eine oder andere zu plaudern...«

»Ich bin entzückt darüber, lieber Junge. Nun sag mir dies. Wurdest du je wieder von diesen Bindegewebsbeschwerden in der Leistengegend heimgesucht?«

»Kein bißchen. Seit Monaten keine Spur.«

»Das stimmt mich froh. Sag sofort Bescheid, wenn du wieder Ärger hast. Ich habe hier ein Liniment, subkutan anzuwenden, ein Therapeutikum, das wahre Wunder wirkt, direkt aus Deutschland importiert.«

Tim spreizte die Hand in höflichem Verzicht.

»Ich brauche, Gott sei Dank, gar nichts, Herr Doktor.«

»Eine vorschnelle Beteuerung«, sagte der Sehr Ehrenwerte Dr Baggeley, erhob sich und ging zu einem Sideboard in der finsteren Nische, die am anderen Ende den Abschluß der Bibliothek bildete.

»Auch wenn deine Gesundheit gut ist: So gut kann sie gar nicht sein, daß ihr nicht ein Glas Locke's aus Kilbeggan frischen Glanz verliehe.«

Als er das Glas mit einer leichten Verbeugung überreichte, entschuldigte er sich dafür, nicht *chequer les verres* machen zu können, aber seine Nieren hätten ihm geraten, ein Weilchen enthaltsam zu sein. Dann gab er ihm noch einen kleinen Krug mit Wasser, setzte sich wieder und strahlte. Tim entsann sich, gehört zu haben, daß Alkohol und starke Drogen oft nicht miteinander verträglich sind. Er nahm einen guten Schluck von dem starken bernsteinfarbenen Destillat und begann seine Pfeife zu stopfen.

»Herr Doktor Baggeley«, sagte er, »ich wollte Ihnen sagen, daß ich Besuch bekommen habe.«

»Besuch, lieber Junge?«

»Ja. Sehr seltsamen Besuch. Eine schottische Dame.«

Der Doktor schlug sich aufs Knie.

»Na, na. Schottisch . . . und dann auch noch eine Dame? Schottland soll leben!«

Tim rammte sich fachmännisch den Pfeifenkopf voll.

»Das ist noch nicht alles, Herr Doktor. Sie wohnt bei mir . . . auf Poguemahone Hall.«

»Mein lieber Junge! Na, na, na. *Wohnt* bei dir . . .?«

Er erhob sich und strebte erfreut dem Kaminvorleger zu.

»Wohnt bei dir, pflegt der Todsünde, in die schändlichen Fesseln des Fleisches verstrickt?«

Tim brachte ein schwaches Lächeln zustande.

»Nein, Herr Doktor, das habe ich nicht gesagt, aber das ist immer noch nicht alles.«

»Sage mir nicht, lieber Freund, daß sie eine Konzertpianistin von hohem Rang ist oder jemand, gekommen, das Wahre Kreuz von Jerusalem im Moor von Allen zu finden?«

»Nein. Sie sagt, sie ist Ned Hoolihans Frau.«

Der Doktor, den dies inmitten seines Geplänkels ohne Deckung getroffen hatte, taumelte zu seinem Sessel, brach in ihm zusammen und bot Tim einen Anblick erbleichten Staunens. Seine Augen blieben weit aufgerissen und bewegungslos.

»Ned ... verheiratet ... mit einer schottischen Proletin, die einen Schal trägt, um sich zu wärmen? Himmlisch süßer gekreuzigter Erlöser und Seine Gebenedeite Mutter dort droben! Du willst mich doch nicht auf den Arm nehmen, lieber Junge?«

»Nicht daß ich wüßte, Herr Doktor. Ich habe keinen Beweis, aber genau das hat sie gesagt. Und ich glaube, daß es die Wahrheit ist. Sie heißt Crawford MacPherson, und so will sie auch angeredet werden – nicht Missus Hoolihan.«

Der Doktor neigte den Kopf und bettete ihn auf der rechten Handfläche.

»Lieber Junge, dies ist höchst beunruhigend, aber wir wollen den Kopf nicht verlieren. Ich würde Ned ja morgen anrufen, wenn wir bloß wüßten, wo wir ihn finden können; aber der verdammte Narr sitzt ständig in Flugzeugen und huscht kreuz und quer über diese schmutzige texanische Öl-Landschaft. Wie du weißt, mein lieber Junge, habe ich ihn davor gewarnt, dorthin zu gehen.«

»Ja, ich erinnere mich. Es war dumm, aber er hat viel Geld verdient.»

»*Geld?* Pfff! Er hatte mehr, als er gebrauchen konnte, als er noch hier war, und welchen Nutzen hat Geld für einen Mann, der sich mit einem alten schottischen Tampen aus den Fischfiletierhallen von Aberdeen verheiratet?«

Tim erhob schüchtern Einspruch.

»Ich mache mir zwar nichts aus ihr, Herr Doktor, aber

ich glaube nicht, daß sie zu dieser Sorte gehört. Ich meine, sie ist keine Dame, aber sie gehört auch nicht zur niedrigen Arbeiterklasse. Sie hat sich ein Pferd mitgebracht.«

»Ein Pferd, Tim? Heilige Großväter! Warum sollte wohl jemand ein Pferd mit nach Irland bringen wollen, wo man die Biester in jedem Loch und Winkel des Landes antrifft?«

»Es ist ein Holzpferd, so was zum Zusammenfalten ... Ich meine, ein Kleiderständer. Ich mußte das Ding vor meinem eigenen Kamin aufstellen.«

Doktor Baggeley befingerte nachdenklich seine Kinnbacke.

»Verstehe«, murmelte er. »Ja. Das könnte – ich sage: *könnte* – auf etwas ganz Bestimmtes hindeuten. Wir nennen es Diurese.«

»Was ist das, Herr Doktor?«

»Pathologische Inkontinenz. Bettnässen und alles, was dazugehört.«

Tim war bestürzt.

»Ogottogott! Ach, und mein lieber, armer Ned. Meinen Sie, Herr Doktor, daß sie ... daß sie ihre Sachen vor meinem Kamin trocknen wird und nicht oben vor ihrem eigenen?«

Er schluckte wild aus seinem frisch eingeschenkten Glas, während sich Doktor Baggeley erhoben hatte, um in Gedanken vertieft auf und ab zu gehen. Dann blieb er stehen.

»Weißt du, mein lieber Freund, ob sie Geld bei sich hat? Das als solches wäre ein Test, ob sie wirklich Ned Hoolihans Frau ist. Schließlich ist er mehrfacher Multimillionär, wenn auch nur in Dollars.«

Tim trank aus und stellte sein Glas mit einem so abschließenden Klicken auf einem Beistelltisch ab, daß der Doktor es geistesabwesend unverzüglich wieder aus der Flasche füllte, die nun auf dem Kaminsims stand.

»Jetzt hören Sie zu, Doktor Baggeley«, sagte Tim ruhig. »Wenn Sie sich bitte wieder auf Ihren Stuhl setzen, möchte ich Ihnen alles berichten, was ich über Crawford MacPhersons Geld und über ihre Pläne weiß.«

»Ja, lieber Junge.«

Er setzte sich gehorsam hin, wurde ruhiger und steckte eine Zigarette an.

»Laut eigener Aussage hat sie unendlich viel Geld, Millionen und Abermillionen, und das kann sie alles mit Billigung von Mr Hoolihan, ihrem Gatten, ausgeben. Es sieht so aus, als könne sie damit machen, was sie will, aber sie hat einen Plan, einen Plan, mit dem sie Irland ein ganz neues Gesicht verpassen will.«

»Oha. Und warum?«

»Weil sie die Iren haßt.«

»Tja, lieber Junge, das trifft auch auf viele andere Leute zu, aber ändern können sie wenig daran. Aus welchem besonderen Grund haßt sie die Iren?«

»Weil nach der Großen Hungersnot vor vielen, vielen Jahren, als die Kartoffelernte ausfiel, Amerika von anderthalb Millionen Iren heimgesucht wurde, von verhungernden Auswanderern, wenn Sie so wollen, welche sich aber erholten, niederließen und vermehrten und vervielfachten.«

Doktor Baggeley nickte, Tims Gabe der präzisen Darlegung bewundernd.

»Natürlich war es nicht nur dieser Andrang, der Crawford MacPherson verärgert. Es ist das, was die Iren nach Amerika eingeschleppt und dort ausgesät haben – Dinge, die sie für grauenhaft und schmutzig hält.«

»Von welcher Art sind diese Dinge, lieber Junge? Meinst du den Tanz zu den Klängen der Fiedel – den ›Reigen von Mallow‹, den ›Hupfauf von Barley‹ und ›Wer pflückt dies Zweiglein mir‹?«

»Nein, nein, Herr Doktor. Sie sagt, sie hätten den Suff mitgebracht und Häuser voll angemalter Weiber ... und die Pocken ... und den katholischen Glauben.«

Der Doktor machte ein glucksendes Geräusch.

»Wohl wahr und Brief und Siegel drauf, lieber Junge, aber ich würde ihr nicht darin beipflichten, daß die Iren auf diesem Gebiet auch nur im mindesten Pioniere gewesen wären. Und die katholische Kirche? Beim Himmel über uns: Gehören wir beide ihr etwa nicht an? Und erinnerst du dich an Präsident Kennedy?«

»Ja. Aber Crawford MacPherson nicht.«

»Wir haben hier die Ritter des Columbanus, vergiß das nicht. Außenseiter zu bekehren ist ihr Geschäft, und ich glaube, sie bekommen Ablaß für jede Seele – vierzig Jahre und vierzig mal vierzig Tage, jedenfalls so was in der Art.«

Tim schüttelte den Kopf.

»Crawford MacPherson hat einen Plan, Herr Doktor. Einen erstaunlichen Langzeitplan. Sie will sichergehen, daß es in Irland nie wieder eine Große Hungersnot gibt wegen einer ausgefallenen Kartoffelernte – und das könnte ja tatsächlich mal passieren, wenn man bedenkt, wie die Leute hier ›Earthquake Wonder‹ haben abstinken lassen.«

»Wie recht du hast, mein Guter. Ich habe mehr als einmal versucht, Billy Colum und seine Freunde zum Brennen von ›Earthquake‹-Schnaps zu überreden. Davon kriegt man einen lockeren Rücken! Davon fängt man an zu singen!«

»Aber«, verfolgte Tim seinen Gedankengang, »jede Kartoffel, sagt sie, ist Stärke. Sie will die Kartoffel hier durch Sago ersetzen, welcher sogar noch mehr Stärke gibt und viel widerstandsfähiger ist. Sago wächst auf Bäumen. Sie will überall in Irland Wälder aus Sagobäumen haben. Sie will alles Ackerland aufkaufen und Sago zur Pflicht machen.«

Langsam ansteigendes Erstaunen und Vergnügen durchflutete das umfängliche Antlitz des Sehr Ehrenwerten Doktors Eustace Baggeley. Fast sprang er aus seinem Sessel auf, stand dann auf dem Kaminvorleger und beugte sich zu Tim herüber.

»Sago, *Sago?* Ach, lieber Junge, du bringst mich zurück nach Sumatra, zu meiner Militärzeit. Sago, beim heiligen Kevin von Glendalough! Mein lieber Junge, das Wort ›Sago‹ als solches bedeutet *Brot.*«

»Ich mag es nicht, Herr Doktor.«

»Ach, vielleicht verwechselst du es mit Tapioka. Tapioka gewinnt man, indem man die Wurzel der Bitteren Kassawa erhitzt, eines tropischen Strauchs aus der Wolfsmilch-Familie. Dabei entsteht Stärke, naturgemäß, aber sie hat nichts mit Sago zu tun. Maniok ist ein weiterer Name für Tapioka.«

»Was Sie nicht sagen, Herr Doktor!«

»Ja, mein Junge. In bestimmten Teilen von Südamerika sind Fleisch und Maniok so ziemlich die einzigen Nahrungsmittel für die Eingeborenen. Und sie können durchaus davon leben, aber Sago würde Männer aus ihnen machen.«

Tims Gesicht bewölkte sich mit einigem Zweifel.

»Meinen Sie, Herr Doktor, daß man Sago-Bäume hier anpflanzen könnte?«

»Natürlich, lieber Junge. Natürlich. Warum nicht? Haben wir nicht den Golfstrom? Beim hohen, hehren Himmel, ich bin entzückt!«

»Entzückt?«

»Ich bin bezaubert. Vielleicht liegt es daran, daß ich Militärmediziner bin, aber hast du gewußt, daß die brasilianischen Indianer herausgefunden haben, daß das Rösten der Kassawaknollen die Hydrozyansäure im milchig weißen Saft des Marks auflöst?«

»Nein, aber sind Sie deshalb entzückt?«

»Auch, aber nicht so sehr. Der Maniokbusch wächst überall ganz schnell, und er vernichtet Unkraut. Mein Herz allerdings hängt am Sago.«

Tim zog an seiner Pfeife. Er fand es schwierig, den Doktor einzuordnen, und einstweilen war Crawford MacPherson vergessen. Der Doktor hatte sich zu einem ziemlich unordentlichen Krankenhaustablett begeben, das auf seinem Pult lag, und traf mit einnehmenden Gebärden eine Auswahl unter dem Herumliegenden.

»Mein lieber Junge«, sagte er, »ich hoffe, sie wiederzusehen, diesmal in Irland, die vergoldeten Paläste von Siam, die Erkertürmchen und Kuppeln von Malakka und die Straßen, mit achtlos fortgeworfenen Klumpen gebackenen Sagos übersät ... Ach, der wilde, blankpolierte Zauber des Ostens ...«

Er hatte gleichzeitig eine Ampulle und eine Injektionsspritze gefunden.

»Aber Crawford MacPherson«, hakte Tim nach, »sagt, es dauert Jahre, bis diese Bäume wachsen ...«

Der Doktor hatte sich die Injektion seitlich in die rechte Gesäßhälfte gegeben, indem er mit der Nadel durch den Hosenstoff stach. Dann setzte er sich zufrieden hin.

»Eine Sago-Palme der richtigen Sorte, mein lieber Tim«, sagte er, »kann in fünfzehn Jahren heranreifen.«

»Also«, nahm Tim seinen Faden wieder auf, »sie sagt, sie wird Sago mit Tankern importieren, um die Menschen zu ernähren, während die Bäume noch wachsen, und sie von den Kartoffeln entwöhnen!«

Der Doktor strahlte, aber sein Gesicht war irgendwie leer, nachdenklich.

»Ich muß diese interessante und schneidige Dame sofort kennenlernen, Tim. Jetzt dürfte sie in Poguemahone Hall sein, nehme ich an. Aber bevor ich gehe, ist es unbedingt erforderlich, daß du selbst in dieser neuen großen Sache unterwiesen wirst, einer Sache, welche die Geschichte Irlands und später die gesamte gesellschaftliche Entwicklung Westeuropas radikal verändern wird. Hast du je von Marco Polo gehört?«

Schon wieder ein Fremder, dachte Tim. Hatte er mit der schottischen Dame nicht erst mal genug zu verkraften?

»Ich glaube nicht, Sir«, sagte er kühl.

»Nun, es gibt hier ja Bücher. Laß mich mal sehen...«

Er erhob sich und ging mit sicheren Schritten zu den vollgestopften Regalen, suchte sie mit den Augen ab, betastete die Buchrücken mit forschendem Finger. Zwei griff er sich heraus und pausierte dann, ein drittes suchend.

»Du mußt nämlich wissen«, sagte er, wobei er ihm immer noch den Rücken zuwandte, »daß, selbst wenn ein Baum fünfzehn oder noch mehr Jahre braucht, um heranzureifen, *man ihn nur innerhalb eines bestimmten Zeitraums von rund zehn Tagen fällen kann.* Man muß ihn fällen, grad wenn er zu blühen ansetzt, sonst hat man das ganze schöne Sago eingebüßt. Es wird alles verbraucht, um die Blüten zu ernähren. Verstehst du, mein lieber Junge?«

Er war zu seinem Stuhl zurückgekehrt, legte drei Bücher auf das Pult und untersuchte eins davon.

»Tja, wenn das so ist, Herr Doktor«, begann Tim darzulegen, »müßte man die Zeit des Einpflanzens der Bäume ausdehnen, weil man sonst Zehntausende von Bäumen fast am selben Tag fällen müßte... Und woher bekäme man dann die Arbeitskräfte?«

Der Doktor lächelte beifällig.

»Wie überaus aufgeweckt du bist«, sagte er. »Großartig! Ich glaube, Neds gute Frau wird in dir einen fähigen Statthalter haben. Ja. Jetzt markiere ich bestimmte Seiten und Passagen in diesen Büchern mit Papierstreifen. Ich möchte, daß du hier mal Pause machst und diese Passagen liest: hier, ich meine heute. Und lies auch andere Stellen, wenn sie dich ansprechen. Du darfst dich bei deinen Mühen ganz unbeschränkt des Erzeugnisses von Locke's Brennerei in Kilbeggan bedienen.«

Er erhob sich, und der erstaunte Tim tat es ihm gleich.

»Aber«, fragte er, »was ist mit meinem neuen Chef in Poguemahone Hall?«

Der Doktor tätschelte ihm die Schulter.

»Darüber brauchst du dir nicht die geringsten Sorgen zu machen, mein lieber Junge, denn ich breche jetzt auf, um sie zu besuchen. Ich werde erklären, daß ich dich gebeten habe, ein wenig Forschung zu betreiben, die nach ihrem Herzen wäre. Also setz dich hin und entspanne dich, und trink noch etwas. Auf dem Weg nach unten werde ich dafür sorgen, daß Billy Colum mit der Täfelung der Halle vorwärtskommt. Und ich werde Sarsfield sagen, daß er dich hier nicht stören, sondern dir in ein paar Stunden ein Tablett heraufbringen soll.«

Tim Hartigan lächelte. Er wußte, daß dieser Mann ziemlich unmöglich sein konnte, daß er das Herz aber am rechten Fleck trug.

»Äh, danke, Herr Doktor«, sagte er. »Das ist sehr nett von Ihnen. Ich werde tun, was Sie sagen. Aber ich möchte, daß Sie Sarsfield Slattery noch eines einschärfen.«

»Und was wäre das?«

»Kein Sago.«

»A-ha? Kein Sago.«

Mit einem Winken war der Doktor gegangen, in der Hand eine sehr kleine Tasche.

5

Tim Hartigan ging, nachdem er das erste Buch aufgenommen hatte, zu seinem Stuhl zurück und sah es durch. Schön groß gedruckt, bemerkte er anerkennend. Nachdem er es endlich beim Lesezeichen aufgeschlagen hatte, legte er es mit den Seiten nach unten hin und widmete sich mit peinlicher Sorgfalt seinem Glas, indem er eine großzügige Portion von Locke's Arznei einschenkte, die er leicht mit Wasser abschmeckte und sich dann dankbar durch die Speiseröhre abwärts spülte. Kein Wunder, überlegte er, daß die Mönche der alten Zeiten große Gelehrte waren, waren sie doch so gewitzt, auf ihrem eigenen Gelände die Medizin herzustellen, die dem Geist Reife und Anmut verleiht, den Durst des Körpers stillt, während sie gleichzeitig den Durst nach Wissen aus den Fässern von Gottes Weinbergen der menschlichen Gelehrsamkeit erst weckt.

Er betrachtete die Bibliothek rings um ihn her mit einem freundlichen Auge, dann trug er seine Bücher und Gefäße zum großen Pult und sank dankbar in den geräumigen persönlichen Stuhl des Sehr Ehrenwerten Doktors Eustace Baggeley. Dann begann er seine Lektüre.

Versammelte Berichte der diätetischen Kosmographie von Sleator, S. 627

Die echte Sago-Palme gedeiht in niedrigen sumpfigen Lagen und wächst sich zu einer Maximalhöhe von dreißig Fuß aus. Sie reift im Alter von 15 bis 20 Jahren so weit heran, daß sie Stärke hervorzubringen imstande ist.

Das gesamte Innere des Stamms wird man sodann als von schwammigem Markgewebe erfüllt vorfinden, welches von einer harten Schale umhüllt ist: dem einzigen Holz des Stammes. Zu diesem Stadium wird man beobachten, daß der Baum seine endgültigen blühenden Stacheln hervorbringt, und nach drei Jahren reifen diese zu Früchten und Samen heran. Ließe man zu, daß dies geschieht, würde die gesamte Stärke aufgebraucht, der Stamm zur hohlen Hülse, und die Pflanze stürbe infolge ebendieser höchsten Anstrengung. Doch sobald die blühenden Stacheln erscheinen, wird der Stamm gefällt, in Portionen von vier bis sechs Fuß Länge zerschnitten und zur Fabrik hinweggetragen.

Dort werden selbige der Länge nach gespalten, und ihr stärkehaltiges Markgewebe wird herausgekratzt. Dieses wird in Wasser geworfen und gewaschen, bis alles Gewebematerial und andere Unreinheiten auf der Oberfläche schwimmen. Nachdem das Wasser eine Zeitlang still gestanden hat, lagert sich die Stärke auf dem Boden des Troges ab; sie wird in der Folge wiederholt gewaschen, und das Wasser wird abgeschöpft. Das Ganze wird dann getrocknet und stellt »Sago-Schrot« dar.

Um es für die Handelsläden vorzubereiten, wird der Sago erneut befeuchtet und in Beutel abgefüllt, in denen man es tüchtig schütteln und schlagen kann, wenn an der Zimmerdecke aufgehängt.

Als nächstes wird es über Sieben von verschiedener Maschenweite gerieben, bis man es in »Perl-Sago«, »granuliertes Sago« etc. unterteilen kann, wenn es im Freien oder über einer Feuerstelle getrocknet wird.

Die Raffinade des Sagos in die Grad-Einteilung, wie sie der europäische Markt verlangt, wird vornehmlich von den Chinesen in Singapur betrieben. (...)

Um 1913 betrugen die durchschnittlichen jährlichen Importe von Sago, Sago-Schrot und Sago-Mehl in das Vereinigte Königreich etwa 29 000 Tonnen.

* * *

Das Buch von Marco Polo, dem Venezianer (2 Bde)
von Col. Sir Henry Yule. Bd II, S. 300:

Die Menschen haben keinen Weizen, aber sie haben Reis, welchen sie mit Milch und Fleisch verzehren. Auch haben sie Wein von Bäumen, wie Euch bereits berichtet. Auch werde ich Euch ein weiteres großes Wunder berichten. Sie haben eine Art von Bäumen, welche Mehl hervorbringt, und zur Anfertigung von Mahlzeiten eignet es sich ausgezeichnet. Diese Bäume sind sehr hoch und dick, haben aber eine sehr dünne Rinde, und innerhalb der Rinde sind sie mit Mehl vollgestopft. Und ich berichte Euch, daß Messer Marco Polo, der Zeuge all dieses wurde, erzählte, wie er und sein Trupp von diesem Mehl zu sich nahmen, welches zu Brot verarbeitet worden war, und es für ausgezeichnet befanden.

Ebd., Sn 304–5:

Eine interessante Bemerkung über den Sago-Baum, von welchem Odoric ebenfalls einen Bericht gibt; Ramusio ist hier jedoch vollständiger und genauer: »Wenn man die äußerste Rinde, die nur dünn ist, entfernt, stößt man auf das Holz des Baumes, welches ringsum eine Dicke von etwa drei Fingern bildet, aber ansonsten ist überall im Innern ein Mark aus Mehl, wie das des Carvolo. Die Bäume sind so dick, daß es zweier Männer bedarf, sie zu umspannen. Sie geben dieses Mehl in Wannen voll Wassers und dreschen es mit einem Stock, und dann kommen die Kleie und andere Unreinheiten nach oben, während das reine Mehl zu Boden sinkt. Das Wasser wird sodann weggeworfen, und das gesäuberte Mehl, das bleibt, wird genommen und zu *pasta* in Streifen und anderen Formen verarbeitet. Hiervon hat Messer Marco Polo oft zu sich genommen und einiges mit nach Venedig gebracht. Es ähnelt Gerstenbrot und schmeckt auch sehr ähnlich. Das Holz dieses Baumes ist wie Eisen, denn wenn es in Wasser geworfen wird, sinkt es sofort ab. Es kann von einem Ende zum andern aufgespleißt werden wie Spanisch Rohr. Wenn das Mehl entfernt ist, bleibt das Holz, wie bereits gesagt, drei Zoll dick. Daraus machen die Menschen kurze Lanzen, keine langen, denn sie sind so schwer, daß sie niemand tragen oder mit ihnen umgehen könnte, wenn sie lang wären. Das eine Ende wird angespitzt und im Feuer verkohlt, und wenn sie so behandelt sind, werden sie jede Rüstung durchdringen, und zwar viel besser, als dies Eisen vermöchte.«

* * *

Malaiischer Archipel 1896 von A. E. Williams:

Wenn Sago hergestellt werden soll, wird ein ausgewachsener Baum gewählt, der kurz vor der Blüte steht. Er wird kurz über dem Boden abgeschnitten, von Blättern und Stielen gesäubert, und auf der oberen Seite des Stammes wird ein breiter Streifen Rinde entfernt. Hiedurch wird das Mark freigelegt, welches nahe dem unteren Ende des Baums von einer rostigen Farbe ist, weiter oben dagegen rein weiß, etwa so hart wie ein getrockneter Apfel, aber mit holzigen Fasern, die es in etwa einem Zoll Abstand durchlaufen. Das Mark wird zu einem grobkörnigen Pulver zerschnitten oder gebrochen, und zwar mit Hilfe eines Werkzeugs, das eigens zu diesem Zweck geschaffen wurde. (...)

Wasser wird auf die Markmasse gegossen, welche geknetet und gegen die Maschen des Siebes gedrückt wird, bis sich die Stärke gänzlich aufgelöst hat und durchpassiert ist, woraufhin der fasrige Abfall fortgeworfen und durch eine frische Korbladung ersetzt wird. Das mit Sago gesättigte Wasser läuft zu einem Trog mit einer Vertiefung in der Mitte, in der die Ablagerung erfolgt, wobei das überflüssige Wasser durch einen seichten Abfluß wegtröpfelt. Wenn der Trog fast voll ist, wird die Stärkemasse, die eine leichte rötliche Färbung hat, zu Zylindern von etwa dreißig Pfund Gewicht geformt und säuberlich mit Sagoblättern bedeckt, und in diesem Zustand wird sie als Roh-Sago verkauft. Mit Wasser gekocht, bildet dies eine dicke, gallertige Masse von recht adstringierendem Geschmack und wird mit Salz, Limonen und Pfefferschoten gegessen. Sago-Brot wird in großen Mengen hergestellt, indem man es in einem kleinen Lehmofen, welcher sechs bis acht nebeneinanderliegende Schlitze von etwa einem Dreiviertelzoll Breite und sechs bis acht Zoll Länge aufweist, zu Laiben bäckt. Der Roh-Sago wird aufgebrochen, in der Sonne getrocknet, zu Pulver zerstoßen und schließlich gesiebt. Der Ofen wird über einem klaren Glutfeuer erhitzt und lose mit Sago-Pulver gefüllt. Dann werden die Öffnungen mit einem flachen Stück Sago-Rinde verschlossen, und in etwa fünf Minuten sind die Laibe genügend durchgebacken. Die heißen Laibe sind sehr angenehm mit Butter und, wenn unter Hinzunahme von ein wenig Zucker und gemahlener Kokosnuß hergestellt, eine rechte Delikatesse. Sie sind weich und erinnern an Maismehlkuchen, haben aber einen leichten charakteristischen Geschmack, der in dem raffinierten Sago, wie wir ihn in unserem Lande verwenden, verloren ging. Braucht man sie nicht zum sofortigen Verzehr, werden sie mehrere Tage in der Sonne getrocknet und zu Bündeln von zwanzig Stück geschnürt. So halten sie sich dann jahrelang; sie sind sehr hart und sehr grob und trocken.

Tim klappte das Buch zu, trank aus, was von seinem Getränk noch übrig war, und schenkte sich das Glas nachdenklich wieder voll. Er runzelte ein wenig die Stirn, als er seine Pfeife stopfte. Wie konnten Menschen allen Ernstes den Versuch unternehmen, von Sago zu leben? Ist es wirklich ein Grundnahrungsmittel, so wie es Brot aus Weizen für uns ist? Und würden diese östlichen Menschen es als sehr merkwürdig empfinden, daß die Iren soviel Vertrauen in Kartoffeln setzten, selbst wenn die Kartoffeln (was sie klarerweise nicht waren) Earthquake Wonders wären? Nach allem, was man hörte, war der Garten Eden nicht sumpfig gewesen, und es stand ziemlich fest, daß dort keine hohen Sago-Bäume Schutz vor der Sonne geboten, so wenig wie Adam und Eva im noch sündenfreien Erdreich nach den ersten Kartoffeln der Welt gebuddelt hatten. Er zündete seine Pfeife an und schloß, in Träumerei versunken, die Augen halb.

Die Tür flog lärmend auf, und Sarsfield Slattery stürmte herein, beunruhigt und leicht ungehalten.

»Tim, war Billy Colum hier?«

»Nein. Niemand war hier. Warum?«

»Ich wollte ihm eine Tasse Tee und eine Scheibe Schwarzbrot bringen. Der Doktor hat mir gesagt, ich soll ein Auge auf ihn haben. Er ist weg!«

»*Weg?* Himmel, ich lese gerade irgendeinen Kram über Sago, damit der Doktor zufrieden ist, und, äh ... denke nach ... und trinke. Ich dachte, Billy arbeitet da unten wie toll.«

»Tja, er ist wie vom Erdboden verschluckt. Der Doktor ist bei dir zu Hause; ich rufe ihn lieber mal an.«

Tim nickte hilflos.

»Das wäre vermutlich das Klügste«, stimmte er zu.

6

Auf Poguemahone Hall angelangt, beschloß Tim, Sarsfield unten zu lassen und allein in Crawford MacPhersons Privatgemächer hinaufzugehen. Nachdem sein eigenes Leben so rasch von Einfachheit in Komplexität umgeschlagen war, begann er nun grenzenlose Verwirrung zu befürchten und beschloß für sein Teil, mehr als vorsichtig zu sein. Welch namenlose Dinge mochten entstehen aus dem Zusammenprall des unter Drogen stehenden Doktors mit einer Ausländerin, die nicht Herrin ihrer Sinne war? Welch beispiellose Dinge mochten im Hause von Ned Hoolihan geschehen, während der Besitzer hoch oben in einem Flugzeug sein texanisches Öl-Imperium kartographisch fixierte oder die Stelle einer unvermutet sprudelnden Ölquelle markierte? Tim klopfte an die Tür und trat ein.

Der Sehr Ehrenwerte Dr Eustace Baggeley war elegant auf das breite Sofa gelümmelt und lächelte ausholend mit einem Funkeln in den Augen. Crawford MacPherson saß auf dem Sessel vor dem Kamin: nicht verstimmt, nicht erfreut, sondern offenbar in annehmbar neutraler Laune.

»Nun, Tim, was ist los?« fragte sie.

»Mein lieber Junge, Sie sehen blaß aus«, strahlte der Doktor.

Tim wagte es, sich hinzusetzen, denn die Einnahme von Locke's hatte seine natürliche Zurückhaltung ein wenig gelockert.

»Ich dachte, ich sollte Ihnen mitteilen, Herr Doktor, daß Ihr Billy Colum verschwunden ist. Sarsfield Slattery hat ihn vermißt, und nachdem wir ihn gesucht und gerufen hatten, dachten wir, wir kommen schnurstracks hierher und sagen Ihnen alles.«

MacPherson stellte das Glas, das sie in der Hand hielt, auf den Tisch.

»Wie bitte, Herr Doktor? Menschen verschwinden? Unbescholtene Bürger werden vom Erdboden verschluckt? Ich dachte, die Dinge hätten sich in diesem Lande beruhigt.«

Der Doktor wedelte lässig mit der Hand.

»Meine liebe Crawford, nichts auf dieser Welt beruhigt sich je. Billy ist ein seltsamer kleiner Mann, voller Schrullen und vom Rheumatismus gekreuzigt. In ein paar Tagen taucht er wahrscheinlich wieder auf. Vielleicht wollte er seine alte Mutter in Killoochter besuchen. Hat er eine Nachricht hinterlassen, Tim?«

»Er hat nichts hinterlassen, Sir. Ist einfach verschwunden.«

MacPherson stand auf.

»Es scheint mein Pech zu sein, in Ihrem Schloß gleich mitten in irgendwelche kriminellen Vorgänge zu tappen, lieber Doktor. Etwas, was nach Agrar-Kidnapping riecht, irisch-republikanischen Umtrieben oder so was in der Art. Wo ist die Polizei? Ich kann den amerikanischen Botschafter in Dublin anrufen, falls es in diesem unseligen Bezirk ein funktionierendes Telefon gibt.«

Der Doktor erhob sich ebenfalls, in seiner guten Laune ungebrochen.

»Meine liebe Dame, nichts dergleichen. Billy ist völlig harmlos und ein erstklassiger Tischler. Er war gerade dabei, für mich einen Salon zu täfeln. Wir haben hier auf dem Lande keine festen Bürostunden, verstehen Sie. Man kann nie wissen. Vielleicht ist ihm plötzlich eingefallen, daß er einen Brief einstecken muß, und so was erfordert eben einen zweistündigen Fußmarsch.«

Die Dame schnaubte.

»Ich hege nicht den mindesten Zweifel«, sagte sie mit harter Stimme, »daß Ihre verdammten Kartoffeln sowohl im Kopf als auch in den Knochen Schwäche hervorrufen. Wie dem auch sei: Er ist Ihr Arbeiter, lieber Doktor. Wir sollten lieber etwas unternehmen und nachforschen.«

»Aber, meine liebe Crawford . . .«

»Sofort!«

In erstaunlich kurzer Zeit hatte man Mäntel und Hüte bereit, und die Gesellschaft, einschließlich Sarsfield Slattery, stieg in den bejahrten Bentley des Doktors. Nichts konnte seinen Schwung bremsen, und als der Wagen anfuhr, bereitete er seinen neuen Passagier auf das vor, was von den ungepflegten Straßen Irlands zu halten sei, selbst wenn die Reise weniger als eine Meile betrug.

»Ich bin kein kompletter Anfänger, Doktor«, erwiderte sie. »Ich habe mich in der Nähe von Cork ausgeschifft und bin mit meinem Packard hierhergefahren, und es könnte im Hochland von Kangchenjunga nicht schlimmer sein. Warum haben die Leute hier keine klugen kleinen Pferde und zweirädrige Wagen anstatt dieser Eselskarren?«

»Pferde«, gab der Doktor zurück, »sind für landwirtschaftliche Arbeit auf den kleinen Feldern nutzlos. Wir brauchen hier Allzwecktiere und Wagen, in denen sich Kartoffeln und Dung ebensogut befördern lassen wie Menschen. Als ich mit der Armee vor Singapur im Felde lag, hatten wir Kühe zum Pflügen. Haben Sie jemals Yak-Butter gegessen, Crawford?«

»Nein, das habe ich nicht, Sir. Ich nehme an, Sie haben noch nie von Sago-Butter gehört?«

Der Doktor lachte.

»In der Tat nicht, aber wenn sie auch so köstlich sein mag wie Sago-Käse, so ist sie doch kaum so nahrhaft wie Kuhbutter.«

»*Nahrhaft?* Diesen Unsinn bekommt man von Ärzten in der ganzen Welt zu hören –: *nahrhaft*. Sind Kartoffeln nahrhaft? Der Zweck von Nahrung ist es, Menschen am Leben zu halten *und in ihrem eigenen Land*. In den Staaten kennt man Kartoffeln kaum. Es ist erstaunlich, wie leicht es für Iren, die dorthin kommen, ist, ihre heimischen Knollen zu vergessen.«

»Dabei fällt mir ein«, warf Sarsfield in die Rede, »Billy Colum hat sein Abendessen verpaßt.«

Der Doktor steuerte sein schneidiges altes Auto nun seiner mit Türmchen und Zinnen versehenen herrschaftlichen Einfahrt zu, die immer gastlich offenstand, da ihre Torflügel für alle Zeiten in Steinen und Adlerfarn feststeckten.

»Hier sind wir nun auf Sarawad, Crawford. Das Wort

Sarawad ist gälisch und bedeutet ›ziemlich bald‹. Ein entzückender Name, wie Sie zugeben werden. Er kündet von Hoffnung und besseren Zeiten.«

Die Dame sah sich um und sagte:

»Es wird hier eine Menge loses, dummes Zeug dahergeredet – von allen. Daran mag zu einem Teil das Klima schuld sein, aber nicht an allem. Ich hoffe, Sie haben etwas zu trinken im Hause, Doktor?«

Der Doktor war vorgefahren und öffnete beide Wagentüren.

»Hier sind wir, Madame. Schloß Sarawad, Hort einzigartiger Nahrungsmittel, sowie der wahren Hippokrene, die uns lustvoll erröten macht.«

Crawford MacPherson verschwendete weder Zeit noch Bewunderung auf die erlesene alte Tür oder die hochragende Eingangshalle, geschweige denn auf die Jagdwaffen und Tierköpfe, die in Massen ihre Wände bevölkerten; sie schien die Gesellschaft anzuführen, als gehörte ihr das Schloß, die Treppe hinauf in den Salon, welcher Schauplatz von Billys Mühen gewesen war. Die künstlichen Wände aus Teak, makellos und komplett, glänzten im Abendlicht, während ein Stuhl, eine Säge und die schmucke Unordnung, die ein guter Tischler hinterläßt, sich im Zentrum auf dem Fußboden befanden.

»Er machte gerade diesen Teil hier fertig, als ich auf dem Weg nach unten vorbei kam«, sagte der Doktor und klopfte gegen einen Wandabschnitt. »Ich habe ihm ein kleines bißchen geholfen, und er schien wie üblich guter Dinge zu sein.«

»War er nüchtern?« fragte MacPherson.

»So nüchtern wie am Tag seiner Geburt, denn Billy rührte nie berauschendes Getränk an. Nicht etwa, weil er selbst oder ich ihm das Trinken verboten hätte, sondern weil es seinen Rheumatismus auf geradezu höllische Weise verschlimmerte. Sein Rheumatismus war nämlich angeboren; der arme Mann. Diese Funktionsstörung war ein einziges Martyrium, aber er hat sich nie beklagt oder sich davon verdrießen lassen.«

»Er brachte Gott all seine Schmerzen als Opfer dar«, sagte Tim fromm.

MacPherson blickte finster durch den Raum und von Gesicht zu Gesicht.

»Wie kann denn ein Krüppel Tischler werden?« wollte sie wissen.

»Oh, der Doktor kümmert sich persönlich um ihn«, erwiderte Sarsfield. »Er kommt ganz gut zurecht, Ma'am.«

»Wagen Sie es nicht, mich ›Ma'am‹ zu nennen!«

»Sehen Sie, Crawford«, legte sich der Doktor ins Mittel, »seine Beschwerden liegen nicht eigentlich in einer altmodischen Entzündung der Muskeln und Gelenke begründet, sondern in einer verrukösen Affektion der Sehnen. Sehr hinderlich und entmutigend, aber ein Schuß von mir bringt ihn wieder auf die Beine; das ist, wie wenn man einen Wecker aufzieht. Sie können sicher sein, daß ich für meine Leute sorge.«

»Verstehe. Seine Muskeln sind in Ordnung, aber seine Sehnen sind andauernd kaputt. Ich stelle mir vor, daß dies seine Lage noch verschlimmert. Neigt er dazu, so zu verschwinden?«

»Eigentlich nicht, Crawford», erwiderte der Doktor liebenswürdig. »Aber er nimmt sich bei einem Auftrag die Zeit, die er braucht, und er führt ihn auf seine eigene Weise aus. Wissen Sie, wir sind hier so eine Art glückliche Familie. Billy Colum hatte etwas von einem Künstler. Man kann so einen Mann nicht hetzen – nicht, wenn man möchte, daß der Auftrag ordentlich und mit Stil ausgeführt wird.«

»Und sagen Sie mir, Doktor, wird ihm von diesen Injektionen schlecht, oder sind sie ihm sonstwie unzuträglich?«

»Yerra, überhaupt nicht. Sie bringen ihn manchmal zum Singen, helfen ihm, aus sich herauszugehen. Helfen ihm auch, mal eine Nacht lang richtig durchzuschlafen, neigt er doch zur Schlaflosigkeit.«

»Aber ißt er denn ordentlich?«

»Gott steh' uns bei«, unterbrach Tim, »*ißt?* An den meisten Tagen ist er so hungrig, daß er einen toten Mönch vom Orden der Christlichen Brüder fressen würde. Wenn Billy sich hinsetzt, putzt er die Platte. Geben Sie ihm einen Eimer mit Irish Stew – Kartoffeln, Zwiebeln und eine gottbeliebige Menge Fleisch, das Ganze siedend heiß –, und er wird es sich in den Schlund schaufeln wie ein Besessener.«

MacPherson starrte ihn haßerfüllt an.

»Sie meinen, junger Mann, daß er der Völlerei verfallen ist? Doktor, könnten wir Ihre Privatgemächer aufsuchen, nur wir beide?«

»Mit Vergnügen, Crawford.«

Tim und Sarsfield sahen einander reuevoll an, als ihre Vorgesetzten aufbrachen. Diese Dame beachtete Unterschiede der Person genausowenig wie Unterschiede der Klasse. Sie führte sich dem Doktor gegenüber ebenso herrisch und anmaßend auf wie gegenüber ihnen und glaubte offenbar, ihr Geld habe alle Schranken niedergerissen.

»Diese Alte«, sann Sarsfield, »geht mir ein wenig auf die Nerven.«

»Ist das so, mein armer Freund?« erwiderte Tim trocken. »Dies ist das erste Mal, daß sie hier ist, möglicherweise auch das letzte Mal. Ich muß mit ihr leben, Tag und Nacht, und vielleicht bleibt sie jahrelang auf Poguemahone – *jahrelang,* Mann. Würdest du gern mit mir tauschen?«

»Lieber würde ich in die Staaten gehen, wie Hoolihan. Aber Billy ... Ich weiß, daß ihm der Doc manchmal einen

Schuß mit seiner eigenen Nadel gibt. Es ist etwas Schreckliches in der Luft. Ich habe Billy nicht rausgehen hören; ich hab ihn gar nicht vermißt, bis ich ihn zum Essen holen wollte.«

»Was soll die ganze Aufregung?« fragte Tim gereizt. »Er hat seinen Auftrag beendet. Er hat seinen Auftrag beendet und vielleicht beschlossen, sich zu verziehen, um etwas zu trinken. Du hast gehört, wie der Doc sagte, Billy sei Totalabstinenzler? Das war vielleicht was.«

»Hör zu, Tim«, sagte Sarsfield ernst, »du weißt sehr wohl, daß Billy so was nie einfallen würde. Wenn der von der Arbeit erschöpft und hungrig ist, hat nur ein Einfall in seinem Kopf Platz, nämlich eine wilde Attacke aufs Abendessen. Das weißt du sehr wohl.«

Tim schenkte dem nicht viel Aufmerksamkeit, denn er untersuchte und prüfte die Täfelung – gut ausgeführt, mußte er zugeben, und kunstvoll.

»Wollen wir hoffen«, sagte er schließlich, »daß man Billy nicht in einem Moorloch ertrunken findet.«

»Läßt ihre Gnaden dich rauchen?« fragte Sarsfield.

»Was?« krächzte Tim. »Mich? Rauchen? Ich rauche meine Pfeife, wann und wo ich will.«

Sarsfield entzündete eine Zigarette und zog dankbar daran, ohne sich von zurückkehrenden Stimmen abschrekken zu lassen.

»Da Sie das Instrument haben, meine Liebe«, sagte der Doktor, als er wieder eintrat, »könnten Sie den Brustkörben jener beiden Burschen eine Untersuchung angedeihen lassen. Sie qualmen wie die Teufel, etwas, von dem ich persönlich die Finger lasse. Gibt's was Neues, Jungs?«

»Nicht das Geringste«, sagte Tim, der bemerkte, daß MacPherson ein Stethoskop schwang.

»Ach du heiliger Gott«, murmelte Sarsfield perplex.

»Zeigen Sie mir noch einmal, Herr Doktor«, sagte

MacPherson forsch, »wo genau der vermißte Mann seine Arbeit beendet hat.«

»Gewiß«, erwiderte der Doktor. »Ich blieb stehen, um mit ihm zu reden und ihm genau an dieser Stelle, hier, sehen Sie mal, ein bißchen amateurmäßig zur Hand zu gehen.«

Sie nickte und begann, mit den Ohrstücken an ihrem Platz, mit dem Trichter des Stethoskops über die betreffende Stelle der Wand zu fahren, wobei sie sich vorbeugte, um die unteren Bereiche zu erfassen. Plötzlich fuhr sie hoch und drehte sich um.

»Sie«, sagte sie scharf zu Tim Hartigan, »nehmen Sie einen Meißel oder irgendwas, und brechen Sie die Täfelung entlang dieser Fuge auf!«

Tim runzelte die Stirn und bückte sich nach den Werkzeugen. Der Doktor, immer noch jovial, aber ein wenig besorgt, schaltete sich ein.

»Aber meine Liebe, das ist ein Stück fertige Arbeit ... Ich meine, es wäre doch ein Jammer, es aufzubrechen.«

Tim überreichte Sarsfield vorsichtig einen Meißel und einen Hammer.

»Ganz recht, Herr Doktor. Und es wäre ebenfalls ein Jammer, wenn einer Ihrer Arbeiter das Leben verlöre.«

Nach einem Nicken seines Arbeitgebers setzte Sarsfield das scharfe Ende des Meißels an einer kaum wahrnehmbaren Fuge an und begann mit seinem kunstlosen Hämmern, bis berstende Geräusche mit einer schartigen Lücke, grob ins Paneel gerissen, ihr Ende fanden. MacPherson spähte hinein.

»Schnell, Junge«, rief sie, »brechen Sie noch mehr in Richtung Fußboden herunter und holen Sie ihn raus. Da ist er drin, auf dem Rücken!«

Ein Durcheinander von Arbeit und Stimmen schloß sich an, bis Tim sich hinter der Täfelung befand, wo er den komatösen Billy auf die Füße hievte und unsanft zum Licht der Öffnung – und somit in Sicherheit – beförderte.

»Du guter Gott«, sagte der Doktor fassungslos, »wie auf Erden konnte er sich in die Wand einbauen? Die winzigen Nägel wurden doch von außen eingeschlagen. Meine Güte, das ist der Gipfel. Wie geht es Ihnen, Billy?«

MacPherson, die Hände in breite Hüften gestemmt, war grimmig.

»Herr Doktor, haben Sie ihm bei dieser Arbeit geholfen? Haben Sie ihm eine Injektion für seine Sehnen gegeben?«

Billy saß verzagt auf dem Fußboden, nur teilweise bei Bewußtsein.

»Er kommt zu sich«, schrie Sarsfield.

»Gewiß habe ich ihm eine kleine Hilfe zukommen lassen«, sagte der Doktor liebenswürdig. »Dies verrukulöse Leiden könnte so eine delikate Arbeit zum Scheitern verurteilen.«

»Bringen Sie diesen Mann lieber ins Bett«, sagte Mac Pherson zu Sarsfield, »und dann wollen wir uns in Ihrer Bibliothek ausruhen, Herr Doktor.«

»Mit Vergnügen, meine Liebe«, erwiderte der Doktor wieder im vollen Besitz seiner guten Laune. »Diese unachtsamen kleinen Burschen könnten gut jemanden gebrauchen, der ständig auf sie aufpaßt.«

Zunächst unentschlossen folgte Tim seinen Vorgesetzten in die Bibliothek, froh darüber, daß er zuvor seine Bücher und Trink-Utensilien fortgeschafft hatte. MacPherson saß beim Kamin und legte das Stethoskop aufs Schreibpult, während der Doktor den Locke's und drei – ja, drei – Gläser brachte. MacPherson trank anerkennend; offenbar wertete sie die Lage als einen kleinen persönlichen Triumph.

»Mein lieber Doktor«, sagte sie, »vergeben Sie mir, wenn meine Redeweise, was dieses kleine Mysterium betraf, ein wenig brüsk erschien. Aber menschliches Leiden macht mir zu schaffen. Deshalb finde ich, daß das mir zur Verfügung stehende Geld der Verbesserung des menschlichen Loses im allgemeinen dienen sollte.«

»Durch die Einnahme von Sago, meine Liebe?«

»Das ist der eine Weg, der fundamentale Weg für Irland. Aber es geht daher keinesfalls ausschließlich um Belange des Magens, um Ernährung oder gar um die erstaunliche Veränderung des nationalen Landschaftsbildes. Mit riesigen landesweiten Sago-Pflanzungen wird es, zum Beispiel, eine ganz neue Tierwelt in Irland geben...«

Der Doktor klatschte in die Hände.

»Mein liebes Mädchen, wie entzückend! Sie begeistern mich ja geradezu. In meiner Armeezeit – tatsächlich in all meinen jüngeren Tagen – war mir die Jagd eine Beschäftigung, die meine Arbeit fast auf den zweiten Platz verdrängte. Auf Menschen habe ich nie gern geschossen, wurschtegal, ob es Nigger oder Kulis waren... aber auf Tiger! Ah!«

MacPherson brachte das Gespenst eines Lächelns zustande.

»Nun ja, in meinen jüngeren Tagen«, sagte sie, »als ich den Sago in den wilderen Teilen Sumatras und der Malaiischen Halbinsel erforschte, mußte ich vor einigen sehr wilden großen Geschöpfen auf der Hut sein, als da wären der asiatische Elefant, der Bison und das Rhinozeros, sowie mehrere Arten von Bären...«

»Höchst famos, beim Zeus!«

»Aber diese großen Säugetiere würden in Irland kaum ihr Auskommen finden, selbst wenn man ihnen gestattete, Menschen umzubringen und zu fressen. Die kleineren wilden Tiere können jedoch noch tödlicher sein. Die Sago-Ratte ist in jedem Gebiet heimisch, wo der Sago-Baum wächst. Der Tapir, der Sambar und der Siamang, eine merkwürdige

Art anthropoider Affe, werden wahrscheinlich hier auftauchen. Der Krabbenfresser, eine Makaken-Art – ich kann mir gut vorstellen, wie der in Connemara gedeiht. Ich wäre nicht so sicher, daß Asiatischer Tiger und Schwarzer Panther hierherkommen, denn sie sind Geschöpfe, deren Raublust großer Territorien bedarf, aber mit vielen kleineren Dschungelkatzen und Wildschweinen ist durchaus zu rechnen. Unzählig wären die Arten fremdländischer Vögel, die auf den Sago-Bäumen nisten würden ...«

»Ach, meine liebe Dame ... Das Blaurebhuhn, der Argus-Fasan und die Baumwoll-Krickente – ich habe sie in den Gasthäusern von Hongkong gekostet.«

»Ja, Herr Doktor, aber etwas, was man nicht ignorieren sollte, werden die Schwärme neuer Insekten sein, die Massen von Haus-Affen und vierbeinigen Schlangen, und, Ehre sei Gott, der Krach wird für dieses Land etwas Neues sein, besonders in der Nacht.«

Es entstand eine kurze Stille der Reflexion.

»Sind Sie sicher, meine liebe Crawford, daß sich dies ... dies *bouleversement* der Hemisphären sozusagen im schieren Interesse des Austauschs von Kartoffeln gegen Sago in diesem Lande lohnt?«

MacPherson stellte flott ihr leeres Glas ab.

»Natürlich bin ich sicher. Leben nicht Millionen von Menschen unter diesen Bedingungen im Osten? Was würde geschehen, wenn sie alle beschlössen, nach Amerika zu emigrieren?«

»Hmmm. Das wäre eher übel. Noch ein Gläschen?«

»Danke.«

»Tim?«

»Danke, Herr Doktor.«

»Ich muß allmählich nach Hause, lieber Doktor, und zwar sehr bald. Ich muß Briefe schreiben und Notizen machen. Es war ganz reizend, Sie kennenzulernen.«

Der Doktor strahlte ungekünstelt.

»Ach, meine liebe Crawford, für mich war es höchst erfreulich und ehrenvoll, die Gattin meines lieben Freundes Edward Hoolihan in dieser ärmlichen Gegend zu begrüßen. Ich werde Sarsfield Slattery bitten, Sie in meinem Wagen nach Hause zu fahren.«

»Recht herzlichen Dank. Wir werden uns in wenigen Tagen wiedersehen. Ich möchte mit Ihnen über ein weiteres überaus wichtiges Nebenprodukt sprechen. Ich meine Möbel aus Sago.«

Und auf diese Weise fand ein Treffen, so seltsam in seinem Ablauf, an jenem Abend seinen Abschluß.

7

Nachdem sie Poguemahone Hall erreicht hatten, verabschiedete sich Tim Hartigan von der neuen Schloßherrin, fand in der Halle einen Luftpostbrief, der an ihn adressiert war, und begab sich in sein Küchenquartier. Er war müde und sein Darmbereich vom Whiskeyverbrauch ein wenig verstimmt. Er begab sich ins Bett, entflammte aufs neue seine Pfeife und öffnete den Brief.

Lieber Tim, hier draußen wird es allmählich die Hölle. Etwa jeden dritten Tag spielt eine neue Ölquelle verrückt, und ich glaube nicht, daß ich unterm Strich mehr als fünfzehn Stunden richtigen Schlaf pro Woche abkriege, ganz allein und in vollkommenem Frieden, Frieden, der nur dadurch möglich war, daß ich ein ganzes Stockwerk des Blue Water Gulf Hotel in Corpus Christi reserviert habe, einschließlich eines Kommandos meiner Privatbullen, die mir Presse- und TV-Gesocks vom Leibe halten und alle telefonischen Tätlichkeiten abwimmeln. Nicht daß ich keine Unterstützung und Hilfsangebote bekäme. Diese Angebote sind so beständig und beharrlich, und sie brechen von allen Seiten derart sintflutartig über mich herein, daß meine Nerven inzwischen ganz schön am Flattern sind. Einem Jesuitenpater, Michael Peter Connors, ist es gelungen, sich unter dem Vorwand bei mir hier oben zum Frühstück einzuladen, er wolle eine Spende von mir für ein neues Kloster der Kleinen Schwestern des Unbefleckten Abendmahls in Dallas (ich fall natürlich immer noch so sehr auf die alte Kirche herein wie damals als einfacher Bauer in Poguemahone), und als er irgend so ein verziertes Buch hervorzog, in dem ich unterschreiben sollte, auf daß in 10 000 Messen, welche in der Klosterkapelle fünfundzwanzig Jahre nach dem Zeitpunkt der Eröffnung für die Wohltäter gelesen werden sollten, meiner gedacht werde, fiel eine kleine Schachtel .357er Smith & Wesson-Kugeln in seinen dämlichen Teller mit Speck. Ich kannte die Dinger und die Schachtel, weil ich selbst so ein Schießeisen habe. Ich hab auf einen Geheimknopf neben meinem Fuß unterm Tisch getreten, und als zwei Bullen reingeprescht kamen und meinen Jesuiten filzten, stellte sich heraus, daß er ein Cousin des Kongreßabgeordneten Joshua Hedge ist – und der ist ein wirklich guter Freund von mir in Washington, glaube ich. Dieser Blödmann aus dem Torfmoor hatte natürlich gar nicht vor, mich zu erschießen; er wollte nur einen Scheck, scheißegal, auf wen ausgestellt, damit er ein bißchen Spielgeld hat und sich vielleicht einen Urlaub in Europa kaufen kann. Ich hab ihm fünfzig Eier in Scheinen gegeben, aber ich hab ihn gewarnt, daß ich Hedge Bescheid stoßen werde. Ich hab den Eindruck, in Texas läuft jeder voll bewaffnet herum, und jeder, der Bargeld bei sich zu tragen pflegt, hat eine stille Leibwache so dicht auf der Pelle wie die Unterwäsche;

so was geht doch ohne Scharfschützen oder Wachen vor der Tür gar nicht aufs Klo. Ich brauche Dir nicht zu sagen, daß ich ebenfalls einen altmodischen .45er Colt trage *und damit umzugehen verstehe*; ich habe vierzehn Tage lang beim Marshal in Fort Worth Unterricht genommen und jeden Tag eine halbe Stunde geübt; er ist ein Mann aus Clare namens O'Grady. Außerdem trage ich ein paar *grut balls* mit mir herum, kleine Bomben, etwa tausendmal schlimmer als Tränengas, aber ohne Wirkung auf den, der sie geschmissen hat (meine Wenigkeit), welcher einfach jeden Morgen eine Grutomyzin-Tablette einnimmt. Schreib mir nicht nach Corpus Christi, denn mein Generalhauptquartier ist immer noch Houston. Ich bin aus dem Herrensitz in Old Mexico umgezogen, und jetzt habe ich sieben Etagen im Houston Statler, und notiere Dir doch bitte diese Adresse. George Shagge, der Stahlheini aus Laredo, will, daß ich das gesamte verdammte Hotel kaufe und mich da niederlasse, aber ich weiß nicht, ich glaube, ich warte noch ein bißchen. In Arizona hat mir meine alte Ölnase angedeutet, daß dieser Staat auf einem Uranlager sitzt, und vielleicht wird Texas nicht mein letztes Zuhause sein. Aber es gefällt mir hier. Dies Gebiet ist so gewaltig und zum Platzen voller unterirdischer Schätze, daß man das Gefühl hat, man vernachlässigt es, wenn man sich nur an einem Ort aufhält. Öl bedeutet Hunderte von Meilen großkalibriger Pipelines, manche führen zu meiner Raffinerie in Houston und andere zu neuen Raffinerien, die ich in Galveston und Sabine hochziehe, und außerdem noch in Pensacola in Alabama; an die West- und Ostküste können wir Öl nur mit Tankern transportieren. Die Eisenbahnen hier sind alle in den Händen von Gaunern. Ich habe eine Firma übernommen, die Bohrausrüstungen in Tulsa, Oklahoma, herstellt, denn, mein lieber Schieber, ich habe Optionen auf 1858 Quadratmeilen frischen Territoriums hier in Texas, wo die Tests mehr als gut ausgefallen sind. Insges. habe ich jetzt 731 Hochleistungs-Bohrtürme laufen. Zwei Typen, die ich hier kenne, sind im Nachbarstaat New Mexico Gouverneurskandidaten – Cactus Mike Broadfeet und Harry Poland –, und ich unterstütze heimlich beide, denn so macht man hier die Geschäfte. Dieser ganze Staat wimmelt von Verbrechern und Politikern, und wann hätte es je einen Unterschied gegeben zwischen den beiden Sorten? Ich hab schweinemäßig viel zu tun, aber ich laß mir nichts entgehen; ich spiele den römisch-katholischen Kennedy-Anhänger, und ich werde ein ganz normaler braver US-Katholik sein, sobald meine Einbürgerung durch ist; Cactus Mike sagt, ich habe vollkommen recht, und dieser große Staat mit über sieben Millionen Seelen hat absolut das Recht auf einen eigenen Kardinal, und wenn er in New Mexico zum Gouverneur gewählt wird, will er in Rom dran drehen mit ein paar Leuten und etwas Geld (meinem, höchstwahrscheinlich). Mein Gott, wenn er dem Kreuz auf diese Weise dienen will, dann soll er doch; schließlich dient er dem feurigen Kreuz – oder hat ihm zumindest gedient – mit seiner KKK-Bagage –, und wo jetzt nebenan eine Wahl bevorsteht, herrscht an diesen Revolverbubis im Nachthemd, welche den Niggern die Furcht Jesu in den Leib pumpen, kein Mangel. Man sollte meinen, ich wäre jetzt lange genug in den USA, um hie und da ein paar Freunde zu haben, aber, ehrlich, Tim, ich bin einsam wie die Hölle und muß immer noch kämpfen wie ein Trojaner, um mich vom Schnaps fernzuhalten. Einige von denen, die sich als meine Kumpels bezeichnen, mögen unter der Haut ganz in Ordnung sein, aber ich habe immer noch nicht die mentale Maschinerie entwickelt, um zu wissen, welche Penner oder Verbrecher sind. Sie haben alle ein profundes, ernsthaftes, unverstelltes Interesse an Geld – MEINEM Geld, würde ich sagen –, und ich brauche Dir nicht zu sagen, daß sie es hauptsächlich wollen, um arme Prostituierte in Heimen zu unterstützen, um blinde Krüppel das Alphabet zu lehren, um neue Orden für Nigger- und Achtelnigger-Nonnen zu gründen und dafür zu sorgen, daß die Demokraten diesen Staat mit hundertprozentiger Sicherheit nie einbüßen. Cactus Mike Broadfeet trägt einen Button, auf dem steht, er habe der Blutbank von Unserer Lieben Frau am See 144 Liter gespendet, aber vielleicht bedeutet der Button auch, daß er 144 Liter Maisschnaps pro Woche trinkt, denn, bei Gott, man möchte schwören, sein Gesicht steht in Flammen. Ich glaube, Du weißt, daß man sich in diesem Gebiet, das größer ist als ganz Deutschland, nur per Flugzeug fortbewegen kann. Ich besitze zwei Maschinen, einen Jet und einen Turboprop, aber da oben bin ich so nervös wie ein Kätzchen, selbst wenn jeder meiner Piloten und Bullen einen Eid auf die katholische Bibel von Douai geschworen hat, keine krummen Sachen zu machen. Vier meiner Jungs sind in den letzten zehn Monaten erschossen worden, und ein Mädchen, das für mich tippt, wurde von einem Straßenräuber in einer Weise überfallen, daß das Krankenhaus in New York sagt, sie wird nie wieder gehen oder stehen können. Die Gangster hier hegen keinerlei Respekt vor dem weiblichen Geschlecht. Und wo jetzt eine Wahl im Nachbarstaat ansteht, haben sich die heimlichen Terroristen stark vermehrt, und im Fernsehen hat Harry Poland den Witz gerissen, daß Cactus Mike Broadfeet der ideale Mann für den Gouverneursposten von Oklahoma wäre, wenn er nur nicht die Soldatenkrankheit Angina fususpirillaris hätte, seine Liebe zur Demokratischen Partei kein Schwindel wäre, er in der Sakristei seiner First American Church of the Plymouth Presbyterians nicht ein Bordell unterhielte *und* er nicht eine so geringe Lebenserwartung hätte – wobei letzteres als Morddrohung an den Generalstaatsanwalt überwiesen wurde. Irgendwie habe ich das

Gefühl, daß Cactus Mike das Rennen machen wird, weil er ein echter Prärie-Texaner ist, eine Riesenkette von Hemdenfabriken an der gesamten Westküste besitzt, wogegen das Wort die Runde macht, Harry Poland sei ein Jude aus Litauen, obwohl er eine heilige Medaille in Gold trägt, die er von Kardinal Spellman hat, und nie am Freitag Fleisch anrührt. Er hat Wäschereien in Austin, Amarillo und El Paso, aber die Jungs sagen, sein eigentliches Ding ist das Drogengeschäft, und er ist mit dem Mafia-Verein namens Cosa Nostra verbandelt. Auf jeden Fall nimmt er selber Schnee zur Pflege seiner Gesundheit, und dem Schnee ähnelt auch die Farbe seines Gesichts, wenn schon nicht seiner Seele. Weißt Du was, ich bin schon fast wütend genug, um selbst für den Gouverneursposten eines der hiesigen Staaten zu kandidieren, nur leider bin ich ja immer noch Ausländer. Was ich mir aber WIRKLICH innig wünsche, ist, daß Du hier herauskommst und mir beim Leiten dieses zunehmend riesigen Öl-Schlamassels zur Hand gehst, aber das kannst Du natürlich nicht, wo Du in Poguemahone soviel wichtige Arbeit hast. Bei Gott, ich brauche hier einen echten Iren. Es wird aber alles viel leichter werden, wenn ich erst mal *Organisation* in den Laden hier gebracht habe – das ist das große, wahre Wort der Geschäftswelt: ORGANISATION. Der Herr ist mein Zeuge, wir haben hier in der Gegend genug Saft, um die Räder zu ölen; wenn wir nur auch die Räder hätten und die Organisation, damit sie sich drehen.

Lieber Tim, die große Frage, die ich in letzter Zeit nie aus dem hinteren Bereich meines abgelenkten Sinnes verloren habe, habe ich für den Schluß aufgespart und sie lautet: *Wie geht es meiner lieben Gattin Crawford?* Ich bin sicher, Du warst ganz schön platt und vielleicht böse auf mich, weil ich sie so abrupt und ohne Vorwarnung bei Dir abgeladen habe, aber, Tim, man könnte sagen, das Mädchen hat mir das Leben gerettet, als mich dieser plötzliche Schicksalsschlag mit dem Öl aus der Bahn geworfen und direkt zur Flasche getrieben hat. In drei Monaten war ich halbwegs den Fluß runter, auf einer Flut von Bourbon, nicht mal vom rechtschaffenen Schwarzgebrannten, den Ihr zu Hause habt, und habe auf den Ölfeldern Befehle gegeben und Optionen und Schecks unterschrieben und Leute eingestellt und gefeuert ohne den geringsten Schimmer, was ich da überhaupt trieb. Gott in Seiner Gnade sorgte dafür, daß Crawford irgendwo in meiner Bürobelegschaft lauerte, und Er inspirierte sie dazu, an meine Seite zu kommen, meine törichte Hand zu führen, mich vor mir selbst zu retten und mir die besten Ärzte zu besorgen, die in den gesamten USA zu kriegen sind, sowie einen erstklassigen Spezialisten namens Dr Feodor Unterholtz aus Österreich. Sie ließ mich nie aus den Augen, niemand durfte mich mehr durcheinanderbringen, und eines Nachts hatte sie sogar den Nerv, Cactus Mike vor die Tür zu setzen. Ein verkleideter Engel, wenn Du so willst, aber ein Engel allemal. Und sie hat sich nicht gedrückt, als ihr ein direktes Opfer abverlangt wurde. Wie Du wahrscheinlich inzwischen weißt, ist sie von sturer presbyterianischer Abstammung, wußte aber, daß ich nie für alle Zeiten in Sicherheit sein würde, es sei denn, sie heiratet mich. Du kannst Dir wohl den fürchterlichen Kampf vorstellen, der sich da inmitten ihrer Seele abspielte, denn natürlich wußte sie, daß ich ein irischer Katholik bin, und kannte die Ansichten, die unsereins zum Sakrament der Ehe hegt. Siehst Du, in was für einer Zwickmühle sie sich befand? Ich glaube, sie hat sich heimlich mit Kardinal Spellman oder Kardinal Cushing oder sonstwem getroffen, aber eins kann ich Dir sagen: Als man ihr auf dem silbernen Tablett präsentierte, daß sie keine andere Wahl hatte, nur diese eine schreckliche, da ist sie nicht zurückgeschreckt. Aber auch nicht entfernt! Sie hat bei einem hiesigen Pater Unterricht genommen, hat ihre Gebete gelernt wie ein Schulmädchen aus Castlebar und wurde hinter meinem Rücken in die Kirche aufgenommen. Und wieder eine Seele für Gott, Tim... Sind sie nicht wunderbar, die Wege der Vorsehung? Ich war auf Tegretal und Morphium und Benzedrin und weiß der Teufel was noch alles, aber ich fiel fast aus dem Bett (und zwar nicht seitwärts, sondern durch die Mitte), als sie mir eines Nachts sagte, daß alles geregelt ist. Das machte einen neuen Menschen aus mir, invalide und alles, wie ich war. Ich ließ Unserem Herrn und Seiner Gebenedeiten Mutter eine Dank-Novene lesen, und es ist mir scheißegal, wenn mich die Zyniker verspotten, wegen meines vielen Öls und meines vielen Geldes; es hat überhaupt keine Schwierigkeiten gemacht, Kardinal Cushing dazu zu kriegen, uns ein Hochzeits-Pontifikal-Hochamt mit Gregorianischem Chor auszurichten. Ich habe das sozusagen doppelt gemoppelt arrangiert, indem ich Messe, Hochzeitszeremonie und Empfang aus dem Houston Statler live ins New Yorker Hilton übertragen ließ, wo simultan ein zweiter Empfang abgehalten wurde, bei dem Senator Hovis Oxter und seine Frau Bella als Stellvertreter für mich und die Braut fungierten, und ich glaube, Du kannst getrost davon ausgehen, daß sich alle ochsig amüsiert haben – alle, bzw. 7500 Gäste. Unser Honeymoon in Miami war sehr kurz, natürlich, und ausgesprochen *behutsam*, wo ich doch auf Antabus war, falls Du weißt, was das für eine Droge ist, süßer Gott, der Geruch eines Korkens, und der arme reformierte Trinker geht den Swanee runter.

Du fragst Dich wahrscheinlich, was ich von Crawfords Geistesblitz halte, ein für allemal mit dem Kartoffelessen in Irland Schluß zu machen. Nun, dieses Amerika ist ein großartiges Land mit nichts hinter dem grenzenlosen Horizont als einem weiteren enormen Horizont, der ebenfalls lockt, aber ich gedenke immer noch mit großer Zuneigung des Landes, dem ich meine Geburt zu verdanken habe, aber ich darf sagen, daß die erbärmliche Art und Weise, mit der die eingeborenen Bauern mein Earthquake Wonder behandelt haben, mich noch immer bitter in der Nase wurmt. Falls die Iren keine gesunde, anständige, ungezieferfreie Kartoffel zu erkennen imstande sind, wenn sie ihnen angeboten wird, dann verdienen sie überhaupt keine Kartoffel – so sehe *ich* die Sache – und haben sich die Entscheidung, Sago zur Stütze der Nation zu machen, gründlich selbst zuzuschreiben. Die arme Crawford hat versucht, mich für Sago zu interessieren, aber nichts dergleichen ist mir je so recht bekommen, obwohl: Wer weiß denn schon, was ich in meinem gegenwärtigen Alter sagen würde, wenn ich Sago von der Wiege an genossen hätte, wie es bei der neuen Generation irischer Menschen wahrscheinlich bald der Fall sein wird. Meine eigene Überzeugung und mein Geld stehen total hinter Crawfords Plan, weil (eins) das äußerst delikate und komplizierte Geschäft des Umgangs mit Öl-Menschen, geologischen und mineralogischen Technikern, Bankiers und Finanz-Zampani, von Staats- und Bundespolitikern ganz zu schweigen, *keine Angelegenheit für eine anständige jungverheiratete Frau ist;* und (zwei) meine liebe Frau fernab der Heimat ihr Glück in der Stillung philanthropischer Begierden findet. Es ist mir eine große Freude und ein großer Trost, daß sie beschlossen hat, die größere Welt kennenzulernen, und zwar aus der Entscheidung heraus, sie, so Gott will, zu verbessern und mir auf diese Weise dabei behilflich zu sein, mich auf ehrenvolle Weise der Bürden des großen Wohlstands zu entledigen, welcher mir zugeflossen ist und mir aus dem texanischen Erdreich in stetig anschwellender Flut weiterhin zufließt. Es gibt nicht viele aufopfernde Menschen auf dieser schäbigen alten

Welt, und Crawford Hoolihan ist einer dieser Menschen. Irland mag ihr dereinst seine Ehrerbietung bezeigen, gemeinsam mit der heiligen Brigid und Königin Maeve und den anderen großen Damen unserer an Geschichten reichen Vergangenheit, wobei wir auch Grace O'Malley nicht vergessen wollen. Ich danke Gott demütig dafür, daß sie weit vom Rummel und Präriegestank texanischen Öls entfernt weilt, denn niemand kann so tun, als wäre Benzin etwas Angenehmes. Und hör zu, Tim: Laß Dich nicht narren, wenn es zunächst so scheint, als mache sie sich nicht die Bohne aus Dir und halte Dich nur für einen Blödmann von einem Hausmeister. *Ich habe ihr eingeschärft* und klipp und klar gesagt, daß Du in meinen Augen der anständigste und fähigste junge Ire bist, der je eine Mütze getragen hat. Ich habe ihr gesagt, daß Du so eine Art Sohn für mich bist, obwohl ich diesen Punkt nicht weiter ausgeführt habe. Crawford trägt ihr Herz nicht auf der Zunge, aber sie ist viel zu gewitzt, um sich in einem Mann wie Dir oder auch nur unserem gemeinsamen Freund Sarsfield Slattery zu täuschen. Ach ja, wie geht es Sarsfield? Es gibt da noch einen kleinen Punkt, und ich möchte, daß Du ihm Deine besondere Aufmerksamkeit schenkst. Crawford hat alle Mildtätigkeit, Demut und Schlichtheit eines heiligen Franziskus von Assisi oder einer heiligen Theresa von Avila im kleinen Finger, aber eins gibt es, worüber sie noch einiges zu lernen hat; ich meine TAKT. Gott helfe uns, aber an ihrer ehrlichen, direkten Art und Vorgehensweise könnten einige der überempfindlichen Dreckschweine Anstoß nehmen, von denen es in Irlands grünen und angenehmen Auen immer noch wimmelt. Sie hat etwas, wenn Du so willst, von der heiligen Johanna an sich. Laß ihr da ein wenig Hilfe und Führung zuteil werden, Tim! Erlahme nie in dem Bestreben, ihr begreiflich zu machen, daß die Iren es locker nehmen (wir wissen beide, daß sie lediglich stinkfaul sind), und daß man es viel leichter mit ihnen hat, wenn man sie sanft an die Hand nimmt, als wenn man sie drängt. Ich brauche Dir kaum zu sagen, daß sie höheren Orts über viele der richtigen Kontakte verfügt, und ich habe Senator Hovis Oxter dazu veranlaßt, sie der alten Mrs Scheisemacher vorzustellen, der Mutter des amerikanischen Botschafters in Dublin, Charlie Bendix Scheisemacher. Wenn Du's für Dich behältst, sage ich Dir noch, daß Charlie in meinem H.P.-Petroleumladen Aktionär ist, und zwar kein kleiner, so daß ich ihn am Bart ziehen kann, wann immer mir der Sinn danach steht. Du wirst feststellen, daß Crawford, sobald sie weiß, wo es langgeht, zügig losschlagen wird, und wenn sie Dir sagt, sie habe bereits verfügt, daß Sago als allererste Bedarfsdeckungsmaßnahme nach Irland verschifft wird, dann ist das vollkommen wahr, denn sie hat das alles mit meiner Tochter-Reederei arrangiert. Ich sage Dir, sie wird Irland erwecken – und es wird ja auch allmählich Zeit!

Schreib mir unbedingt, Tim, und berichte mir, was alles passiert und wie sich alles anläßt. Welchen Eindruck hat Crawford auf meiner heimischen Krume hinterlassen? Wie viele Ortsansässige hat sie schon kennengelernt? Was hält Sarsfield Slattery von ihr? Und mein alter Sparringspartner Baggeley, wie benimmt er sich, und hat er schon irgendeine Kunde von meinem Weibe vernommen? Ich hoffe sehr, daß die beiden sich nicht treffen werden, denn die Art, wie der Doktor mit seiner Gesundheit verfährt, macht ihn eher unzuverlässig. Der beiliegende kleine Extra-Scheck, den Du Crawford gegenüber nicht zu erwähnen brauchst, ist für Dich. Schreib, schreib, SCHREIB, Tim, und berichte mir von allem, was passiert. *Immer der Deine, Ned.*

An dieser Stelle endet das Originalmanuskript.

Die Krone des Märtyrers

Mr Toole und Mr O'Hickey gingen morgens zusammen die Straße entlang.

Mr Toole hatte eine Eigenart. Er hatte die Gewohnheit, wenn er von einer anderen Person begleitet wurde, wildfremde Menschen zu grüßen; jedoch nur, wenn diese Fremden gewichtig auftraten und kostspielig gekleidet waren. Auf diese Weise wollte er kundtun, daß er Freunde in hohen Positionen hatte und daß er selbst, obzwar arm, eine Person von Rang und daß seine gegenwärtige unglückliche Lage das Resultat eines geheimgehaltenen Opfers war, welches er schon früh in seinem Leben seinen unverrückbaren Prinzipien gebracht hatte. Die meisten Fremden, aus ihren privaten Gedanken aufgeschreckt, stotterten ihrerseits einen Gruß. Und Mr Toole war gewitzt. Er beließ es dabei. Er sagte nichts weiter zu seinem Gefährten, aber mit Hilfe einer kleinen privaten Geste, eines Kicherns, eines Schüttelns des Kopfes, eines unterdrückten Fluchs erzielte er die eine Frage, die seinem Ohr am melodiösesten klang: *»Wer war das?«*

Mr Toole war abgerissen, und das war Mr O'Hickey ebenfalls, aber Mr O'Hickey war von einer säuberlichen und sorgfältigen Abgerissenheit. Er war ein älterer und klügerer Mensch und mit Mr Tooles Schlichen wohl vertraut. Wenn Mr Toole in Hochform war, dachte Mr O'Hickey, dann war er besser als Theater. Und so wußte er nun, daß Mr Toole dabei war, die Straße mit wachem Auge abzuschätzen.

»Meine Güte!« sagte Mr Toole plötzlich.

Jetzt geht's los, dachte Mr O'Hickey.

»Sehen Sie diesen Knirps mit dem Stock und dem Hut?« sagte Mr Toole.

Mr O'Hickey sah ihn. Ein junger Mann von unvergleichlicher Eleganz näherte sich; groß, blond, dunkel gekleidet; selbst auf fünfzig Meter Entfernung schien sein Hochmut Mr O'Hickeys Teil der Straße gefrieren zu lassen.

»Zehn zu eins, daß er mich wie Luft behandelt«, sagte Mr Toole. »Dieser Mann ist ein ganz besonders erlesenes Erzeugnis.«

Mr O'Hickey machte sich auf einen mehr als außergewöhnlichen Aufprall gefaßt. Die Gegner näherten sich einander.

»Na, wie geht's denn immer, Sean, a chara?« rief Mr Toole.

Die Selbstkontrolle des jungen Mannes war superb. Es gab kein Starren, keinen verächtlichen Blick, nicht das geringste Zeichen. Fort war er, aber in seinem Kielwasser hatte er einen so vollendeten Eindruck von Geringschätzung hinterlassen, daß sogar Mr Toole kurz erbleichte. Das Erlebnis beängstigte Mr O'Hickey.

»Wer... wer war *das*?« fragte er schließlich.

»Die Mutter kannte ich recht gut«, sagte Mr Toole versonnen. »Die Frau war eine Heilige.« Dann war er still.

Mr O'Hickey dachte: Hier hilft nur Bestechung – wieder einmal. Er ging voraus in eine Gastwirtschaft und bestellte zwei Flaschen Stout.

»Wie Sie wissen«, setzte Mr Toole an, »war ich Bart Conlons rechte Hand. Bart hat dann natürlich im Jahre zwoundzwanzig die Seiten gewechselt.«

Mr O'Hickey nickte und sagte nichts. Er wußte, daß Mr Toole seinem Land keinerlei Militärdienst erwiesen hatte.

»Auf jeden Fall«, fuhr Mr Toole fort, »geschah es an einem ganz bestimmten Tag früh im Jahre einundzwanzig, da hören wir, daß eine Razzia im *Sinn Fein*-Büro droben in der Harcourt Street befohlen worden sei. Zufällig gab es da so einen Tölpel von einem Viehhändler aus der Grafschaft Meath, der gegenüber sein Büro hatte. Und der war dick befreundet mit einem Zeitgenossen namens Mick Collins. Ich glaube, Sie wissen, worauf ich hinaus will?«

»Allerdings«, sagte Mr O'Hickey.

»Wir waren zu sechst«, sagte Mr Toole, »mit mir und Bart Conlon, der den Oberbefehl hatte. Mein Viehhändler kriegt nun einen dringenden Anruf, er soll um vier zufällig mit Absicht nicht im Büro sein, und um halb vier sitzen wir sechs in seinem Laden, und wir haben sechs Maschinenpistolen, die Flinten und so eine Art hausgemachte Bombe, die Bart in seiner Küche zu basteln pflegte. Um fünf erschien das Militär auf zwei Mannschaftswagen gegenüber. Das war die Uhrzeit, auf die sich der Befehl bezogen hatte. Ich glaube, dieser Mann, Mick Collins, hatte Burschen, die für ihn im Kriegsministerium drüben in London arbeiteten. Er nahm es peinlich genau damit, daß die Briten auf die Sekunde pünktlich waren.«

»Er war ein wunderbarer Organisator«, bemerkte Mr O'Hickey.

»Na ja, wir standen mit dem Rücken zur hinteren Wand und beharkten sie durchs offene Fenster, als sie von den Mannschaftswagen absaßen. Bei allen heiligen Paten! So ein Schlachtfest hab ich mein Lebtag nie gesehen. Die Männer wußten gar nicht, wo es her kam, und einige machten sich auch keine großen Sorgen darüber, als alles vorbei war, weil sie keinen Kopf mehr für Sorgen auf dem Leib hatten. Dann gibt Bart den Befehl zum Rückzug über die Hintertreppe; in nullkommanix sind wir auf der Gasse, und fünf Minuten später sind wir alle sechs im ersten Stock von Martin Fulhams Kneipe in der Camden Street. Der arme Martin ist ja inzwischen tot.«

»Ich kannte den Mann gut«, bemerkte Mr O'Hickey.

»Gewiß doch«, sagte Mr Toole mit Wärme. »Wir sechs

standen natürlich auf der Abschußliste. Auf jeden Fall kamen um sechs neue Befehle. Alle Mann sollten sich in militärischer Formation, einzeln, auf verschiedenen Routen zum Hause eines hohen Tiers im Cumann na mBan verfügen, das war eine Witwe namens Clougherty, die in der South Side wohnte. Wir sollten uns alle ruhig verhalten, verstehen Sie, bis neue Befehle eintreffen, daß wir rauskommen und wieder kämpfen sollen. Bei allen heiligen Kriegen, das waren rauhe Tage damals; werde ich wohl jemals Mrs Clougherty vergessen?! Sie war wirklich eine fabelhafte Frau. Ich habe noch nie eine Frau Brot backen sehen so wie sie.«

Mr O'Hickey blickte auf.

»War sie«, sagte er, »war sie... soweit in Ordnung?«

»Sie war ganz gewiß nicht eine von der Sorte«, sagte Mr Toole laut und scharf. »In jenen Tagen hatten wir weißgott andere Sachen im Kopf. Da war diese unglückselige Frau in einem zweistöckigen Eigentumshaus, mit irgendeinem seltsamen Herrn in der Wohnung im ersten Stock, sie selbst im Erdgeschoß und sechs blutrünstige Grobiane, die sich oben im zweiten Stock verstecken, jeder einzelne bereit, sich den Weg freizuschießen, wenn sie Ärger kriegen. Wir haben dort Sachen zu essen gekriegt, die ich weder vorher noch nachher zu Gesicht bekommen habe, und jeden Morgen den *Independent*. Greueltat in der Harcourt Street. Dann machten sich die Bewaffneten aus dem Staube und bewerkstelligten ihre Flucht. Das kann ich Ihnen verdammtnochmal sagen, daß wir unsere Flucht bewerkstelligten. Die Sache hatte nur einen Haken. Wir konnten uns nicht rühren. Keinerlei Bewegung – und das bedeutet natürlich nur eins...«

»Verstopfung?« schlug Mr O'Hickey vor.

»Aber genau«, sagte Mr Toole.

Mr O'Hickey schüttelte den Kopf.

»Wir waren eine Woche dort. Haben geraucht und Karten gespielt, aber wenn die Uhr neun schlug, kam Mrs Clougherty nach oben, und – Protestant, Katholik oder Judenmensch – alle Mann mußten wir runter auf die Knie. Eine sehr gute ... strenge ... Frau, falls Sie verstehen, was ich meine, eine wahre Tochter Irlands. Und was ich Ihnen jetzt erzähle, ist verdammt gut. Eines Abends gegen fünf Uhr hörte ich unten ein Geräusch und spähte aus dem Fenster. Bei allen gottseligen und heiligen Paten!«

»Was war das für ein ... für ein Geräusch?« fragte Mr O'Hickey.

»Na, was glauben Sie? Es waren nur zwei Mannschaftswagen, bis oben voll Soldaten, und mein alter Kumpel, der Offizier, hüpft heraus und rennt die Treppe hoch, um gegen die Tür zu hämmern, und sämtliche Tommys sitzen da mit durchgedrücktem Rücken und entsicherter Knarre. In der Falle! Ein schöner Ausdruck: *In der Falle!* Wenn es jemals Ratten in der Falle gab, dann waren das meine unglückseligen tapferen Männer von der Schlacht in der Harcourt Street. Gott!«

»Sie waren denen gegenüber also sozusagen im Nachteil«, räumte Mr O'Hickey ein.

»Sie war selbst im Zimmer, mit der Teekanne. Sie hatte eine prächtige silberne Satängbluse an; ich sehe sie noch vor mir wie heute. Sie wandte sich uns zu und bedachte uns alle mit einem Blick, welcher sagte: *Jetzt seid bloß still, ihr Nervenbündel.* Dann fummelte sie ein bißchen vor dem Spiegel herum und verläßt das Zimmer und knallt dabei päng-päng-päng mit den Absätzen, so daß das Haus erzittert, als sie die Treppe hinuntergeht. Und ich habe etwas gesehen ...«

»Was?« fragte Mr O'Hickey.

»Sie war eine sehr schöne ... Sie werden mich gleich verstehen, Mr O'Hickey«, sagte Mr Toole bedächtig. »Ich habe ihre Finger auf den Knöpfen des Satängs gesehen, falls Sie mir folgen können, als sie das Zimmer verließ.«

Mr O'Hickey, diskret, nickte gedankenschwer.

»Ich habe im Treppenhaus gelauscht. Mein lieber Mann, das war der Schock meines Lebens. Sie klappert also hinunter und reißt die Haustür auf. Draußen steht dieses Bürschchen und fragt – fraaacht – mit seiner dämlichen Tralala-Stimme: ›Befinden sich irgendwelche Männer in diesem Hause?‹ Ihre Antwort hat mir grad den Atem verschlagen. Sie legt reichlich Gefühl in die Stimme und sagt so ordinär, wie ich es außerhalb der Moor Street noch nie gehört habe: ›Bestimmt nicht, zu dieser Abendstunde; aber ich würde bei Gott wünschen, es wären welche im Haus. Wie sollen denn die armen, unglücklichen Frauen ohne sie zurechtkommen, Herr Offizier?‹ Nun sehen Sie sich das an. Ich wäre fast die Treppe runter- und auf die beiden draufgefallen. Als nächstes höre ich ›Gnädige Frau dies und gnädige Frau jenes‹ und ›Entschuldigen Sie die Störung und verzeihen Sie bitte‹, ›Ich habe doch hoffentlich nicht und ich habe hoffentlich doch‹, und dann fängt das Geflüster an, und zum Schluß wird die Haustür zugemacht, und die beiden verschwinden in dem Zimmer am Ende des Ganges. Dieser junge Spund von den ›South Wales Borderers‹ in einem Zimmer am Ende des Ganges ganz allein mit einem hohen Tier aus der Zentrale des Cumann na mBan! *Noch zwei Pullen Stout, Mick!*«

»Das ist wirklich kurios, wie man so schön sagt«, sagte Mr O'Hickey.

»Ich bin zurück ins Zimmer gegangen und hab mich hingesetzt. Bart hatte seine Pistole gezogen, und wir sahen uns alle an. Nach zehn Minuten hörten wir wieder ein Geräusch.«

Mr Toole schenkte sich sein Stout mit unnötiger Sorgfalt ein.

»Es war das Geräusch der Mannschaftswagen; sie fuhren nämlich wieder weg«, sagte er schließlich. »Sie hatte uns das Leben gerettet, und als sie ein Weilchen später nach oben kam, sagte sie: ›Jungs, heute abend gehen wir alle ein bißchen früher ins Bett; kniet alle nieder.‹ Das war Mrs Clougherty, die Heilige.«

Mr O'Hickey, sorgfältig auch er, arbeitete nun an seiner eigenen Flasche, das weise Haupt tief über die Angelegenheit gebeugt.

* * * * * *

»Was ich Sie noch fragen wollte«, sagte Mr O'Hickey, »das war ja nun wirklich rundherum eine außergewöhnliche Geschichte, aber was hat das alles mit dem hochnäsigen jungen Mann zu tun, den wir auf der Straße getroffen haben, dem Burschen mit dem albernen Getue?«

»Sehen Sie das denn nicht, Mann?« sagte Mr Toole erstaunt. »Siebenhundert Jahre lang sind Tausende – nein, ich würde sagen: Millionen – irische Männer und Frauen für Irland gestorben. Bei uns hat es nie Drückeberger gegeben; sie sind freudig gestorben und werden es auch wieder tun. Aber dieser junge Mann ist für Irland ge*boren*. So etwas wie ihn hat es noch nie gegeben. Warum soll er da nicht stolz sein?«

»Der Herr steh' uns bei!« rief Mr O'Hickey.

»Ich habe sie eine Heilige genannt«, sagte Mr Toole hitzig. »Was rede ich denn ... Sie ist eine Märtyrerin, und bis zum heutigen Tage trägt sie die Krone des Märtyrers!«

John Duffys Bruder

Genaugenommen sollte diese Geschichte überhaupt nicht niedergeschrieben oder erzählt werden. Sie hinschreiben oder erzählen heißt, sie verderben. Das liegt daran, daß der Mann, der das seltsame Erlebnis hatte, über das wir jetzt sprechen werden, es nie gegenüber irgend jemandem erwähnt hat, und die Tatsache, daß er sein Geheimnis für sich behalten und es vollständig in seinem Gedächtnis versiegelt hat, ist gerade der Witz der Geschichte. Daher müssen wir gleich zu Beginn sagen, was der Haken bei der Sache ist: daß es absurd ist, daß wir die Geschichte erzählen, absurd für jeden, ihr zuzuhören, und undenkbar, daß irgendwer sie glauben könnte.

Wir werden diesem Mann jedoch einen Gefallen tun. Wir werden davon Abstand nehmen, ihn mit seinem vollständigen Namen zu erwähnen. Das wird uns in den Stand setzen, sein Geheimnis mitzuteilen, und es wird ihm gestatten, seinen Bekannten weiterhin ins Auge zu blicken. Aber wir können sagen, daß sein Familienname Duffy lautet. Es gibt Tausende dieser Duffys auf der Welt; in eben diesem Augenblick hat wahrscheinlich gerade ein neuer Duffy seinen ersten Auftritt an irgendeiner Weltenecke. Wir können sogar so weit gehen zu sagen, daß er John Duffys Bruder ist. Wir brechen unser Versprechen nicht, wenn wir dies sagen, denn wenn nur einhundert John Duffys existierten, und selbst wenn jeder einzelne davon aufgesucht und ausgefragt werden könnte, so zeitigte das trotzdem keinerlei befremdliche Aufklärungen. Das liegt daran, daß der in Rede stehende John Duffy nie sein Haus verlassen hat, nie sein Bett verlassen hat, mit niemandem je gesprochen hat und nie von mehr als einem einzigen Mann gesehen wurde. Der Name dieses Mannes war Gumley. Gumley war Arzt. Er war zugegen, als John Duffy geboren wurde, und ebenfalls, als er starb, eine Stunde später.

John Duffys Bruder lebte allein in einem kleinen Haus auf einer Anhöhe in Inchicore. Wenn er sich morgens anzog, konnte er friedvoll über das breite Tal der Liffey bis zu den Böschungen des Phoenix Parks blicken. Für gewöhnlich war der Fluß nicht wahrnehmbar, aber an einem sonnigen Morgen konnte man ihn wie einen langen glitzernden Speer in der Handfläche des Tales liegen sehen. Wie ein respektabler Ehemann schien er in Dublins Innenstadt zu eilen, als müsse er zur Arbeit.

Manchmal, wenn er sich darauf besann, daß seine Uhr vorging, verbrachte John Duffys Bruder einen Moment der Muße mit dem Fernglas seines Vaters und durchmaß das Tal mit Adleraugen. Das Dorf Chapelizod lag zur Linken und unsichtbar in der Tiefe, aber jeden Morgen errichteten die Einwohner, als geschähe dies zu Mr Duffys Nutzen, einen trägen Federbusch aus Rauch, um genau anzuzeigen, wo sie sich befanden.

Mr Duffys Glas kam gewöhnlich auf der Gestalt eines Mannes zur Ruhe, der durch die höheren Gefilde des Parks eilte und in Richtung auf das Magazine Fort aus dem Bild verschwand. Ein kleiner weißer Terrier sprang vor ihm einher, war aber auch bei einem gelegentlichen Sprint zu beobachten, um ihn wieder zu überholen, nachdem er zurückgeblieben war und in privaten Angelegenheiten Zeit vertrödelt hatte.

Der Mann trug in der Krümmung seines Arms ein Instrument, welches Mr Duffy zunächst für eine Flinte oder ein modernes Repetiergewehr gehalten hatte, aber eines Morgens hielt es der Mann am Kolben und schlug den Lauf beim Gehen munter auf den Boden, und da wurde Mr Duffy klar – er spürte einige Enttäuschung dabei –, daß der Artikel ein Spazierstock war.

Dieser Mann hieß zufällig Martin Smullen. Er war Führer einer Rangierlok gewesen und lebte nun still im Ruhestand bei einer etwas kränkelnden Schwester in der Cannon Row Nummer vier in Parkgate. Mr Duffy kannte seinen Namen nicht, und es war ihm vorbestimmt, ihn weder jemals zu treffen noch das Vorrecht seiner Bekanntschaft zu genießen, aber vielleicht lohnt die Erwähnung, daß sie einst Seite an Seite an der Theke einer Gastwirtschaft in der Little Easter Street gestanden haben, beide voneinander unerkannt, jeder dem andern ein schwarzer Fremder. Mr Smullens Bestellung war Whiskey, Mr Duffys war Stout.

Der Name von Mr Smullens Schwester war nicht Smullen, sondern Goggins, da sie die Witwe des verstorbenen Paul Goggins war, Tuchwaren en gros. Mr Duffy hatte nie auch nur von ihr gehört. Sie hatte einen Vetter namens Leo Corr, welcher der Polizei nicht unbekannt war. 1924 war er im Zusammenhang mit der Herstellung nachgemachter Zahlungsmittel zu Zwangsarbeit verdonnert worden. Mrs Goggins war ihm nie begegnet, hatte aber gehört, daß er nach seiner Freilassung nach Labrador emigriert war.

Nun zum Fernglas. Eine merkwürdige Geschichte ist mit seinem Eigentümer verknüpft, ebenfalls einem Duffy, vormals bei der Handelsmarine. Obwohl nicht mit den Segnungen einer Universitätserziehung ausgestattet – tatsächlich hatte er im Alter von sechzehn Jahren begonnen, zur See zu fahren, und zwar als Ergebnis eines Vorfalls, der sich als Folge eines unvollkommenen Verständnisses der Beziehungen der Geschlechter zueinander zugetragen hatte –, war sein geistiger Zuschnitt der eines Gelehrten, und während eines Landurlaubs verbrachte er oft die Nachmittage allein in seinem Eßzimmer, indem er voll Entzükken ein Buch von Homer durchstöberte oder mit belesenem Hohnlächeln das minderwertige Latein des Angelischen Doctors Thomas von Aquin mit Kommentaren versah. Am vierten Tage des Julis 1927, um vier Uhr, nahm er im Eßzimmer Abschied von seinen Sinnen. Vier Männer erschienen in einem verschlossenen Lastwagen um acht Uhr an jenem Abend, um ihn aus sterblichem Gesichtskreis zu entfernen und an einen Ort zu schaffen, wo er zu seinem eigenen Besten in Gewahrsam genommen wurde.

Man könnte einwenden, daß viel des Vorangegangenen wenig echten Bezug zur Geschichte von John Duffys Bruder aufweist, aber das moderne Schreiben, so hoffen wir, ist über das Stadium hinaus gediehen, da simple Vorfälle ins Leere hinein vermeldet werden, ohne den geringsten Hinweis auf die im Hintergrund wirkenden psychologischen und erblich bedingten Kräfte, deren Resultat sie sind. Nachdem ich dies jedoch gesagt habe, ist es nun statthaft, das Wesen des Abenteuers von John Duffys Bruder kurz niederzulegen.

Er erhob sich eines Morgens – am 9ten März 1932 –, zog sich an und kochte sein frugales Frühstück. Unmittelbar danach bemächtigte sich seiner die seltsame Idee, er sei eine Eisenbahn. Man kann keinen Versuch unternehmen, dies zu erklären. Kleine Jungen tun manchmal gern, als seien sie Züge, und es gibt auf der Welt dicke Frauen, die, aus der Entfernung, Eisenbahnen nicht unähnlich sehen. Aber John Duffys Bruder war ganz sicher, daß er ein Zug *war:* lang, wie der Donner tosend und ungeheuer groß, mit weißem Dampf, der ihm lärmend aus den Füßen entwich, und kehligem Gebrüll, das rhythmisch von dort kam, wo bei ihm der Schornstein saß.

Darüber hinaus war er davon überzeugt, ein ganz bestimmter Zug zu sein, der 9 Uhr 20 nach Dublin. Sein Bahnhof war das Schlafzimmer. Er stand zwanzig Minuten lang absolut still, da er wußte, daß ein guter Zug bei der

Abfahrt genauso pünktlich ist wie bei der Ankunft. Er sah oft auf seine Uhr, um sicherzugehen, daß der Zeitpunkt nicht unbemerkt verstrich. Auf seiner Uhr standen die Worte »Shockproof« und »Railway Timekeeper«.

Genau um 9 Uhr 20 stieß er einen durchdringenden Pfiff aus, brachte die Riesenmasse seines Metalls schwerfällig schüttelnd in Bewegung und dampfte gewichtig ab, in die Stadt. Der Zug kam ultrapünktlich an seinem Bestimmungsort an, welches die Kanzlei von Messrs Polter & Polter war, Anwälte und beeidigte Notare. Aus Gründen, die auf der Hand liegen, ist der Name dieser Firma fiktiv. Im Büro waren zwei Männer, der alte Mr Cranberry und der junge Mr Hodge. Beide waren Kontoristen, und beide nahmen ihre Befehle von John Duffys Bruder entgegen. Natürlich sind beide Namen imaginär.

»Guten Morgen, Mr Duffy«, sagte Mr Cranberry. Er war alt und höflich, im Dienst der Firma gelb geworden.

Mr Duffy sah ihn erstaunt an. »Sehen Sie denn nicht, daß ich ein Zug bin?« sagte er. »Warum nennen Sie mich Mr Duffy?«

Mr Cranberry ließ ein kleines Lachen frei und zwinkerte Mr Hodge zu, welcher, jung, adrett und gutaussehend, hinter seiner Schreibmaschine saß.

»Nun gut, Mr Zug«, sagte er. »Ein kalter Morgen, Sir. Schwer, an so einem kalten Morgen genügend Dampf zu entwickeln, Sir.«

»Leicht ist es nicht«, sagte Mr Duffy. Er rangierte gekonnt zu seinem Stuhl und wartete geduldig, bevor er sich hinsetzte, während ihn die Bediensteten der Firma gewandt abkuppelten. Mr Hodge kicherte hinter der Walze seiner Schreibmaschine.

»Irgendwelche verbilligten Ausflüge, Sir?« fragte er.

»Nein«, erwiderte Mr Duffy. »Aber es gibt natürlich Dauerkarten.«

»Dritter und erster Klasse vermutlich, Sir?«

»Nein«, sagte Mr Duffy. »Mit Rücksicht auf die Ansichten des Herrn Marx sind alle Klassenunterschiede in der Passagierabteilung des rollenden Materials abgeschafft worden.«

»Verstehe«, sagte Mr Cranberry.

»Das ist Kommunismus«, sagte Mr Hodge.

»Er meint«, sagte Mr Cranberry, »daß es jetzt nur noch die erste Klasse gibt.«

»Wie viele Räder hat Ihre Lokomotive?« fragte Mr Hodge. »Drei große?«

»Ich bin kein Güterzug«, sagte Mr Duffy scharf. »Die Anordnung der Räder bei einer Personenzuglok ist vier-vier-zwei –: zwei große Antriebsräder auf jeder Seite, gekoppelt natürlich mit einem vierrädrigen Drehgestell vorne und zwei kleinen Rädern am Führerstand. Warum fragen Sie?«

»Der Bahnsteig ist im Wege«, sagte Mr Cranberry. »Er kann es nicht sehen.«

»Ach, stimmt ja«, sagte Mr Duffy. »Hatte ich glatt vergessen.«

»Ich vermute, Sie verbrauchen viel Kohle?« sagte Mr Hodge.

»Etwa eine halbe Tonne auf dreißig Meilen«, sagte Mr Duffy langsam und überprüfte im Geiste den Verbrauch jenes Morgens. »Ich brauche wohl kaum zu sagen, daß mir das häufige Anhalten und Anfahren auf Vorstadtbahnhöfen ziemlich zusetzt.«

»Davon bin ich überzeugt«, sagte Mr Hodge mit Anteilnahme.

So sprachen sie eine halbe Stunde lang, bis der schon etwas ältere Mr Polter erschien und sich feierlich in sein hinten liegendes Büro begab. Als dies geschah, hatte die Konversation ein Ende gefunden. Wenig war bis zur Essenszeit zu hören außer dem Kratzen von Schreibfedern und dem unbeständigen Geklapper der Schreibmaschine.

John Duffys Bruder verließ das Büro immer um dreizehn Uhr dreißig und ging zum Essen nach Hause. Folglich begann er, um 12 Uhr 45 Dampf zu machen, damit zum Zeitpunkt der Abfahrt keine Verzögerung eintrete. Als der »Railway Timekeeper« sagte, es sei 1 Uhr 30, stieß er einen zweiten schrillen Pfiff aus und dampfte langsam aus dem Büro, ohne seinen Kollegen ein Wort oder einen Blick zuteil werden zu lassen. Er kam ultrapünktlich zu Hause an.

Wir nähern uns jetzt dem wirklich wichtigen Teil der Handlung, dem Vorfall, der der ganzen Geschichte ihre Bedeutsamkeit verleiht. Mitten beim Mittagessen fühlte John Duffys Bruder, wie etwas Wichtiges, etwas Seltsames und Zaubrisches in seinem Gehirn stattfand, wie sich eine ungeheure Spannung löste, wie sauberes Licht einen Ort überflutete, der dunkel gewesen war. Er ließ Messer und Gabel fallen und saß eine Zeitlang wild um sich blickend da, ohne einem Mundvoll Kartoffeln die geringste Aufmerksamkeit zu schenken. Dann schluckte er, erhob sich schwächlich vom Tisch, ging ans Fenster und wischte den Schweiß fort, der auf seiner Stirn ausgetreten war.

Er starrte in den Tag hinaus, nicht mehr als Eisenbahn, sondern als zutiefst erschreckter Mann. Zoll für Zoll ging er seinen Morgen durch. Soweit er sich erinnern konnte, hatte er niemanden umgebracht, keine üblen Ausdrücke gerufen, keine Fensterscheiben eingeschlagen. Er hatte nur mit Cranberry und Hodge gesprochen. Unten auf der Fahrbahn erschien kein dunkler, mit uniformierten Männern behafteter Lastwagen. Er setzte sich wieder ungetröstet vor seine angebrochene Mahlzeit.

John Duffys Bruder war ein Mann von einigem Mut. Als er ins Büro zurückkam, hatte er einigen Whiskey im Magen, und es war später am Abend, als es hätte sein sollen. Hodge und Cranberry schienen ganz von ihren Briefen in Anspruch genommen. Er hängte beiläufig seinen Hut auf und sagte: »Ich fürchte, der Zug hat auf der Rückfahrt etwas Verspätung gehabt.«

Unter seinen gesenkten Brauen hervor musterte er Cranberrys Gesicht sehr scharf. Er dachte, er sähe den Schatten eines Lächelns geistesabwesend über die milden Züge des alten Mannes gleiten, während sie weiterhin auf ein Papier geheftet waren. Das Lächeln schien zu besagen, daß ein Morgenwitz für den Abend desselben Tages nicht mehr gut genug war. Hodge erhob sich plötzlich in seiner Ecke und ging still mit seinen Briefen in Mr Polters Büro. John Duffys Bruder seufzte und setzte sich matt an seinen Schreibtisch.

Als er an jenem Abend das Büro verließ, war sein Herz leichter, und er fand, er habe eine gute Entschuldigung, noch mehr geistiges Getränk zu kaufen. Niemand außer ihm kannte sein Geheimnis, und niemand würde es je erfahren.

Es war eine gründliche Heilung. Kein einziges Mal kehrte die sonderbare Krankheit zurück. Aber bis zum heutigen Tage schreckt John Duffys Bruder beim Dröhnen eines Zuges im Liffey-Tunnel auf und bleibt wie angewurzelt stehen, wenn er plötzlich an einen Bahnübergang kommt; er steht, sozusagen, still, auf einem Bergesgipfel in Darién.

Durst

STÜCK IN EINEM AKT

DRAMATIS PERSONAE

Mr C.	....	Wirt
Jem Peter	}	Kunden
Der Sergeant		

Der Vorhang hebt sich, und wir befinden uns im Innern einer Bar. Die Sperrstunde ist längst vorbei. Schwach scheint Licht von einer Straßenlaterne aufs Fenster. Die Bar ist – sehr schlecht – von zwei Kerzen erleuchtet, die auf dem Tresen stehen, die eine steckt in einer Flasche. Der Wirt, Mr C., von angemessen dicker und wohlhabender Erscheinung, stützt sich auf die Mitte des Tresens und spricht mit Peter, welcher, das Profil dem Publikum zugewandt, auf einem Hocker sitzt. Jem, von der Gemütslage her ein Gefolgsmann oder Trabant, befindet sich in einer finsteren Ecke des Schankraums, in der er kaum wahrzunehmen ist. Beide Gäste trinken Stout aus 0,6-Liter-Gläsern; der Wirt hat einen kleinen Whiskey vor sich stehen. Der Vorhang hebt sich inmitten eines Gesprächs zwischen Peter und Mr C.

MR C. *dramatisch* Und wissen Sie warum? *Es entsteht eine Pause.* Wissen Sie warum?

PETER Bei Gott, Mr Coulahan, da bin ich überfragt.

MR C. *laut, indem er eine Flasche ergreift und einschenkt* Weil er nichts taugt... Deshalb... Nicht das allergeringste! *Hat fertig eingeschenkt.* Und noch etwas... *Dramatische Pause.*

Er stürzt sein Getränk in einem Zug herunter. Dreht sich nach hinten um, holt die Whiskeyflasche aus dem Regal und schenkt sich lärmend ein neues Glas ein. Im folgenden ist er damit beschäftigt, zwei weitere Stouts zu zapfen, um die Gläser der Gäste aufzufüllen. Peter raucht und hält nachdenklich den Kopf gesenkt. Jem verhält sich ruhig und macht nur Trinkgeräusche. Er zeigt sein Gesicht ganz kurz in der Finsternis, als er sich eine Zigarette anzündet.

Mr C. Er hat einen Bruder aus der Grafschaft Galway, der jedes Jahr zur Pferdeschau hierherkommt, ein Knirps, den man nicht bemerken würde, wenn er einen im Treppenhaus überholt – und immer mit todschicken Reithosen. Letztes Jahr kreuzte er in der Kneipe von meinem Onkel in Drumcondra auf, komplett mit Füllfederhalter ... und Scheckbuch. Unseren gemeinsamen Freund hat er als Referenz angegeben. *Schweigt unheilverkündend.* Mein Gott, der unglückselige, dumme Onkel. *Lacht hohl.* Der arme, unglückselige, dumme Onkel. Um zwölf Pfund fünfzehn Shilling war er beschissen. Dreizehn Pfund könnte man fast sagen – dreizehn Pfund, die anzusammeln er einen guten Monat im Schweiße seines Angesichts verbracht hatte! Jetzt frage ich Sie um des lieben Gottes willen: Haben Sie so was schon mal gehört?

Jem *der einen starken Dubliner Akzent hat* Oh, so ein Scheckbuch! Ein Scheckbuch ist das einzig Wahre. So manches liebe Mal habe ich Gott um ein Scheckbuch gebeten!

Peter *verschmitzt* Natürlich ist das ganz ein anderer Verein als unsereins. Das ist viel Geld, wenn man darum geprellt wird, gar kein Zweifel. Manche Wirte sind eben dumm.

Mr C. Ein anderer Verein als unsereins? Wenn Sie mich fragen: Ein anderer Verein ist gar kein Ausdruck. Die wechseln die Vereine, wie sie's brauchen. Hauptsache, ihr Geld kommt aus den Taschen anderer Leute! *Schlürft Whiskey.* Ich glaube sogar, die Frau unseres Freundes war in Schwierigkeiten, weil sie in Slatterys Laden geklaut hat.

Peter *überrascht* Stimmt das? Das ist mir neu.

Mr C. Gewiß, Mann. Gewiß, gewiß.

Jem Bei Gott, die halbe Stadt schafft bei Tag und Nacht Ware aus diesem Laden; manche kommen schon mit dem Leiterwagen.

Peter *nachdenklich* Komisch, wie das manchmal in der Familie liegt. Es ist eine Art Vererbung. Es liegt wahrscheinlich im Blut.

Jem Genau, es liegt alles am Blut.

Peter Irgendwas Böses, Häßliches liegt bei dieser Bagage im Blut, obwohl jeder einzelne eine gute Bildung genossen hat. Die waren alle bei den Christlichen Brüdern, aber mindestens.

Mr C. *dreht sich zur Flasche um und schenkt sich einen weiteren Whiskey ein.* Erzählen Sie mir doch nichts, Mann! Ich hätte die ganze Blase schon längst ins Mountjoy-Gefängnis gesteckt, und da säße sie immer noch, und da würden sie pro Stück sieben Jahre abbrummen, wegen Diebstahl und Überfall und Raub und jedem Verbrechen, das im Kalender steht. Und dann gibt es doch noch diesen einen Bruder, der sich nach Amerika abgesetzt hat, nachdem er während der Unruhen eine Bank überfallen hatte – alles im Namen Irlands. *Er geht zur Registrierkasse.*

Jem Weiß Gott, Mr Coulahan, den Banküberfall hatte ich glatt vergessen!

Mr C. Wir lassen uns in diesem Land eben viel zuviel gefallen. *Seufzt.* Und es gibt da einen gewissen anderen Herrn, der hier sein Bier einzunehmen pflegt, den man ebenfalls hinter Schloß und Riegel bringen sollte, einen sehr ... sehr ... angesehenen ... Herrn ... *Er verstummt.* Was war das?

Lärm.

Jem He, was ist das denn?

Peter *beunruhigt* Was? Ich hab nichts gehört.

Coulahan geht ans Regal.

Mr C. Pscht! Pscht! Um Gottes willen! Es ist die Polizei!

PETER und JEM Die Polizei! Die Polizei! Bei Gott! Wir sind ruiniert!

Peter und Jem ducken sich hinter den Tresen.

MR C. Pscht. *Er bläst eine der Kerzen aus, wodurch Jem völlig unsichtbar wird. Er schleicht auf Zehenspitzen ans Fenster und lauscht mit geneigtem Kopf. Dann flüstert er aufgeregt.* Pscht! Um Himmels willen. Ich glaube, der verdammte Sergeant ist auf der Pirsch.

JEM O Gott! Wir sind verratzt! *Er bläst die Kerze auf dem Tisch aus.*

MR C. und PETER Pscht!

Es klopft dreimal an die Tür.

SERGEANT *draußen* Hier spricht die Polizei! Hier spricht die Polizei! Bitte, machen Sie die Tür auf, Mr Coulahan.

PETER Wir werden uns einfach ganz ruhig verhalten.

MR C. *laut, in gewaltiger Erregung* Pschscht.

Totenstille. Peter beugt sich zu der noch brennenden Kerze und schirmt die Flamme mit den Händen ab, um das Licht zu verbergen. Mr C. ist vor lauter Lauschen fast völlig gebückt, macht weiter Pscht und wedelt mit der Hand, um noch vollkommenere Stille zu erzielen. Von draußen ist kein Laut zu hören. Dreißig Sekunden vergehen. Plötzlich springt Mr C. zur Kerze und bläst sie aus, so daß nur noch das Fenster sichtbar ist, welches von der Straßenlaterne erleuchtet wird. Fast gleichzeitig wird dreimal laut an die Tür geklopft.

Das Klopfen wird wiederholt, dringlicher diesmal. Die drei bleiben mucksmäuschenstill. Dann begibt sich Coulahan an den Tresen und trinkt dort sein Glas aus. Wieder wird geklopft. Dann wird leicht gegen die Tür getreten, und man hört, wie der Sergeant gedämpft etwas in seinem dicken Akzent ruft. Man hört, wie Mr C. heftig seufzt.

Mr C. Das war's dann ja wohl, das war's dann ja wohl. *Er tastet nach seinen Streichhölzern, findet sie und zündet sorgfältig beide Kerzen an.* Ja, das war's dann wohl.

Es wird noch lauter geklopft. Mr C. kommt hinter dem Tresen hervor. Geht dann zur Tür.

Mr C. Alles klar, Sergeant, ich komm ja schon. *Er öffnet die Tür.* Einen guten Abend wünsch ich, Sergeant. Und schön kalt ist er obendrein.

Sergeant *zu unsichtbarem Polizisten* Danke, Wachtmeister, ich brauche Sie vorläufig nicht mehr.

Der Sergeant tritt ein. Coulahan schließt die Tür und knipst das Licht an.

Sergeant Sie sagen es, wie es ist, Mr Coulahan, eine kalte, rauhe Art von Nacht. Paßt gar nicht zur Jahreszeit für diese Jahreszeit. Ganz und gar nicht!

Mr C. *kommt mit aufgesetzter, üppig zur Schau getragener Munterkeit nach vorn und geht hinter seinen Tresen zurück.* Na ja, beklagen können wir uns nicht; bisher hatten wir doch einen leidlich milden Winter. Nein, beklagen können wir uns nicht. Beklagen ... können wir uns nicht.

Der Sergeant hat Notizbuch und Bleistift hervorgesucht.

Sergeant Das Geschäft läuft auf den Namen der Gattin, wenn mich nicht alles täuscht, Mr Coulahan?

Mr C. Ja, Sergeant, das Haus läuft auf den Namen der Gattin.

Pause.

Peter Sie wissen, wie ich heiße, nehme ich an, Sergeant?

Sergeant Allerdings. Allerdings. Und wenn mich nicht alles täuscht und trügt, ist das dahinten ebenfalls ein alter Bekannter von mir.

Jem Stimmt genau, Sergeant. Wir sind einander schon so

manches liebe Mal begegnet. Und das wird, so Gott will, noch oft geschehen.

SERGEANT Das wird es wohl, das wird es wohl. Wir werden uns wiedersehen, und das nicht zu knapp. Nicht zu knapp.

JEM Ich nehme an, Sergeant, es macht Ihnen nichts aus, wenn ich meine Flasche Stout austrinke? Wir wollen doch in diesen schweren Zeiten nichts umkommen lassen, oder?

SERGEANT *kehrt Jem mit großem Vorbedacht den Rücken.* Von dem, was Sie hinter meinem Rücken tun, will ich gar nichts wissen.

Alle wenden sich wieder ihren Gläsern zu, die sämtlich noch fast voll sind, wobei sich der Sergeant sehr abseits hält und mit dem Rücken zum Tresen steht. Er scheint völlig in sein Notizbuch vertieft zu sein.

PETER Jetzt ist Hopfen und Malz verloren, da kommt es sowieso nicht mehr drauf an.

MR C. *kläglich* Genau. Wir wissen alle nur zu gut, was für ein schweres Leben Sie in Ausübung Ihrer Pflicht führen, Sergeant.

PETER *geht zum Tresen.* Da haben Sie wahrhaftigen Gottes nur allzu recht, Mr Coulahan.

MR C. Stünden nicht mein Lebensunterhalt und Ihre Beförderung auf dem Spiel, dann würde ich Ihnen in diesen Räumen nach der Polizeistunde natürlich etwas zu trinken anbieten – was Sie wiederum ablehnen müßten... Sogar in einer unseligen Nacht wie dieser, da es nach Schneesturm aussieht und Ihnen in Ausübung Ihrer Pflicht leicht das Fleisch von den Knochen gepellt werden kann. Denken Sie mal darüber nach, meine Herren!

PETER Ein hartes Los; wohl wahr, Sergeant. *Er wendet sich dem Sergeant zu.*

Mr C. Wenn ich dabei erwischt würde, daß ich nach Einbruch der Polizeistunde ein Getränk an Sie ausschenke, Sergeant, könnte man mich unter den schwersten Anschuldigungen vor den Richter bringen: Bestechung, Korruption und versuchte Beeinflussung von Polizeiangehörigen.

Jem begibt sich an die Bar.

Jem Davor möge Gott uns schützen, Mr Coulahan!
Mr C. Was mit Ihnen geschehen würde, Sergeant, weiß ich leider gar nicht genau, da ich mit den Regeln, Vorschriften und Disziplinarmaßnahmen, welche die Richtschnur unserer Ordnungshüter – oder Garda Schikana, wie man sie heutzutage nennt – bilden, nicht eingehend genug vertraut bin. *Seufzt tief.* So haben wir beide unser Päckchen zu tragen, Sergeant, und das ist nur die Wahrheit. *Er dreht sich nach den Flaschen um, die hinter ihm stehen.* Eine schöne, starke Kugel Malzwhiskey: Das ist es, was ich im Augenblick ganz heftig brauche … nachdem man den ganzen Tag schier umgekommen ist vor Kälte. *Gießt sich ein.* Und kaum hat man den Tag überstanden, kaum senkt sich die Nacht: Schon läuft man Gefahr, das Gesetz, die Polizeistunde betreffend, zu brechen. *Seufzt tief und trinkt.*
Jem Nur zu wahr. Geradezu grimmig war die Kälte heute. Verzweifelt. Man mochte sich nicht nur einen Schal um den Hals, sondern auch um die Beine wünschen.
Peter Na ja, jetzt ist der Sommer nicht mehr fern.
Mr C. Der Sommer? *Seufzt.* Erinnern Sie sich an letzten August, Sergeant?
Sergeant Ja und nein, Mr Coulahan, ja und nein.
Mr C. Es war ein großartiger Monat voll sommerlichen Wetters, Sergeant. Ich bin zweimal schwimmen gegangen. Das Wasser war wie Suppe. Und die Hitze der

Steine konnte einem bei Gott die Füße unter dem Leib versengen.

Jem Ich war noch nie ein Freund des Wassers, Mr Coulahan. Hatte nie genug Zeit dafür. Außerdem ist es unnatürlich, sich dorthinein zu begeben. Bei Fischen ist es natürlich was anderes.

Mr C. Dieser Monat August war so heiß, daß er... daß er mich an den Ersten Krieg erinnert hat... als ich unten in Messpott war!

Jem Heiligen Gottes, wo ist das?

Mr C. Messiopotamien! Habt ihr denn noch nie von Messiopotamien gehört? Und dort war ich und habe gegen die Türken und die Araber gekämpft und für die kleinen Nationalitäten! Das ist ja das Merkwürdige, Sergeant: Dieser sommerliche Monat hat mich in den Ersten Weltkrieg zurückversetzt.

Sergeant Diese beiden Weltkriege waren verzweifelte und schlimme Zusammenstöße.

Peter Da unten war es vermutlich sehr heiß, was?

Mr C. Haben Sie »heiß« gesagt? Ich glaube nicht, daß es vorher oder nachher jemals wieder solche Hitze gegeben hat. Das war eine Klasse für sich, eine Klasse von Hitze, wie sie die Menschen in diesen Breiten gar nicht verstehen würden. Das ist nun schon vierzig Jahre und noch länger her, und ich kann sie immer noch spüren, die Sonne da unten im Shatt-el-Arab. Da sind wir nämlich gelandet.

Der Sergeant schenkt ihm keine Beachtung; Mr C. gießt sich still ein neues Glas ein und zapft drei Stouts. Das dritte stellt er auf den Tresen genau zwischen sich und den Sergeant.

Peter Gab es viele Fälle von... Sonnenstich?

Mr C. Sonnenstich? Wir dachten, die Hitze auf dem Schiff sei schon schlimm genug – und das war sie ja auch –, bis wir landeten! Wir waren fast dreitausend! *Keucht.* Das erste, was ich spüre, als ich die Gangway hinuntergehe, ist ein Riesenstrom heißer Luft, der mir in die Nase jagt. Die Hitze knallte aus der Erde empor wie Rauch aus einem Motor. Die Luft war so dünn und so heiß, daß man gar nicht mehr merkte, wie man sie einatmete. Sie war ... gestreckt, falls ihr versteht, was ich meine. Verdünnt durch die Hitze, die aus dem Boden und aus dem Himmel und von allen Seiten auf die Luft eindrosch. Sie war getrocknet, da war überhaupt keine Feuchtigkeit mehr drin ... wie in einer verschrumpelten Erbse. *Pause.* Es war, als steckte man den Kopf in einen Backofen und atmete tief ein.

PETER Das würde mir aber gar nicht gefallen. So schlecht das Wetter in Irland ist – besser als dort ist es allemal.

MR C. Ihr habt noch nicht mal die Hälfte gehört, nicht mal die Hälfte. Wir waren noch voll damit beschäftigt, nach Luft zu schnappen, da kam etwas Entsetzliches dazu! Es dauerte Stunden, bis die Burschen ausgeschifft waren, und wir standen die ganze Zeit auf dem Kai in Reih und Glied. Also ... ich war vom Stehen schon müde, falls ihr wißt, was ich meine ..., und ich wollte deshalb das Gewicht vom einen auf den anderen Fuß verlagern. Und was glaubt ihr, was jetzt kommt? Mein Fuß klebte fest. *Sie starren ihn ungläubig an.* Klebte am Boden fest.

JEM Oha. Da müssen Sie Spikes an den Sohlen gehabt haben.

MR C. Von wegen Spikes! Nein, wir hatten alle unsere Tropenstiefel mit Gummisohle an, und das ganze Gummi schmolz direkt unter uns.

JEM So was habe ich ja noch nie gehört. Noch nie.

MR C. Tausend Mann am Kai angetreten – und keiner konnte sich rühren. Mein Gott, das war grimmig! Grimmig!

JEM Haben Sie schon mal aus Versehen ein Stück Gummi ins Feuer geworfen? Der Gestank könnte Ihnen bei Gott die gesamte Nase zerstören.

MR C. Wir waren natürlich Soldaten. So was wie »Bitte, Sir, ich klebe am Kai, Sir! Meine Schuhe schmelzen, Sir, was soll ich tun, Sir?« kam da natürlich nicht in Frage. Aber nein. Wir hatten nur weiter dazustehen und auf den Marschbefehl zu warten. Ihr hättet uns sehen sollen, als der Befehl dann kam. Wißt ihr, wie das war? Habt ihr jemals eine Fliege gesehen, eine Fliege, die versucht, von ihrem Fliegenpapier herunterzuklettern?

JEM Ich weiß, was Sie meinen ... aber genau! Sie summt und sie brummt und zuckt und strampelt mit den Beinen ... Bis zum Hals im Klebekram.

MR C. Genau wie Fliegen auf Fliegenpapier. So standen wir da.

JEM Sag ich ja.

MR C. Bis zu unseren Unterkünften war es nur ein Marsch von zweihundert Metern, aber es war der dreckigste, verschwitzteste, klebrigste und trockenste Marsch unseres Lebens. Jeder Mann schäumte vor Schweiß, die Kleidung klebte ihm an der Haut, und die Zunge hing ihm heraus wie einem Hund.

An dieser Stelle nehmen Jem und Peter je einen hörbar langen Zug von ihrem kühlen Getränk. Der Sergeant macht sich voller Unbehagen an seinem Buch zu schaffen, als sei er entschlossen, sich von Mr C.s Vortrag nicht im mindesten beeindrucken zu lassen.

PETER Bei Gott, Sergeant, und meine eigene Zunge beginnt mir ebenfalls herauszuhängen wie einem Hund!

MR C. Nun, ich bitte den Sergeanten um Verzeihung und freundliche Nachsicht und werde mir eine Kugel Malzwhiskey genehmigen, denn nachdem ich an meine Tage als Soldat dort unten in Messpott gedacht habe, spüre ich ein dahin gehendes Bedürfnis, Gott stehe mir bei. *Er trinkt.*

SERGEANT *schwerfällig* Ich beende hier nur rasch meine Notizen ... und wenn meine Notizen beendet sind, werden wir alle gute Nacht sagen und in unsere Betten gehen müssen ... und Gott sei Dank haben wir Betten, in die wir gehen können.

JEM Nie haben Sie ein wahreres Wort gesprochen, Sergeant. Manchmal bin ich ebenfalls ...

SERGEANT Es könnten Morde und alle Arten von Gesetzwidrigkeiten hinter meinem Rücken vorgehen, aber was ich nicht sehe, weiß ich nicht ...

JEM Das ist eine Tatsache, Sergeant.

SERGEANT Das Gesetz ist eine sehr ... heikle Angelegenheit. Und niemand weiß das besser als ich.

MR C. Gesprochen wie ein Mann von Vernunft, Sergeant, und wir sind alle sehr dankbar dafür. Wir wissen, daß Sie nur Ihre Pflicht tun. Genau wie wir, als wir dort unten in Messiopotamien unseren Dienst versahen in der Uniform des Königs, bevor sie uns vor lauter Hitze vom Rücken gebrannt wurde.

PETER Ich kann mir vorstellen, daß es Ihnen nach dem Tag, an dem Sie mit Ihren Gummischuhen gelandet sind, oft ziemlich schlecht ergangen ist?

MR C. Schlecht ergangen? Haben Sie SCHLECHT ERGANGEN gesagt? Habe ich denn nicht ... *Stürzt ein weiteres Glas herunter.* Habe ich denn von der Wüste noch nichts erzählt?

JEM Das haben Sie nicht.

Pause.

MR C. Elendiglich schlimm war es für uns dort draußen in der Wüste. Niemand, der das überlebt hat, wird je die Erinnerung daran aus seinem Sinn verlieren – nicht mal, wenn er sich das Gehirn waschen ließe –, und das ist Tatsache!

Jem Und das Gehirn würde ich mir bei Gott nur höchst ungern waschen lassen! Es ist schon schlimm genug, wenn man sich ...

Mr C. Da war eine Abteilung arabischer Wahnsinniger weit weg in der Wüste bei einer oder der anderen Oase gesichtet worden ... Und nun sammelten sie sich, um auszurücken und uns anzugreifen ...

Peter O Gott ...

Mr C. Es waren vielleicht tausend Mann, und noch mehr davon kamen auf Kamelen, um zu ihnen zu stoßen.

Peter Kamele würden mich nervös machen.

Mr C. Wir kriegen also den Befehl zum Abmarsch, um sie anzugreifen, bevor sie sich zur Schlachtordnung formieren können. *Schlürft von seinem Getränk.* Genau so war es. Ich werde es nie vergessen. Solang ich lebe. Nie!

Pause.

Peter Waren Sie weit draußen in der Wüste?

Mr C. Ich würde sagen ... ich würde sagen ... etwa fünfundzwanzig Meilen ... vielleicht dreißig Meilen ... Luftlinie; so direkt gerechnet, wie die Krähe fliegt.

Jem Gibt es denn Krähen in der Wüste?

Mr C. Um sechs Uhr morgens – null-sechs Uhr nannten wir das – bekamen wir den Befehl. *Mit Oberfeldwebelstimme* Fertigmachänn zum Abmarsch in zawo Stunden. *Normale Stimme* Also rin in die Gummischuhe und ran mit den Tornistern und den Gurten und den Feldflaschen und den verdammten Riesenflinten! Es war eine Last, die einen Mann bei allerbester Gesundheit umbringen konnte. Dann raus zur Parade. *Oberfeldwebelstimme* Ganze Abteilung Abmarsch, aber ein bißchen munter, wenn ich bitten darf! Links, rechts, links, rechts! *Normale Stimme* Hinaus, den Wilden entgegen: ein stockender, strauchelnder Stoßtrupp stolpert durch den brennend heißen Sand. *Er trinkt.* Ein Gewaltmarsch von vierundzwanzig Stunden. *Stellt das Glas ab.* Aber wir wurden geschlagen ... Angezählt und ausgeknockt! Und das lag wieder an den Schuhen.

JEM Hab ich's nicht gesagt?

MR C. *trinkt erneut.* Dann fing das Gummi wieder an zu schmelzen ... und es stieß kleine Rauchwölkchen aus. Bald wurden die Füße geröstet wie Rindfleisch über einem offenen Feuer!

PETER Der Herr steh uns bei!

MR C. Sei du bloß still! Und jedesmal, wenn mir die Hitze wie ein Dolch in die Füße stach, sprang ich vor Schmerz in die Luft.

JEM Grundgütiger!

MR C. Aber wenn ich auf den Sand zurückkam, wurde ich vom Gewicht des Sprunges noch heftiger geröstet ... die Funken stoben nur so rum, links, rechts, drunter und drüber. *Trinkt erneut.* Und wißt ihr, was während dieser ganzen Zeit geschah?

JEM Ich vermute, die Burschen vom Feind lagen hinter den Bäumen auf der Lauer.

MR C. Welchen Bäumen denn?

JEM Müßten da unten nicht alle Sorten von Palmen stehen?

MR C. Na, ich werde euch sagen, was geschah. *Trinkt wieder.* Ich erkläre hiermit, und Gott ist mein Zeuge, daß die Sonne sich auf uns herniedersenkte: Aus dem Himmel herab! Mit jeder Minute schien sie sich tiefer zu senken – tiefer – und noch tiefer – runter – runter – auf unsern Kopf. Die Hitze, meine Herren, die Hitze! *Stürzt eilig sein Getränk herunter.* Mir ist fast, als könnte ich sie immer noch spüren. Danach merkte ich, daß etwas Seltsames geschah.

Jem Wollt ich auch gerade sagen.

Peter Würdest du bitte den Mund halten und Mr Coulahan erzählen ...

Mr C. Ich begann nämlich auszutrocknen!

Peter Auszutrocknen?

Mr C. Jedes Bißchen von mir fing an zu vertrocknen und zu verdorren. Das erste, was nicht mehr klappte, waren Zunge und Mund. Meine Zunge wurde trocken und bekam Risse. Und dann wurde sie ... größer!

Jem Die Wege des Herrn ...!

Mr C. Sie schwoll an, bis sie mich fast erstickte, und wurde so hart und trocken wie ein großes, glühendes Stück Schlacke. Mit dieser Zunge konnte ich nicht mehr schlucken! *Alle drei trinken hastig.* Das gesamte Innere meines Mundes wurde genauso trocken und rissig ... Und Hals sowie sämtliche inwendigen Innereien folgten.

Peter Der Herr stehe zwischen uns und allem Unheil!

Mr C. Es war wie auf dem Grill – nur ohne Sauce.

Peter Ich könnte mir vorstellen, daß die Augen ebenfalls in Mitleidenschaft gezogen wurden.

Mr C. Sei du doch still! Die Augen ... Die Augen wurden mählich an den Rändern versengt und verbrannt. Und darüber hinaus trocknete der wäßrige Teil in einer Weise aus, die man getrost als beängstigend bezeichnen kann. *Pause.* Bevor ich wußte, wie mir geschah ... waren die Augenbrauen weg!

Peter Nein!

Mr C. Von der Hitze ausgedörrt und abgeflämmt –: Die Hölle als solche. *Stürzt ein weiteres Glas herunter.* Es war entsetzlich. Da waren wir, und wir stolperten durch die bösartige, bleierne, brühende Bums-Hitze. Die Haut fiel uns in Flocken und Spänen vom Gesicht. Unsere Leiber vertrockneten und verdorrten und wurden so runzlig wie ... Backpflaumen! Und das Allerschlimmste: Aus dem Halse kam uns ein heißer, trockener Durst, wie die Stichflamme aus einem Hochofen. Die Lage, mein Gott, sie war verzweifelt. Ver. Zwei. Felt. *Trinkt wieder heftig.* Wißt ihr, was die Jungs zuallererst taten? Beinah jeder von den Jungs? *Pause.* Sie haben sich die Feldflaschen vom Leib gerissen – und in hohem Bogen weggeworfen. Und wißt ihr, warum? Wißt ihr, warum? *Pause.* Ich werde euch sagen, warum. Die Feldflaschen waren aus Metall hergestellt. Aus irgendeiner Art von Anumillijum – Anumillijum, so dünn wie Papier. Als diese Sonne erst mal angefangen hatte, auf das Metall einzuwirken, brauche ich euch nicht mehr zu erzählen, was passierte. Zunächst erreichte das Wasser fast den Siedepunkt. Selbst wenn man die Flasche in der Hand hätte halten und öffnen können, hätte einem das Wasser nichts genützt – denn es hätte einem die Kehle verbrüht. Es gab nur eins, was man mit den Flaschen machen konnte: Man mußte sie loswerden! Egal, was passierte.

PETER War das nicht furchtbar? Flaschen voller Wasser wegzuwerfen? Mitten in der Wüste?

MR C. Genau. Aber was will man machen. Was will man machen?

JEM Sie hätten natürlich die Flaschen in einem tiefen Loch vergraben können und dann zurückkommen, wenn der Durst Sie packt. Dann wäre doch das Wasser kühl und angenehm geworden.

PETER Und was ist danach passiert?

MR C. Was danach passiert ist, ist nichts, worauf ich schwören möchte, denn ... die Hitze begann sich sehr nachteilig auszuwirken, und zwar ... hier oben ... *Klopft sich an die Stirn* ... im Oberstübchen.

PETER Kann ich mir vorstellen.

MR C. Im Gehirn gibt es nämlich jede Menge Feuchtigkeit und Blut. Das Hirn ist ein nasser Schwamm, und die eigenartigsten Sachen können passieren. Die eigenartigsten Sachen.

Peter Sie haben wahrscheinlich Glück gehabt, daß Sie überhaupt noch leben.

Mr C. Die eigenartigsten Sachen. *Senkt die Stimme.* Was ich als erstes einbüßte, war ... mein Orientierungsvermögen! Ich wußte nicht mehr, ob dies – *klopft sich an die Stirn* – mein Kopf hier ist oder meine Hacken, oder ob ich stehe oder sitze, versteht ihr? Ich bin wie nicht recht gescheit durch die Gegend getaumelt.

Peter Da soll doch wirklich ...

Mr C. Und genauso ging es den Kameraden. Sie marschierten und gingen und krochen übereinander und aufeinander herum: jeder Mann so trocken wie ein Ziegel, und die Zunge in seinem verdorrten Maul so angeschwollen, daß sie ihn halb erstickte. Und ... der ... Durst!!! Mein Gott, der Durst!!!!

Der Sergeant tritt an den Tresen, ergreift ein Glas nach dem anderen und leert es.

Sergeant Eine Frage, meine Herren. Eine Frage: Stört es jemanden, wenn ich »The Rose of Tralee« singe?

Alle singen.

Faustus Kelly

DRAMATIS PERSONAE

Kelly .... Stadtdirektor

Cullen
Reilly
Hoop } .... Mitglieder des Gemeinderats

Shawn Kilshaughraun....... früher Parlamentsabgeordneter, jetzt Gemeinderatsmitglied

Gemeindeschreiber .... stammt aus Cork

Mrs Margaret Crockett............. eine Witwe

Hannah .... ihr Dienstmädchen

Captain Shaw .... ein Besucher

Der Fremde ....?

Faustus Kelly wurde am 25. Januar 1943 am Abbey Theatre zu Dublin uraufgeführt.

Die Besetzung bestand aus folgenden Damen und Herren:
Kelly – F.J. McCormick, *Cullen* – Fred Johnston, *Reilly* – Michael J. Dolan, *Kilshaughraun* – Brian O'Higgins, *Hoop* – Denis O'Dea, *Gemeindeschreiber* – Cyril Cusack, *Mrs Crockett* – Ria Mooney, *Hannah* – Eileen Crowe, *Captain Shaw* – Gerard Healy, *Der Fremde* – Liam Redmond.

Regie führte Frank Dermody, und das Bühnenbild war von Michael Clarke.

Prolog

Die Bühne ist stockfinster. Ein schwaches weißes Licht fällt auf Kopf und Schultern des Teufels sowie auf den Kopf von Kelly. Der Teufel steht hinter Kelly, welcher im Sitzen einen Pakt unterschreibt. Sobald er unterschrieben hat, streckt der Teufel eine Hand von grünlicher Färbung aus und reißt das Dokument mit scharfem, raschelndem Geräusch an sich. Gleich darauf ist alles dunkel.

1. Akt

Der 1. Akt spielt im Gemeinderatszimmer, welches außerdem dem Gemeindeschreiber als Büro dient. Es ist geräumig; links befinden sich ein Fenster und eine Tür. Das Pult des Gemeindeschreibers mit angebautem Schreibmaschinentisch und Büromaterial befindet sich auf der rechten Seite des Zimmers. In den übrigen zwei Dritteln des Raumes stehen der große Tisch und die Stühle, die für Gemeinderatssitzungen gebraucht werden. Die Längsseite des Tisches steht dem Zuschauerraum zugewandt, und der Tisch sollte so lang sein, daß man zu viert nebeneinander an ihm sitzen kann. Reilly und Kilshaughraun sitzen im 1. Akt an den beiden Schmalseiten. Im Hintergrund ist eine Plattform, mit einem Geländer abgeteilt und mit einem Schild versehen: SILENCE: Public Gallery. *Wenn sich der Vorhang hebt, sieht man Cullen und Reilly, beide in lässiger Körperhaltung; offensichtlich warten sie auf die anderen.*

CULLEN Das war eine üble Geschichte, die da auf der Straße passiert ist, Martin.

REILLY Und heute habe ich noch gesagt: Wenn wir nicht irgendwas unternehmen, um die Autos unter Kontrolle zu bringen, werden sie uns noch alle niedermachen.

CULLEN Ich würde nicht sagen, daß die Autos schuld sind, Martin. Das Auto ist ein Freund des Menschen. Man soll nicht ungerecht sein. Tadel, wem Tadel gebührt, wie es so schön heißt. Wir wollen nicht den guten alten Gerstensaft vergessen.

REILLY Ja, ich weiß. Das will ich ja auch gar nicht entschuldigen; der Fahrer war besoffen, nach allem, was ich gehört habe. Und die Dame war kein Stück besser. Ein ziemlicher Feger, glaube ich; sie hatte eine Kniebundhose an, wie ein Mann ...

CULLEN Da haben wir's ja! Ein betrunkener junger Mensch, der nach Alkoholgenuß über Land braust und dabei Hühner, Kühe, Schweine und Christen umbringt – und du schiebst das alles aufs Auto! Was ist denn das für eine Argumentation, Mann?

REILLY *mit starkem Gefühl* Mir wäre es am liebsten, wenn alle Autos der Welt zerstört und abgeschafft würden.

CULLEN Na, na, Martin, oft glaube ich, du hast nicht den rechten Überblick.

REILLY Eins ist mir jedenfalls klar: Nur in einem Auto kriegt man so einen Feger zu sehen, mit Kniebundhose und schamlosem Gesicht und dickem Gesäß.

CULLEN *lacht* Ach, Martin, du gehst ja ganz schön hart mit den armen Autos ins Gericht.

REILLY *achtet gar nicht drauf* Ist es nicht schrecklich, daß junge Leute sich schlecht benehmen und betrunken durch die Gegend fahren und andere Leute umbringen? Ist es ein Wunder, daß die Kirche ein Programm der verschärften Inneren Einkehr anbietet?

CULLEN Vielleicht waren sie Geschwister.

REILLY Und welcher Bruder, im Namen Gottes, würde seine Schwester in Kniebundhosen herumlaufen lassen?

CULLEN *voller Zweifel* Ach, ich weiß nicht. *Nachdenklich* Meine Schwester Maggie zum Beispiel oder ein Mädchen mit einer ähnlichen Klassefigur ...

REILLY *explodiert* Hör mir bloß auf mit so was, Mann, um der Barmherzigkeit willen. Du solltest dich schämen ... *Steht auf und sieht aus dem Fenster. Kommt stirnrunzelnd zurück.* In Rußland gibt es überhaupt sowieso nur Hosen, hab ich gehört. Den ganzen Tag arbeiten da die Männer, die Frauen und die Kinder an Maschinen und Mähdreschern, kein Privatleben, kein Familienleben, kein Respekt vor der Damenwelt. D a solltest du sein, in Rußland. An der frischen Luft mit einer Bande von Wahnsinnigen, die den ganzen Tag dreschen und arbeiten wie sonst was. Pater Peter hat mir gesagt, daß so was nicht lange gutgeht. Nicht lange gutgehen kann.

CULLEN *versucht, etwas gute Laune ins Gespräch zurückzulächeln* Soso. Rußland. Ach, ein schönes, aber fernes Land. Der russische Bär, die russische Dampfwalze. Die Wolga, die Wistula und der Dnjepr. Das Grab von Napoleons Großer Armee. Keine Sorge, Martin, das gute, alte Irland ist gut genug für mich. *Pause.* Der Große Mann, Mr Kelly, hat sich heute abend verspätet. Die anderen ebenfalls.

REILLY Der Herr Stadtdirektor verspätet sich jeden Abend, kommt aber immer rechtzeitig genug, um irgendeinen Unglücklichen anzubrüllen, der zwei Minuten später kommt. *Er setzt sich.*

CULLEN Wohl wahr. Erinnerst du dich noch an den Abend, als er über mich hergefallen ist? *Macht ihn nach* »D a r f i c h d a s s o v e r s t e h e n , M r C u l l e n , d a ß S i e a u f d e r A n w e s e n h e i t s l i s t e a l s a n w e s e n d a u f g e f ü h r t w e r d e n m ö c h t e n ?« »Sie sollten nicht so anstrengende Reden führen, Herr Stadtdirektor«, sage ich, »solange Sie noch außer Puste sind; das Treppensteigen in diesem Haus bringt doch den stärksten Gaul um!« *Lacht selbstgefällig.* War das nicht gut? Er war erst kurz vor mir reingekommen. »Sie sollten nicht so anstrengende Reden führen, Herr Stadtdirektor, solange Sie noch außer Puste sind; das Treppensteigen in diesem Haus bringt doch den stärksten Gaul um!«

REILLY *sehr trocken* Ja.

CULLEN Ich glaub, ich hör den kühnen Shawn.

REILLY *macht eine Grimasse des Ekels, erhebt sich steif und watschelt ans Fenster.* Bringt ihn um Gottes willen nicht auf Politik; der Mann hat mich mit seiner Politik sowieso schon völlig geschafft.

CULLEN Ich wünsche dir einen guten Abend, Shawn.

Shawn Kilshaughraun tritt durch die Haupttür ein; hinten rechts. Er ist ein dicker, dünkelhafter, unbeholfener Mensch und trägt einen schlechtsitzenden blauen Anzug. Er verströmt eine wie in Schmalz gebackene gute Laune, trägt beständig ein sinnentleertes Lächeln zur Schau und spricht mit dickem westirischem Tonfall, an dem man Seetang aufhängen könnte. Hängt seinen Hut am Garderobenständer auf, rechts neben der Tür.

SHAWN Bail o Dhia annso isteach. Hallo, Tom. Und wie geht es Martin?

REILLY *säuerlich* Martin geht es gut.

SHAWN *mitteilsam* Nun, ist das nicht ein schöner, segensreicher Abend, für den wir Gott danken wollen? Wißt ihr was, die Luft ist wie Wein. Ich bin davon schon halb betrunken. Einfach großartig. Ein Spaziergang an einem Tag wie heute tut einem soviel Gutes wie eine gute Eisenmedizin.

CULLEN Großartiges Wetter; da gibt es gar keinen Zweifel. Ich würde mich am liebsten ausziehen und mich auf die Wiese legen, splitternackt, wie Gott mich schuf.

REILLY *wendet sich schnell vom Fenster ab.* Mit dem Benehmen wären Sie in Rußland goldrichtig aufgehoben. Sie könnten mit der Schubkarre ohne einen Faden am Leibe die Hauptstraße von Moskau entlanggehen, und die Leute würde sagen: »Sie haben aber eine schöne neue Schubkarre.« Da wären Sie richtig – in Rußland. *Setzt sich rechts an den Tisch.* Er zieht jetzt nach Rußland, Shawn, das ist das Neueste.

SHAWN Ach, wirklich?

REILLY Seine Schwester Maggie wird er zwingen, eine Hose zu tragen und einen Mähdrescher zu bedienen.

Wenn er ein Bergwerk finden könnte, würde er uns alle in den Schacht schicken, damit wir mit pneumatischer Artillerie in den Eingeweiden der Erde arbeiten und Sprengungen vornehmen, damit uns tonnenweise Gestein und Zeug auf den Kopf fällt. Zwei Meilen tief hinunter würde er uns schicken.

SHAWN Yerrah, Sie flunkern mir bestimmt was vor. Sie wollen mich doch an der Nase herumführen. *Setzt sich links an den Tisch.*

CULLEN Kümmer dich gar nicht um ihn, Shawn.

SHAWN Aber wer würde ihn sehen, wenn er im Naturzustand auf der Wiese läge? Das Gras geht doch bis hier, seht mal, und köstliches, saftiges, reiches irisches Gras ist es noch dazu.

CULLEN Gewiß.

SHAWN Wenn man morgens mit einem kleinen Auto auf m e i n e Wiese fährt, dann weiß man abends gar nicht mehr, wo man es suchen soll. *Liebevoll* Köstliches, hohes, nahrhaftes, herrliches Gras, Nahrung und Getränk für jeden Geschmack. Und schönes, frisches, knackiges Heu wird es werden, großartiges goldenes Heu. Außerhalb Irlands findet man so was gar nicht.

REILLY Was ist mit dem Gras des Zaren drüben in Rußland?

CULLEN Der alte Zar wurde doch schon vor Jahren an die Wand gestellt. Vor Jahren, Mann.

SHAWN Als junger Mensch hat die Russische Revolution meine Phantasie gewaltig beflügelt.

REILLY Wenn ihr mich fragt, würden die Russen jedes Heu fressen, das man ihnen vorsetzt. Den Russen möchte ich mal sehen, der je von einem guten Teller voll Speck und Kohl gehört hat. Wodka und Bohnen sind alles, was man da bestellen kann, glaube ich. Wie würde euch das schmecken, nachdem ihr zehn Stunden am Mähdrescher gestanden habt?

SHAWN Mir hat mal ein Mann erzählt, in Rußland hätten sie schon im März neue Kartoffeln. Ich würde sagen, das hängt mit dem Golfstrom zusammen. Stellt euch mal vor: einen Teller neue Kartoffeln am St Patrick's Day. Junge Erbsen hätten sie dann wohl auch schon. *Mit Gefühl* – Begorrah, dafür würde ich zehn Jahre am Mähdrescher verbringen.

CULLEN *am Fenster* Ich glaube, ich sehe einen gewissen Schreiber, der seine müden Schritte in unsere Richtung lenkt.

SHAWN Ich glaube, dieser Stalin ist ein nordirischer Baptist oder so was.

REILLY Mir kommt er eher wie ein Orangeman vor.

CULLEN Da ist er ja. *Ahmt den Akzent von Cork nach.* »Guten Abend. Wie geht es euch allen? Ist der Große Mann noch nicht da?« Pschscht!

Der Gemeindeschreiber tritt ein. Er ist ein munterer kleiner Mann von etwa 30 Jahren, trägt den fáinne und ist gut angezogen. Er hat einen starken Cork-Akzent.

GEMEINDESCHREIBER Guten Abend. Wie geht es euch allen? Ist es nicht sehr warm? Ist der Große Mann noch nicht da? *Geht links ans Pult.*

REILLY Mr Kelly nimmt auf dem Weg hierher noch ein paar Erfrischungen zu sich und wird zu uns stoßen, sobald die Temperatur unter seinem Gürtel die richtige Höhe erreicht hat.

GEMEINDESCHREIBER *nimmt Papiere vom Pult und geht damit zum Tisch.* Ich habe im Sinn, morgen, so es Gott gefällt, nach Dublin zu fahren, um mich mit dem Privatsekretär des Ministers zu treffen. Er ist ein persönlicher Freund meiner verheirateten Schwester, und er ist väterlicherseits zur Hälfte aus Cork... Ein sehr anständiger Mensch; ich habe ihn mal im Metropole Hotel in Cork getroffen, und wir sind gut miteinander ausgekommen ... *blickt auf* ... wie zwei Kanarienvögel in einem Käfig.

SHAWN Recht hast du, mein Junge. Ein sanfter ... wohlgeratener ... anständiger ... gottesfürchtiger ... irischer Gentleman.

GEMEINDESCHREIBER Yerrah, ist doch genau meine Rede. Ich war mit Paddy Hourigan, Gott sei ihm gnädig, in dem Hotel, und da sind wir doch tatsächlich auf der Treppe dem Sekretär des Ministers begegnet.

SHAWN Ach, Paddy Hourigan, möge Gott ihn gut behandeln, denn ein feinerer, schmuckerer, besser geratener, anständigerer Ire hat niemals einen Hut getragen.

GEMEINDESCHREIBER Yerrah, ist doch genau meine Rede. »Dies ist Mr Hinnissey«, sagt Paddy. *Er wendet sich den anderen zu.* »Ich kenne Mr Hinnissey nicht«, sagt der Sekretär des Ministers, »aber ich habe alles über ihn gehört.« – »Kommen Sie in die Bar«, sagt er zu mir, »und trinken Sie ein Gläschen mit mir.«

REILLY Und ihr seid vermutlich reingegangen und habt ihm die Haare vom Kopf gesoffen.

GEMEINDESCHREIBER Na, na, Martin, na, n a ...

REILLY Sie sind auch so ein Mann, der nach Rußland gehört.

GEMEINDESCHREIBER Rußland?

REILLY Begob, die wüßten, wie man Leute wie Sie in die Finger nimmt, mein lieber Junge. Die halten da nämlich gar nichts davon, wenn gesunde junge Männer wie die Blutegel auf Kosten des Steuerzahlers leben; keine Sorge. Da würden Sie für Ihr Geld arbeiten, anstatt die Sitzfläche eines Barhockers zu heizen; Traktoren würden Sie da fahren, schweißüberströmt und matschüberkrustet.

GEMEINDESCHREIBER Ich fahr morgen hin, wenn mir die Gemeinde das Fahrgeld zahlt.

REILLY *wütend; seine Stimme hebt sich* Bei Gott, aus I h n e n würden die einen Mann machen, wenn die Sie da drüben in die Mangel nehmen. Den russischen Steuerzahler möchte ich erst mal sehen, von dem S i e leben würden. Dann wär aber Schluß mit vierfuffzich im Jahr, plus Zulagen für Messen und Märkte.

GEMEINDESCHREIBER *setzt sich lachend, geht seine Akten durch.* Ach, du meine Güte.

SHAWN *ernsthaft* Sag mal, Martin. Wie hoch sind denn zur Zeit die Steuern in Rußland?

REILLY Die Steuern?

SHAWN Ja, die Steuern.

REILLY *verwirrt* Die genauen Zahlen kenne ich nicht, aber eins weiß ich: Die unglücklichen Steuerzahler da drüben werden nicht mit drei Pence pro Pfund belastet, damit in den Schulen Irisch gelehrt wird und die Köpfe vieler armer kleiner Kinder mit Kramzeug vollgestopft werden wie »taw may go h-mah« und »Gurramahagut« und weiß der Herr, was für ungehobelte Torfbauernsprüche.

GEMEINDESCHREIBER Ah, pá bí ag caint!

REILLY Halten Sie bloß Ihre Cork-Fresse!

SHAWN Ist es nicht schrecklich, mitansehen zu müssen, wie sich zwei feine, erstklassige Iren befehden und zerstreiten, und das mitten ins Gesicht hinein? Ist es nicht eine große Schande, zu sehen, wie ihr Englands Spiel spielt, noch dazu in den Räumen des Gemeinderats?

CULLEN *Geht zum Tisch zurück und setzt sich.* Es ist wohl was dran, daß Kelly bei den Nachwahlen kandidieren will.

REILLY O ja, durchaus. Mein Gott, stellt euch diesen Blödmann als Abgeordneten vor!

SHAWN Ich stelle es mir vor. Der Herr Vorsitzende wird

kandidieren. So ein Leben als Abgeordneter bringt viel Kummer und Sorgen. Das ist kein Leben für einen Idealisten.

Gemeindeschreiber Weißt du was, Shawn, ich hab mich schon oft darüber gewundert, so manches liebe Mal wollte ich dich dazu befragen. Wie ist es überhaupt dazu gekommen, daß du Sitz und Stimme verloren hast?

Shawn Das werd ich dir sagen, mein Junge. Anstatt ... anstatt Straßen für Großbauern anlegen zu lassen ... und anstatt Jungbauern einen Posten bei der Stromversorgung zu verschaffen ... und anstatt reichen Männern, die noch nicht im Rentenalter waren, eine dicke Pension zuzuschustern ..., habe ich auf den Bergen, die mir teurer sind als ich selbst, kleine Föhren gepflanzt.

Cullen Sag mir, Shawn, hast du um des lieben Gottes willen die Zeit? Wieviel Uhr ist es laut deinem goldenen Chronometer samt Kette?

Shawn *zieht große metallene Uhr hervor.* Jajajaja. Die genaue Zeit beträgt laut meinem drahtlosen Gerät zehn Minuten nach neun.

Gemeindeschreiber Mr Kelly muß auf dem Wege aufgehalten worden sein. Ich möchte mit ihm noch unter vier Augen über meinen Besuch in Dublin sprechen.

Reilly Zehn zu eins, daß du nach Dublin mußt, um irgendeinen Wahlbetrug für Kelly auszuhandeln.

Gemeindeschreiber Der Vorsitzende ist jedenfalls dafür, daß wir uns den Minister warmhalten. Die beiden sind persönliche Freunde, glaube ich. Hast du schon ein Angebot für deine kleine Farm bekommen, Shawn? Die Farm an der Straße nach Lochatubber?

Shawn Jaja. Vor vier Tagen hat mich ein Mann am Telefon angerufen und vierhundert Pfund geboten. Na ja, ich hab ihn mir ganz schön vorgenommen. »Hören Sie zu, Mann«, sage ich, »wissen Sie, daß der Mann, mit dem Sie sprechen, Shawn Kilshaughraun ist? Halten Sie mich«, sage ich, »für einen Dumpfsack aus Kerry oder sonst einer hungrigen, abgelegenen, kalten, weit entfernten Ansiedlung in der Grafschaft Cork?«

Reilly Vielleicht wußte er, mit wem er es zu tun hatte. Bei Gott, ich kann mir Schöneres vorstellen, als mit dir Geschäfte zu machen.

Gemeindeschreiber Martin, ich b i t t e dich. *Er legt den Finger an die Lippen.* Du hast jetzt gesagt, was du zu sagen hattest. Nun halte um des lieben Erbarmens willen den Mund.

Er geht zum Pult, holt sich dicke Hauptbücher, trägt sie zu seinem Tisch und arbeitet.

Shawn Er hatte natürlich nichts mehr vorzubringen, als ich mit ihm fertig war. »Wissen Sie nicht«, sage ich, »daß das Erdreich meiner kleinen Farm *liebevoll* die großartigste, feinste, reichste fruchtbare Krume im ganzen Land ist? Ich habe mit einem Inspektor vom Ministerium über die Krume gesprochen. ›Mr Kilshaughraun‹, sagt er, ›es wird Sie überraschen zu hören, was ich Ihnen sagen werde.‹«

Cullen Was hat er gesagt?

Shawn »Wissen Sie«, sagt er, »daß mir auf all meinen Reisen noch nie eine solche Krume begegnet ist? Sie hat Phosphate«, sagt er, und weiß der Teufel was noch alles. Ich entsinne mich der Namen all der feinen, großartigen, nahrhaften, reichen, saftigen Eigenschaften meines Erdreichs nicht mehr. So wahr der Herr uns erretten möge, habe ich dort oben nicht ein Feld mit Hafer stehen, so gelb wie der Schwanz des Bantamhuhns, so dick wie das Haupthaar eines Mädchens; n i e würde man aus dem Feld wieder herausfinden, wenn man einmal hineingegangen wäre.

REILLY Ja, gehe ich denn nicht jeden Sonntag nach der Messe daran vorbei, an einer ruppigen, hungrigen Farm aus Felsgestein und mageren Grassoden, an der sich fünf Männer in einem Monat voller Sonntage die Hände abschuften könnten, um auch nur ein winziges bißchen Befriedigung daraus zu erlangen? Ja, kenne ich sie nicht allzu gut? Die Schätzung beläuft sich auf sechs Pfund für das Land, vier für die Gebäude. *Bitter* Fragt den Gemeindeschreiber. Sie steht bestimmt auf seiner Liste.

GEMEINDESCHREIBER Stimmt alles, stimmt alles.

REILLY Fragt den ranghöchsten Beamten des Gemeinderats, vierfuffzich pro Jahr plus Zulage bei Messen und Märkten für das Privileg, auf seinem Hintern sitzen zu dürfen, der, wie er selbst, aus Cork stammt! Ich glaube, ich drehe hier noch mal durch ... Wo, im Namen Gottes, bleibt eigentlich dieser Vorsitzende? Ich hätte nicht übel Lust, nach Hause zu gehen und ihn ohne beschlußfähige Vollversammlung zu lassen.

CULLEN Yerra, immer mit der Ruhe, Martin. Was willst du denn um diese Zeit zu Hause; da ärgerst du doch nur Mrs Reilly, dein gutes, so lange schon leidendes Weib, mit deiner geistigen Unrast.

GEMEINDESCHREIBER *arbeitet an seinen Büchern* Wißt ihr was, diese Bücher sind in einem fürchterlichen Zustand der Verwirrung. Voller Lücken. Wißt ihr, wieviel der Gemeinderat vor vier Jahren für den Verkauf von 27 Planken an den Bauinspektor der Grafschaft bekommen hat?

SHAWN *mitteilsam* Eine gute, starke, ordentlich hergestellte, wohlabgelagerte Planke aus erstklassigem Bauholz ist gut und gern ihre zwölf Shilling Sixpence wert.

GEMEINDESCHREIBER *klopft auf sein Hauptbuch* Lücke! Das ist der Betrag –: Lücke! *Erhebt sich wieder und geht zum Pult, um Papiere zu holen.*

Reilly Natürlich hatte der arme Mann, der vor dir hier war, das große Unglück, in dieser Stadt geboren worden zu sein. Er war kein schlaues Männlein aus Cork, mit Abschlüssen und höheren Weihen; er bekam nur fünf Pfund die Woche und führte seine Marktzulagen an den Gemeinderat ab, *seine Stimme hebt sich* er war nur ein gewöhnlicher, bescheidener, anständiger Ire, der wie wir alle ein Fläschchen Stout zu sich nahm, ohne die ganze Zeit nach Dublin zu zischen, um einer Bande von geltungssüchtigen Nullen und Angebern und Windbeuteln in den Arsch zu …

Ganz plötzlich wird die Tür geöffnet, und Kelly tritt ein. In seiner Begleitung befindet sich Der Fremde – ein kleiner, dunkler Mann mittleren Alters, fein angezogen; gestreifte Hose, schwarzes Jakkett und Melone. Er trägt eine Aktentasche. Er wird auf die Zuschauertribüne im Hintergrund der Bühne geführt, und während des gesamten Akts sitzt er unbeweglich, den Hut auf dem Kopf, und betrachtet das Publikum. Die Anwesenden bedenken ihn mit vielen neugierigen Blicken. Mr Kelly trägt einen schwarzen Mantel, einen dunklen Schal und einen steifen Hut. Er ist Brillenträger und hat ein listiges, ernstes Gesicht. In seiner Linken trägt er dunkle Lederhandschuhe. Sein Erscheinen hat die Versammelten völlig überrascht. Sie verfallen in vollständiges und verdutztes Schweigen, welches Kelly naturgemäß als Tribut für seine große Wichtigkeit auffaßt. Die anderen fragen sich, ob er wohl, bevor er hereingekommen ist, vor der Tür gelauscht hat. Shawn sagt: »Hallo.« Kelly schließt die Tür mit großer Sorgfalt. Dann zieht er langsam den Mantel aus, hängt ihn auf, hängt den Hut auf denselben Haken und nähert sich langsam und geistesabwesend dem Tisch, wobei er den Blick gesenkt hält und niemandem in die Augen sieht. Dann hebt er den Kopf und setzt ein mechanisches Lächeln auf.

KELLY Guten Abend, meine Herren. Guten Abend, Herr Gemeindeschreiber. Ein angenehmer Sommerabend, für den wir Gott danken wollen. Wie geht es Ihrer lieben Frau, Martin? Ich glaube, sie hatte eine leichte Erkältung.

REILLY *unverbindlich* Mrs Reilly geht es gut, danke schön.

KELLY Das freut mich. Shawn, ich hätte Sie gern nachher noch kurz gesprochen, wenn es Ihnen recht ist. *Er reibt sich forsch die Hände.*

SHAWN Jajajaja. Mit Vergnügen, Herr Vorsitzender.

KELLY *zum Gemeindeschreiber* Ich möchte, daß Sie mit dem Minister über eine ganz bestimmte Angelegenheit sprechen. Ein kleines Wort an der richtigen Stelle, falls Sie verstehen, was ich meine. Ich möchte da eine kleine Sache in Ordnung bringen. Es gibt da insgeheim gewisse Bestrebungen, was den Kirchweihplatz betrifft; Viehhändler und Gastwirte liegen sich in den Haaren, wohin der Platz verlegt wird, erst hierhin, dann dorthin. Resultat: Verzögerungen, Verzögerungen, Verzögerungen. Kein Kirchweihplatz, und wenn Markttag ist, watet man knöcheltief im Dreck. *Er merkt, daß er die Handschuhe immer noch in der Hand hat; seufzt.* Aber das ist wieder was anderes. Steht auch gar nicht auf der Tagesordnung. *Er dreht sich um und geht zurück zu seinem Mantel, um seine Handschuhe zu versorgen.*

SHAWN Ich kann jedes Ihrer Worte nur unterschreiben und nochmals unterschreiben, Herr Vorsitzender. Die Straßen – an Markttagen – sind eine schreiende, verzweifelte, unhygienische Schande. Ist es nicht furchtbar, daß Gastwirte Geld ausgeben, damit der Markt bei ihnen vor der Tür stattfindet? Muß einen das nicht an der Demokratie verzweifeln lassen? Muß es doch, oder?

Kelly kehrt an den Tisch zurück, setzt sich behutsam auf den großen Stuhl an der Schmalseite, seufzt und lächelt nachsichtig.

KELLY Das liegt an der menschlichen Natur, Shawn, nicht an der Demokratie. An der armen, alten menschlichen Natur.

CULLEN Es ist doch egal, wo der Markt stattfindet; man muß die Tiere hin- und wieder zurücktreiben, und wie soll man sie dazu bringen, sich zu benehmen?

GEMEINDESCHREIBER *begibt sich mit einem Stapel Hauptbücher an die linke Seite des Vorsitzenden.* Ich sagte schon, Herr Vorsitzender, daß ich an einem dieser schönen Tage wegen einer gewissen Sache beim Ministerium vorstellig werden werde. Der persönliche Kontakt ist etwas sehr Wichtiges, wissen Sie.

REILLY »Kontakt« ist das richtige Wort. Fürs Geld der Steuerzahler nach Dublin und da dann die höchsten Tiere des Landes um Getränke anschnorren und zu irgendwelchen Wahlmanipulationen überreden.

KELLY Meine Herren, wir wollen doch etwas Ordnung in die Sache bringen, etwas System, etwas gegenseitigen Respekt. Der Gemeindeschreiber wird sich nach Dublin begeben, wenn es der Gemeinderat ihm aufträgt. Bis dahin, Mr. Reilly, hat er Anspruch auf den Respekt, der seinem Amt ...

REILLY Ah, yerra –

KELLY ... als ranghöchstem Beamten dieser Stadt gebührt. Die Würde dieser Stadt wird in seiner Person repräsentiert.

REILLY *sarkastisch* Verstehe.

SHAWN So, wie ein Minister oder Abgeordneter Anspruch auf den Respekt hat, der dem souveränen Volk Irlands gebührt. Versteht du mich, Martin? Der irischen Nation. *Er beginnt, sich in den Zähnen zu pulen.*

CULLEN Ich sehe gar nicht ein, was am Gemeindeschreiber falsch sein sollte, und es gibt schlimmere Städte, aus denen man stammen könnte, als Cork. Stammt nicht Foley, der Bildhauer, aus Cork?

REILLY Wer?

CULLEN Foley.

REILLY Wahrscheinlich ist er außerdem noch für Irland gestorben.

KELLY *klopft leicht mit seinem Brillenetui auf den Tisch.* Und nun, meine Herren, bitte etwas Ruhe, RUHE. Ein kleines bißchen Ruhe, bitte. Mr Kilshaughraun, wenn ich um Ihre Aufmerksamkeit bitten dürfte.

SHAWN *geistesabwesend von seiner Zahnpflege Abstand nehmend* Jajajaja, Herr Vorsitzender, jajajaja.

KELLY Und um Ihre Aufmerksamkeit ebenfalls, Mr Cullen. Das gilt auch für Mr Reilly. Um neun treffe ich mich mit dem Gemeindepriester, und wir wollen doch mit aller gebotenen Eile und ohne ... äh ... weiteren Verzug zur Sache kommen, damit ich rechtzeitig aufbrechen kann. Es geht um die öffentlichen Mittel für Weihnachtskohle, sehr trivial, aber sehr wichtig für die unglücklichen Armen dieser Stadt. Bitte, Herr Gemeindeschreiber.

GEMEINDESCHREIBER *mit tonloser, offizieller Stimme* Die folgenden Mitglieder sind bei dieser Sitzung abwesend: Mr P. Meady, Mr George Pealahan, Mrs Mary Corkey ...

SHAWN *mit Gefühl* Ach, die arme Frau, die arme ... leidende ... geduldige ... fromme ... anständige, heiligmäßige ... Seele, sie wird ihr Bett nie mehr verlassen. Als ich sie das letztemal sah ...

GEMEINDESCHREIBER *hebt die Stimme* Mr J. D. Callen und Mr Joe Hoop.

CULLEN Da gebe ich dir recht, Shawn: Dr Dan sagt, es ist nur noch eine Frage der Zeit. Wirklich eine anständige Frau. *Joe Hoop tritt ein.* Ah, da kommt Joe. Guten Abend, Joe, du kommst gerade rechtzeitig.

Hoop *mit deutlich nordirischem Akzent und breitem Lächeln* Guten Abend.

Hoop ist ein großer, eher noch junger Mann, ohne Hut und Jacke und macht irgendwie einen gelehrsamen Eindruck. In der Hand hält er etwas, was wie ein Roman aussieht. Er läßt sich auf seinen Stuhl fallen, schlägt das Buch auf, welches er halb unter dem Tisch verborgen hält, und beginnt zu lesen. Er schenkt der Sitzung nicht die allergeringste Beachtung und liest sein Buch stetig bis zum Ende. Er sitzt rechts am Tisch zwischen Reilly und Cullen.

Gemeindeschreiber *rattert seinen Text überstürzt und tonlos herunter* Das Protokoll der letzten Sitzung. Brief des Ministeriums wurde in Zusammenhang mit Gemeindebauvorhaben verlesen; Brief zur Kenntnis genommen. Brief von Baubehörde wurde in Zusammenhang mit Erhaltung des alten Glockenturms Hogan Street verlesen; Beschluß, daß Gemeinderat Vorschlag befürwortet und Gemeindeschreiber nach bestem Wissen und Gewissen mit Baubehörde zusammenarbeitet, ohne daß durch seinen Erhaltungsvorschlag die Steuergelder angegriffen werden. Brief des Ministeriums in Zusammenhang mit Gemeindeanteil an Milchzuteilung nächstes Geschäftsjahr verlesen; Beschluß, daß Gemeinderat angesichts Vielzahl werdender Mütter unter Steuerzahlern auf hoher Zuteilung besteht, sowie angesichts schlechten Zustands der Stadt allgemein. *Seine Stimme wird, während ein Gespräch beginnt, immer leiser.*

Cullen Sagen Sie mir das eine, Herr Vorsitzender. Stimmt es, daß Sie bei der Nachwahl kandidieren werden?

Kelly Das ist eine große Frage, Mr Cullen.

Reilly Wenn Sie nicht kandidieren, dann bestimmt nicht, weil die Meinung, die Sie von sich selbst hegen, nicht hoch genug wäre.

CULLEN Die ganze Stadt spricht davon, daß Sie kandidieren.

KELLY Meine Herren, ich bin noch nicht ganz sicher, wo meine Pflichten liegen. Es ist mein sehnlichster Wunsch, zu dienen. Ob ich am besten dienen kann, indem ich mich als Kandidat für das nationale Parlament zur Verfügung stelle, das muß ich mir noch überlegen.

REILLY *ungeduldig* Kandidieren Sie? Ja oder nein? Hören Sie doch auf mit dem Gelaber.

KELLY Eins will ich sagen. Man drängt mich zu einer Kandidatur. Gewisse Freunde sind sehr hartnäckig. Gewisse Freunde lassen sich nicht mit einem »Nein« abspeisen. Ich werde vielleicht kandidieren müssen, damit sie wieder Ruhe geben. Ich wünschte nur, ich wäre einer Kandidatur so würdig, wie man angesichts der hohen Meinung, die sie von mir haben, annehmen muß.

REILLY Es muß schrecklich sein, so gegen seinen Willen gedrängt zu werden.

CULLEN Na ja, viel Glück, wenn Sie sich doch zur Kandidatur entscheiden. Aus meinem Haus kriegen Sie auf jeden Fall schon mal zwei Stimmen.

KELLY Danke, Mr Cullen.

REILLY Begob, wenn Sie mich fragen, pfeift dies Land auf dem letzten Loch. Mit Ihnen im Parlament haben wir dann wirklich die Grenze erreicht.

KELLY Noch bin ich nicht im Parlament, Mr Reilly. Wir wollen doch nicht ungelegte Eier begackern. Fahren Sie fort, Herr Gemeindeschreiber.

GEMEINDESCHREIBER Verlesen wurde Brief von Miss Peake, Sekretärin, in welchem Gemeinderat um Gehaltserhöhung von fünf Shilling null Pence gebeten wird; Beschluß, daß Gehaltserhöhung wegen Miss Peakes wertvoller Dienste, die sie Gemeinderat und Gemeinde erwiesen hat, bewilligt wird, vorbehaltlich der Zustimmung des Ministers für Örtliche Verwaltung und Volksgesundheit sowie der zuständigen Abteilung, welche in Kenntnis gesetzt werden sollen, daß Miss Peake fünf Jahre tadelloser Arbeit geleistet hat, in welchem Zeitraum sie sich ihrer Pflichten mit großem Eifer und Sachverstand zur vollsten Zufriedenheit des Gemeinderats und des Gemeindeschreibers entledigt hat und daß sie zu mehreren Gelegenheiten im Büro des Städtischen Oberbaurats Überstunden geschoben, wenn er seine Sachen auf die Reihe kriegen mußte, und daß sie in jeder Beziehung ein sehr liebes Mädchen ist. Verlesen wurde Brief von Ministerium, hinsichtlich was der Gemeinderat in Bezug auf Rundschreiben vom 10. Mai unternommen hat in Verbindung mit den Reinigungsarbeiten an öffentlichen Begräbnisstätten; Beschluß, daß das Ministerium davon in Kenntnis zu setzen ist, daß der Friedhof in erstklassigem Zustand ist und daß er das schon immer gewesen ist und daß in Bezug auf Rundschreiben nichts unternommen wird. Der Gemeinderat erörterte den erbärmlichen Zustand des Bürgersteigs Emmet Street nahe dem Haus des Vorsitzenden. Vorsitzender führte aus, der Weg sei in dunklen Nächten eine Gefahr für Leib und Leben und dem Straßenbauvertragsunternehmer sei Warnung auszusprechen, er soll die Straße so ordentlich herrichten, wie er sie vorgefunden hat, und dem Stadtbaudirektor sei aufzutragen, an besagter Stelle eine neue Lampe aufzustellen, welche, die Stelle, für Fußgänger- und Fahrzeugverkehr eine schwere Gefahr darstelle, wenn eine dunkle Nacht herrsche. *Stimme verstummt mählich.*

CULLEN Wißt ihr was, ich sehe gar keine Notwendigkeit für eine Wahl. Wir brauchen keine.

REILLY Da hast du recht. Uns geht es so schon lausig

genug, aber es gibt keinen Grund, die Sache noch zu verschlimmern.

CULLEN Denn alles, was sie tun müssen, ist: sich zusammensetzen, ihre Differenzen begraben und eine starke nationale Regierung bilden, eine Regierung, die jeder im Lande respektieren wird, oder?

KELLY Ach, Mr Cullen, wenn nur die arme, alte menschliche Natur unter Kontrolle zu bringen wäre; wenn wir das Universum neu erschaffen könnten, so daß es dem, was das Herz begehrt, näherkäme. Ich fürchte, die arme, alte menschliche Natur ist das Problem.

REILLY Bring doch den armen Vorsitzenden nicht um seine Chance, Tom.

CULLEN Warum nicht, Mr Kelly?

KELLY Ich fürchte, ein solcher Plan würde nicht funktionieren, Mr Cullen.

Der Gemeindeschreiber, immer noch mit dem Protokoll beschäftigt, murmelt etwas über die Ernennung von Steuereintreibern.

CULLEN Aber w a r u m nicht, Mr Kelly?

KELLY Weil zwischen den Parteien etwas existiert, Mr Cullen, was wir ... eine ... ideologische ... Antipathie nennen.

REILLY Eine w a s ?

KELLY Ist das klar geworden, Mr Cullen?

CULLEN *äußerst skeptisch* Tja ... Das stimmt natürlich ... auch ..., aber immerhin ...

KELLY Öl und Wasser, Mr Cullen.

CULLEN Trotzdem seh ich nicht ein, warum sie nicht das Kriegsbeil begraben und alles Trennende vergessen und eine gute, starke nationale Regierung bilden, die sich aus den besten Elementen des Landes zusammensetzt. Ich meine ... Wer will denn schon eine Wahl?

REILLY Der Vorsitzende.

KELLY *ernst* Was der Vorsitzende will, Mr Reilly, ist ein bißchen Ordnung, so daß wir unseren Obliegenheiten nachgehen können. Die Verfassung erfordert eine Wahl, und diese muß von allen loyalen Bürgern akzeptiert werden. *Er wendet sich dem Gemeindeschreiber zu und unterzeichnet das Protokoll. Dann munter* Nun, Herr Gemeindeschreiber, was steht denn auf unserer Tagesordnung?

GEMEINDESCHREIBER *munter* Ich habe hier ein paar Briefe, Herr Vorsitzender. Hier ist der übliche Brief vom Touristenverband; drei Guineen wollen sie. Wir zahlen jedes Jahr.

SHAWN *heftig nickend* Jajajaja. Nie wurde Geld besser ausgegeben. Wir müssen alles tun, was in unserer Macht steht, um die Schönheiten dieser Stadt, die so voll großer... historischer... reicher... archäologischer und landschaftlicher Wunder ist, der Welt ans Herz zu legen – und unserem eigenen Fleisch und Blut jenseits der Meere, den durch die See von uns geschied'nen Gälen in Amerika. Nicht drei Guineen würd ich ihnen geben, sondern vier.

REILLY Ich habe in dieser Stadt noch nie einen Amerikaner gesehen – außer den Burschen, die mit Duffy's Zirkus kommen.

CULLEN Klar doch, was soll's, das zahlen wir. Daran gehen wir nicht kaputt.

KELLY Ich glaube, wir sind alle dafür, daß die Subskription erneuert wird. Es wäre ein ziemlicher Rückschritt, sie aufzukündigen. In solchen Fällen lassen Resultate zwangsläufig auf sich warten.

GEMEINDESCHREIBER *wiederholt langsam, was er schreibt* »Beschluß..., daß... Subskription... erneuert... wird.« *Fährt fort.* Hier habe ich wieder einen Brief von diesem Shandon wegen des Darlehens für Kleinlandwirte. Es ist gar kein netter Brief. Er wird sehr scharf.

Er erwähnt das Wort »Wucherer«. Soll ich Ihnen den Brief vorlesen?

KELLY *verärgert* Nein. Tragen Sie den Brief als »verlesen« ein.

REILLY Ich werde jeden Steuerzahler unterstützen, aber nicht diesen Sohn eines Kesselflickers. Sagen Sie ihm, er soll sich gehackt legen.

KELLY *befingert seine Uhr.* Nun, Herr Gemeindeschreiber, was haben wir sonst noch?

GEMEINDESCHREIBER Ich habe hier noch einen Brief vom Ministerium wegen Miss Peake, der Sekretärin. *Er blickt von seinen Papieren auf.* Begorrah, wissen Sie was, die sind sehr wütend auf uns. *Er liest* »Dem Vorschlag kann auf keinen Fall stattgegeben werden. Die Angestellte bezieht ihr gegenwärtiges Gehalt von 30 Shilling mit Aussicht auf eine fünfstufige Erhöhung bis hin zu 45 erst seit einem Jahr, und wir gehen davon aus, daß dieser Betrag eine angemessene Vergütung darstellt, wenn man den geringen Bereich in Rechnung stellt, auf den sich ihre Pflichten beziehen.«

REILLY *ärgerlich* Was w i r meinen, ist denen ja wohl egal.

SHAWN Ach, du weißt doch, wie es ist. Die Regierungsmaschinerie ist ein sehr langsames ... verläßliches ... fein gestimmtes Instrument. Sie müssen eben alles ablehnen, um keine Fehler zu machen.

REILLY *ignoriert Shawn und wird lauter* Ich habe den Eindruck, die erwählten und gewählten Repräsentanten des Volkes haben überhaupt nichts zu sagen. Sie taugen nur dazu, von irgendeinem kleinen Dubliner Winkelbürokraten schikaniert zu werden.

KELLY *mit milder Mißbilligung* Bitte, Mr Reilly, führt uns das denn weiter?

CULLEN *unschuldig* Es ist eine Schande, Miss Peake ist nämlich ein liebes kleines Mädchen. Eine Kusine von dir, Martin, stimmt's? Ein feines Mädchen, Gott segne sie.

REILLY Und worüber zerreißt du dir das Maul? Na und? Dann i s t sie eben eine Kusine von mir. Verdient sie ihr wohlverdientes Gehalt etwa nicht?

CULLEN Gott, ich hab doch nie ein Wörtchen gegen sie gesagt.

GEMEINDESCHREIBER Die Gehaltserhöhung müßte natürlich vom Steueraufkommen gedeckt werden.

REILLY *explodiert* Was hast denn d u da zu quengeln und zu quaken, du Windbeutel aus Cork, der die Steuerzahler bluten und blechen läßt, und zwar zu vierhundertundfünzig Pfund pro Jahr mit deinen feinen fetten Pfründen bei Märkten und Messen, verdammtnochmal zu fein für eine Flasche Stout, aber jeden Sonnabend für umsonst mit dem Zwei-Uhr-Zug nach Dublin?

KELLY Ruhe, Mr Reilly, bitte. RUHE!

REILLY Sie sind mir doch so wurscht, Sie und der Minister oder sonstwer. *Er schnippt mit den Fingern.* Nicht s o viel geht ihr mich an.

SHAWN Yerra, dann zahlen wir ihr eben etwas Gehaltserhöhung.

KELLY Ich schlage vor, daß wir den Minister bitten, den Fall erneut zu bedenken, Mr Kilshaughraun, sich freundlicherweise noch einmal auf Vorschlag des Gemeinderates damit zu befassen. Können wir uns darauf einigen?

Reilly, Cullen und Shawn regen sich wieder ab.

GEMEINDESCHREIBER *nimmt den Beschluß zu den Akten* Einstimmig angenommen. Enn-Eh-Emm-Punkt, Zeh-Oh-Enn-Punkt, wie es so schön heißt.

KELLY *munter* Na, dann bitte zum nächsten Punkt.

GEMEINDESCHREIBER Der nächste Tagesordnungspunkt ist

die Wahl eines Steuereintreibers für Steuerbezirk Nummer zwei.

Aufruhr.

REILLY *verblüfft* WAS!

CULLEN *ernsthaft, aufs äußerste erstaunt* Was, im Namen Gottes, ist das denn? Wie kommt das denn? Wie kann so was, im Namen Gottes, denn passieren, Gemeindeschreiber?

REILLY *mit fester, kalter Stimme* Du bist ein verdammter Lügner und außerdem aus Cork.

KELLY *bestimmt, präzise, ohne Emphase* Meine Herren, der Herr Gemeindeschreiber hat mich davon unterrichtet, daß der nächste Punkt die Wahl eines Steuereintreibers ist. Ich muß jeden Punkt der Tagesordnung ...

REILLY *erregt* Bei Gott, so geht das nicht. Damit kommt ihr nicht durch. Der Antrag war nicht angekündigt. Man kann keine Stelle ausschreiben, ohne den Antrag anzukündigen ...

KELLY Wenn es Sie interessiert, Mr Reilly, der Antrag w a r angekündigt. Wir wollen doch, wenn schon sonst nichts, ein bißchen akkurat sein.

CULLEN Jetzt versteh ich gar nichts mehr. Kein Wort hab ich davon gehört.

REILLY Der Antrag war nicht angekündigt. Das ist doch ein abgekartetes Spiel, da sitze ich doch nicht dabei und mach das mit.

SHAWN Der Antrag war doch angekündigt. Ich erinnere mich noch gut. Jajajaja. Der Herr Vorsitzende hat den Antrag persönlich angekündigt.

CULLEN Ich höre jetzt zum erstenmal davon, und das ist bei Gott die Wahrheit.

REILLY Das ist, bei Gott, ein abgekartetes Spiel.

KELLY Herr Gemeindeschreiber, war der Antrag angekündigt oder nicht? Machen Sie doch bitte die Mitglieder mit den Tatsachen der Lage vertraut.

REILLY *brüllt* BEI GOTT, DAS IST EIN ABGEKARTETES SPIEL. Da wird doch in übelster Weise gekungelt, so wahr ich Reilly heiße. Da soll auf dem Rücken der Steuerzahler irgendein Windbeutel eingestellt werden.

KELLY Herr Gemeindeschreiber, wollen Sie bitte meine Frage beantworten, und zwar so prompt wie möglich?

GEMEINDESCHREIBER *sucht in seinen Akten.* Die Ankündigung des Antrags wurde vom Herrn Vorsitzenden eingereicht, und zwar mit folgenden Worten, ich zitiere *Pause:* »Hiermit kündige ich an, daß ich bei der nächsten Gemeinderatssitzung den Antrag stellen werde, die leere Stelle eines Steuereintreibers im Bezirk Nummer zwei neu auszuschreiben.« *Er blickt auf.* Gestempelt mit Siegel, unterzeichnet und persönlich von eben erwähntem Vorsitzenden bei mir eingereicht. Steht hier alles schwarz auf weiß in meinem Buch.

Kelly birgt matt das Gesicht in Händen.

REILLY *erregt* Be Gob, es ist also alles längst eingefädelt, stimmt's? Und es steht in einem kleinen Buch. *Das Telefon klingelt.* Und es steht in deinem kleinen Buch!

GEMEINDESCHREIBER *steht auf, um ans Telefon zu gehen, und ignoriert Reilly* Augenblick bitte, die Herrn.

REILLY *schreit schon fast den Gemeindeschreiber an, der, nachdem er sich erhoben hat, zu seinem eigenen Tisch hinübergeht, auf dem das Telefon steht* Und alles steht in deinem verdammten kleinen Buch, du Gauner aus Cork, du Corkenzieher.

KELLY Ruhe! Ruhe! Bitte zügeln Sie Ihre Zunge, oder ich lege den Vorsitz nieder.

GEMEINDESCHREIBER *am Telefon* Hallo, hallo! Sind Sie da? Wer ist denn da?

REILLY Sie legen den Vorsitz nieder? Das trauen Sie sich

doch nicht. Sie trauen sich nicht, nie und nimmer trauen Sie sich, ihn niederzulegen.

GEMEINDESCHREIBER *ruft, um Reillys Stimme zu übertönen* Hallo! HALLO! Wer, Shawn? Shawn Kilshaughraun? Ja, der ist da. In der Tat. Bleiben Sie am Draht, avic! Er wendet sich an die Versammelten. Ein Anruf für dich, Shawn, mein Junge.

REILLY *drischt auf den Tisch ein.* Denn wenn Sie den Vorsitz niederlegen, können Sie Ihrem Mann nicht mehr den Job zuschustern – *seine Stimme wird lauter –,* und bis die Sache neu verhandelt wird, hat sich hier eine voll beschlußfähige Mehrheit versammelt –, UND DESHALB LEGEN SIE DEN VORSITZ NICHT NIEDER!

SHAWN *laut und salbungsvoll am Telefon* Jajajaja, Shawn Kilshaughraun am Apparat.

REILLY DESHALB LEGEN SIE DEN VORSITZ NICHT NIEDER!

CULLEN In diesem Raum ist heute abend zuviel Bitterkeit, möge Gott uns allen vergeben.

KELLY Auf jeden Fall viel zuviel Geschrei und Lärm. Lautstärke ist kein Argument. Wenn wir das Wichtigste sagen, was wir überhaupt sagen, schreien wir ja auch nicht, nämlich unsere täglichen Gebete. *Shawn am Telefon: »Jajajaja.«* Wir müssen jeden Punkt der Tagesordnung berücksichtigen. Wir haben keine andere Wahl. Wir müssen alles in geregelter Weise abwickeln, ganz systematisch. Zuerst die Ankündigung des Antrags, und dann wird sich in geeigneter Form und zum rechten Zeitpunkt auf der nächsten Sitzung damit befaßt. Ordnung, etwas Respekt vor den Regeln zivilisierter Ordnung wird uns ermöglichen, unsere Arbeit effizient und prompt zu leisten.

REILLY DESHALB, SAGE ICH, LEGEN SIE DEN VORSITZ NICHT NIEDER! DAVOR HABEN SIE

DOCH EINE TODESANGST, DASS SIE DEN VORSITZ NIEDERLEGEN MÜSSEN! EINEN HEIDENSCHISS HABEN SIE DAVOR, DEN VORSITZ NIEDERZULEGEN!!

SHAWN *am Telefon* Jajajaja. Gewiß. Wie war das? Was? WAS?

KELLY *ernsthaft* Eins will ich Ihnen sagen, Mr Reilly. Ihre Ausdrucksweise wirft nicht nur ein bezeichnendes Licht auf Sie selbst, sondern sie stellt darüber hinaus eine Beleidigung des Gemeinderats und einen Affront gegenüber den Menschen dieser Stadt dar. Indem Sie meine Person in ihrer Eigenschaft als Vorsitzenden dieses Wahlmännergremiums beschimpfen, beschimpfen Sie Ihre Mitbürger. Soviel dazu; mehr möchte ich nicht sagen. Ich werde fortfahren und den Gemeinderat bitten, sich mit dem Punkt zu beschäftigen, welcher in Übereinstimmung mit der Verfahrensordnung vom Herrn Gemeindeschreiber vorgetragen wurde. Ich nehme Bezug auf die Besetzung der frei gewordenen Stelle in Bezirk Nummer zwei.

SHAWN *am Telefon* Das ist sie allerdings. Ein liebliches ... sanftes ... großartiges ... gutmütiges Ding. Jajajaja.

REILLY *sehr schnell* Wenn Sie mit dieser Gaunerei weitermachen, gut und schön, aber Sie werden den Tag verwünschen, Sie werden den Tag verwünschen; vergessen Sie das nicht. *Seine Stimme wird lauter.* Es hat keine Ankündigung des Antrags stattgefunden; alles, was stattgefunden hat, war, was sich dieser krumme Hund von einem Gemeindeschreiber ausgekocht hat. Die Ankündigung muß nach den Bestimmungen für öffentliche Körperschaften schriftlich niedergelegt werden. *Seine Stimme wird lauter, bis er schreit, dann schlägt er auf den Tisch.* Ich berufe mich auf die Bestimmungen für Öffentliche Körperschaften. *Er erhebt sich, stößt seinen Stuhl mit dem*

Fuß zurück und stampft zum Fenster, wo er, mit dem Rücken zum Publikum, stehenbleibt. Dann wendet er den Kopf und schreit Ich berufe mich auf die Bestimmungen für Öffentliche Körperschaften.

CULLEN Na na, Martin, wir müssen uns doch an das halten, was im offiziellen Protokollbuch des Schreibers steht. Wenn er sagt, der Antrag ist angekündigt worden, dann ist er angekündigt worden und damit Schluß.

GEMEINDESCHREIBER Glaubt hier denn einer einem Mann aus Cork?

SHAWN *am Telefon* Jajajaja.

KELLY Na gut, meine Herren. Ich beantrage die Einstellung eines hervorragenden Mannes, der jene, die ihn kennen, schon immer durch sein bescheidenes und zuvorkommendes Wesen beeindruckt hat. Obwohl er kein Sohn dieser Stadt ist – er ist sogar, wenn ich so sagen darf, ein Zugereister – er hat größere, geschäftigere Stätten verlassen, um zu uns zu kommen – ich spreche von der Hauptstadt unseres Landes –, so hat er doch jene von uns, denen die Ehre eines intimen gesellschaftlichen Verkehrs mit ihm vergönnt wurde, einer Erfahrung teilhaftig werden lassen, die sowohl reichhaltig ist als auch für all das steht, was in den Belangen der Gegenwart als das Beste gelten kann.

REILLY Der Herr steh uns bei! Der Herr steh uns bei!

KELLY An der Nationaluniversität, die von Kardinal Newman gegründet wurde, um die Crème unserer katholischen Jugend in den Stand zu setzen, der Segnungen einer Universitätserziehung teilhaftig zu werden, absolvierte er ein Studium von Rang zur vollen Zufriedenheit seiner Doktorväter. Im athletischen Bereich schlug er sich nicht übel und ist bis zum heutigen Tage Inhaber eines Silberpokals im Weitsprung. Seit zehn Jahren Mitglied der Gälischen Liga, spricht er die alte

Sprache mit einer Geläufigkeit, um die ihn mancher doppelt so alte wohl beneiden könnte. Pfeilgrad im Charakter, ehrlich wie die Sonne, immer höflich im Umgang mit seinen Mitmenschen, ist er, glaube ich, die am besten geeignete Person, auf die wir je hätten hoffen können. Deshalb stelle ich in aller Form den Antrag, ihn vom Gemeinderat fest einstellen zu lassen. Ich glaube, es wäre ein Glück und ein Privileg, wenn wir ihn hätten.

REILLY *der sich halb vom Fenster abgewendet hatte, um dieser Rede mit übertriebenen Anzeichen der Verwunderung zu lauschen* Was das wohl für einer sein mag? Es wohnen – begob! – wunderbare Menschen in dieser Stadt, die ich noch nie getroffen habe. Irisch kann er auch, was? Taw shay mahogany! Kaykee will too!

SHAWN, *der konzentriert am Telefon gelauscht hat, bricht plötzlich in ein Gebrüll rauhen Gelächters aus, welches sich langsam legt, um langen Gurglern Platz zu machen, aus denen ein gelegentliches »Jajajaja« herauszuhören ist.*

CULLEN Wer ist das, Herr Vorsitzender? Wie heißt er?

KELLY Oh, ich bitte um Entschuldigung. Der Herr heißt ... *Er zögert und stottert verwirrt.* ... Strange ... Mr Strange.

SHAWN *am Telefon* Jajajaja, natürlich, jederzeit, ich kann mit dem Fahrrad hinfahren, wir können uns bei Biddie Brannigan's treffen und ein Glas guten irischen Whiskey miteinander trinken, was kann es Besseres und Schöneres geben?

Reilly hat seinen Platz am Fenster verlassen, geht herum und bleibt neben dem Vorsitzenden stehen, auf welchen er hinunterblickt; zu drei Vierteln steht er vom Publikum abgewandt.

KELLY Mr Hoop, vielleicht könnten Sie meinem Antrag zustimmen. Wenn Sie mal eben so freundlich sein könnten.

Hoop *blickt von seinem Buch auf.* Ja, klar.

Gemeindeschreiber *liest vor, was er schreibt* Dem Antrag wurde von Gemeinderatsmitglied Joseph Hoop stattgegeben.

Reilly *starrt immer noch vor sich hin und spricht mit harter, gedämpfter Stimme, als stünde er tatsächlich unter Schock* Ich hab ja schon so manches krumme Ding erlebt, so manches schmutzige Geschäft, das in diesem Raum abgewickelt wurde, aber so was, allmächtigen Gottes, ich hätte nie gedacht, daß ich so was je erleben würde. Irgendein Windbeutel, den man noch nie in dieser Stadt gesehen hat, von dem in dieser Stadt niemand jemals was gehört hat –, garantiert, so sicher, wie Gott lebt, ein Verwandter vom Vorsitzenden oder von dieser ach so schicken Witwe Crockett, hinter der er her ist. WER IST ER? Woher kommt er? Soll er sich auf Kosten der Steuerzahler mästen, nur weil er mit der schicken Bekannten vom Vorsitzenden verwandt ist?

Kelly *erhebt sich ärgerlich.* Hüten Sie Ihre Zunge! Ich wäre Ihnen dankbar, wenn Sie Mrs Crocketts Namen nicht in Ihren ungewaschenen, unhöflichen Mund nehmen wollten.

Reilly *erregt* Ach, daher weht der Wind? Aha! Beim allmächtigen Gott! *Er wendet sich an die anderen* Wollt ihr euch das bieten lassen? Na!

Kelly Dieser Mann ist betrunken!

Gemeindeschreiber Er ist ein bißchen berauscht – von seinem eigenen Geschwafel, wenn mir die Bemerkung gestattet ist.

Cullen Martin, du gehst zu weit. Ich befürworte immer, was der Vorsitzende sagt. Er hat noch nie einen schlechten Mann nominiert. Außerdem wird der Minister doch nur einem Mann seine Zustimmung geben, der eins a ist. Ich finde, wir sollten es mal mit diesem Mann versuchen. Ich kenne ihn nicht persönlich.

Reilly *mit leiser Stimme* Tom, Tom, ich schäme mich für dich. Dieser Mann will seine oder die Verwandten von dieser Witwe zur Hintertür hereinschmuggeln ... *Zeigt mit dem Finger auf ihn.* Sieh dir doch sein Gesicht an; hast du je gesehen, wie Scham so deutlich auf dem Gesicht eines Mannes geschrieben stand?!

Kelly Möge Gott Ihnen vergeben, Sie unwissender und verleumderischer Ehrabschneider, der Sie sich das Maul über Menschen zerreißen, die Ihnen nie etwas Böses getan haben.

Shawn *am Telefon* Er hat eine große, dicke Färse von einer Frau geheiratet. Jajajaja.

Reilly *explodiert* So was laß ich mir nicht bieten, drum bleib ich auch nicht länger in ein und demselben Raum, wo solche kriminellen Machenschaften ablaufen. *Rast wie ein Wilder zum Kleiderständer, schnappt sich seine Mütze, fährt herum und schreit eine letzte Brandmarkung* Das werden wir sehen, das werden wir ja sehen, ob Sie mit den Bestimmungen für Öffentliche Körperschaften so einfach machen können, was Sie wollen. Das werden wir ja sehen, ob die Bestimmungen für Öffentliche Körperschaften nur ein Fetzen Papier sind! Warten Sie's ab, warten Sie's ab!

Er knallt die Tür hinter sich zu und ist weg. Völlige Stille. Kelly tupft sich den Schweiß von der Stirn.

Shawn *am Telefon, ganz verhalten* Jajajajajaja.

Gemeindeschreiber Der Antrag ist, vorbehaltlich der Zustimmung des Ministers, angenommen. Begob, das nenn ich mir einen von Grund auf heftigen Menschen, möge Gott ihn gut behandeln.

Kelly *philosophisch* So viel möchte ich doch noch dazu sagen. Als junger Mensch neigte auch ich dazu, ein wenig ... verstockt zu sein. Ein wenig ... eilig mit dem

Wort. Später kam mir die goldene Tugend der Mäßigung zu Bewußtsein. Ich beziehe mich hier nicht auf geistige Getränke. Ich beziehe mich eher auf Mäßigung von Hand, Handlung und Zunge. Denn was ist letztlich ein Gentleman anderes als jemand, der seine Leidenschaften vollkommen im Griff hat? Das schlechte Benehmen, dessen Zeugen wir soeben waren, ist zutiefst betrüblich. Es war alles sehr... sehr... traurig. Es soll jedoch niemand sagen, daß ich mir ein Urteil anmaße. Nichts dergleichen. Mr Reilly ist ein Mann, für den ich höchste Wertschätzung empfinde. Er hat viele goldene Eigenschaften. Er hat andererseits auch seine Schwächen, und eine davon hat er heute abend gezeigt. Meine Herren, ich bedaure dies alles zutiefst.

Die Tür wird aufgerissen, die Rede des Vorsitzenden unterbrochen. Reilly stürmt barhäuptig mit einer Mütze in der Hand herein. Er eilt zum Kleiderständer, hängt die Mütze auf, reißt eine andere Mütze herunter und zerrt sie sich über den Kopf. Dann stürmt er wieder hinaus und knallt die Tür hinter sich zu, ohne sich noch einmal nach dem Tisch umzublicken.

KELLY Mehr will ich dazu nicht sagen. Wir wollen das nun auf sich beruhen lassen und mit Themen fortfahren, die eher öffentlicher als persönlicher Natur sind. Herr Gemeindeschreiber, was steht als nächstes auf der Tagesordnung?

GEMEINDESCHREIBER *schlägt munter sein Buch zu* Der nächste Punkt, Herr Vorsitzender, ist ein Zigarettchen. Die Sitzung ist finnieh.

CULLEN Ach. Gut.

Man entspannt sich allgemein. Shawn murmelt ein paar leise »Jaja« ins Telefon. Joe Hoop steht auf, marschiert zur Tür, dreht sich um, entbietet allen eine laute, dicke »Gute Nacht« und ist verschwunden. Cullen beginnt sich flott Hut und Mantel anzuziehen.

CULLEN Ich fürchte, wir werden Regen kriegen. Das sagen mir meine Hühneraugen.

SHAWN *am Telefon; simultan mit folgender Konversation* Ah, doch. Jajajaja. Die kleine Farm. Das ist sie allerdings. Eine üppige... fruchtbare... üppig bebaute... großartige... feine... reizende... kleine Farm. Ach, Ehre sei Gott in der Höhe, eine großartige... üppige... fruchtbare... herrliche... gut ausgestattete... gesunde... wüchsige... erquickliche Farm voller Farmland... ja.

KELLY *erhebt sich matt.* Könnte nicht schaden, Martin, der Weizen gefällt mir noch gar nicht.

CULLEN *im Hinausgehen* Kann man wohl sagen. Gute Nacht.

VERSCHIEDENE STIMMEN Gute Nacht, gute Nacht.

SHAWN *am Telefon* Ja, mein Junge. Jajajaja. Liebliches, dickes, nahrhaftes Gras, großartiges... grünes... fruchtbares... süßes... liebliches Gras; hab selbst schon davon gegessen, es ist Nahrung für Mensch und Tier, mein Junge.

KELLY *holt seine Pfeife hervor und beginnt sie zu stopfen.* Herr Gemeindeschreiber, morgen früh sprechen wir dann noch über – *zählt die Themen an den Fingern ab* ... die Weihnachtskohle... den Zuschuß für die Patrick Street... den Vertrag mit der Müllabfuhr. Wir müssen uns um diese Dinge kümmern. Wir müssen die Ärmel hochkrempeln. Zu viele Köche und so weiter. Wir beide müssen ordentlich was wegschaffen. Morgen werden wir uns frischer fühlen, und dann knien wir uns mit Gottes Hilfe richtig hinein.

GEMEINDESCHREIBER *in seine Papiere vertieft* Ich bin den

ganzen Tag hier. Ich habe immer für Sie Zeit. *Er sieht auf seine Uhr und schreckt auf. Er rennt zu Shawn und versetzt ihm einen dringlichen Stups.* Gob, seht euch diese Plaudertasche an. Trenn dich mal von dem Mann. Es ist zehn vor zehn! ES IST ZEHN VOR ZEHN, MANN! Bis später, Herr Vorsitzender!

Er greift sich seinen Hut und stürmt hinaus. Kelly entzündet nachdenklich ein Streichholz und beginnt sich die Pfeife anzuzünden. Shawn steht immer noch da, mit dem Telefonhörer in der Hand.

SHAWN *dringlich* Ja, also dann lebewohl, avic. Ich muß mich jetzt um dringliche ... wichtige ... Geschäfte kümmern. Wir sehen uns dann am Donnerstag, mein Junge. Auf Wiedersehen.

Er knallt den Hörer auf die Gabel, reißt seine Mütze vom Ständer und eilt mit einem »Wiedersehen, Herr Vorsitzender« hinaus. Kelly grunzt eine Erwiderung. Als alle fort sind, kommt Der Fremde geräuschlos von der Galerie herunter und erschreckt Kelly fürchterlich, weil er plötzlich neben ihm steht und mit geisterhafter, farbloser Stimme zu reden beginnt.

DER FREMDE Ich gratuliere. Es bestand zwar kein Zweifel daran, daß ich den Job kriege, aber ich gratuliere trotzdem. Bevor noch viele Monde ins Land gegangen sein werden, werden Sie Abgeordneter sein, und jeder andere Wunsch, den Sie hegen, wird in Erfüllung gehen.

KELLY *ein bißchen aufgeregt* Ja. Gut. Wie schön.

DER FREMDE Ich werde Geld besorgen und Wählerstimmen und alles, was vonnöten ist. Ihre Liebe zu Mrs Crockett wird blühen und gedeihen. Und nun, da ich Steuereintreiber bin, wird es auch keine ungebührlichen Kommentare zu meiner Anwesenheit in dieser Stadt geben. Jetzt habe ich in dieser Gegend locus standi.

KELLY Genau. Und als Steuereintreiber sind Sie für das Wählerverzeichnis verantwortlich. Die Idee mit den Steuern war gut, wenn ich das mal so sagen darf.

DER FREMDE Vom heutigen Tag an wird für Sie alles blühen und gedeihen. Fürchten Sie sich nicht.

KELLY Ja. Gut, gut. *Pause. Kelly steht auf und geht rückwärts in Richtung Tür. Der Fremde folgt ihm bedrohlich.* Wenn Sie einen Augenblick hier bleiben, hole ich den Gemeindeschreiber noch mal, damit er alles mit Ihnen regelt und Ihnen die Listen überreicht. Er ist ein Haus weiter und trinkt etwas.

DER FREMDE Ja, das wäre klug.

KELLY *rückwärts ab* Dauert keine Minute.

VORHANG

II. Akt

Sechs Wochen sind verstrichen.

Wir befinden uns im Wohnzimmer des Hauses von Mrs Margaret Crockett. Das Zimmer ist behaglich und geschmackvoll eingerichtet, doch weil es zur Zeit als Wahlkampfhauptquartier dient, wirkt es unordentlich. An die hintere Wand sind zwei Plakate gepinnt. Auf dem einen steht VOTE FOR KELLY AND A NEW BROOM [Wählt einen neuen Besen: Kelly]. *Auf dem anderen steht* NOT FOR PARTY NOR PRIVILEGE BUT FOR COUNTRY AND PEOPLE – KELLY. *Links hinten befindet sich eine Tür, und vorne links ist eine weitere Tür – die offenbar in andere Bereiche des Hauses führt. Hinten rechts in der Ecke gibt es ein Fenster. Auf einem Beistelltisch befinden sich Kartons mit Umschlägen und Briefpapier, ein paar Blechblasinstrumente und ein Megaphon. In einer Ecke lehnt eine riesige zusammengerollte Trikolore. Rechts brennt ein Kamin. Hinten steht ein großer zweitüriger Schrank, der, wenn man ihn öffnet, den Blick auf Delfter Porzellan, Teegeschirr usw. freigibt. Der Schrank muß so konstruiert sein, daß sein mit Scharnieren versehenes Inneres gegen Ende des Stückes so mitspielen kann, wie es zu wünschen wäre.*

Es klingelt. Hannah saust links geschäftig herum, ist wie eine Rasende bemüht aufzuräumen; dann nach rechts ab. Man hört, wie sie mit jemandem spricht; wenig später führt sie Den Fremden herein, der wie zuvor gekleidet ist, aber irgendwie freundlich gestimmt zu sein scheint. Es scheint, als stünden Hannah und er bereits auf gutem Fuße miteinander. Der Fremde betrachtet beifällig die Wahlkampfutensilien.

DER FREMDE Jetzt wird es nicht mehr lange dauern, Hannah. Es wird nicht mehr lange dauern, bis wir den Lohn für all unsere Mühen empfangen. Aber wir werden siegen. Vergiß das nie. *Er versetzt ihr einen spielerischen Klaps.* Wir werden siegen! *Stellt – oder legt – Aktentasche auf den Tisch.*

HANNAH Wissen Sie was, mit Ihnen wird es immer schlimmer.

DER FREMDE Vielleicht, aber das liegt an der Aufregung, die mit dieser Wahl verbunden ist. Das Eintreiben von Steuern ist ein wenig langweilig. In der Wahlnacht, wenn die Resultate reinkommen, feiern wir eine große Party.

HANNAH *versucht immer noch aufzuräumen.* Na, hier werden Sie die Party bestimmt nicht feiern; Sie wissen ja, was sie vom Trinken hält. Der Suff hat schließlich ihren Mann umgebracht. Kommen Sie mit einer Handgranate und legen Sie sie entsichert auf den Kaminsims –: jederzeit gern. Aber Gott steh Ihnen bei, wenn Sie versuchen, eine Flasche Stout mitzubringen. Sind Sie sicher, daß die Leute aus dem armen Mr Kelly einen Parlamentsabgeordneten machen werden?

DER FREMDE Natürlich sind wir sicher. Alle werden Kelly wählen. Wart's ab. Gestern abend hatten sie eine großartige Sitzung.

HANNAH Und was ist mit der Halskette, die Sie mir versprochen haben?

DER FREMDE *überrascht* Was? Die Halskette? *Erholt sich schnell.* Glaub bloß nicht, daß ich sie vergessen habe. Sie wartet unter dem Kissen auf dich. *Zeigt auf den Diwan.*

HANNAH *glaubt ihm nicht, will aber sichergehen und lüpft das Kissen.* Wo . . ? Hier? Oh, Ehre sei Gott! *Hält verblüfft eine glitzernde Halskette in die Höhe.*

DER FREMDE Na, was hab ich dir gesagt?

Hannah Vielen Dank, Sir. Wann haben Sie das denn da versteckt?

Der Fremde *wischt die Sache beiseite* Na, na, keine Fragen. Ist ihre Hoheit bereits aufgestanden?

Hannah Ja. Ist sie. Sollte sie zumindest. Vor einer Stunde hat sie im Bett gefrühstückt. *Dreht sich anklagend zum Fremden um.* Und wenn sie jetzt erst aufsteht, ist es nicht ihre Schuld. Mit Ihrem Freund Mr Kelly ist es gestern nacht wieder eine lange Nacht geworden. Ich schwöre bei Gott, ich weiß nicht, zu welcher Stunde der Nacht oder des Tages er gegangen ist, weil ich nämlich zu Bett gegangen bin. So was ist unschicklich, diese Art von Sachen. *Schweigt, um nachzudenken.* Wenn sie verheiratet wären – das wäre natürlich was anderes. Wenn man verheiratet ist, ist es den Leuten egal, wenn man schon mal über die Stränge schlägt.

Der Fremde Aber, liebe Hannah, Mr Kelly ist zu einer durchaus schicklichen Zeit aufgebrochen, und das tut er immer. Ich bin hier heute morgen mit ihm verabredet. Ich habe einige Auszüge aus dem Wählerverzeichnis, die ich ihm geben möchte. Er hat hier heute morgen eine Komiteesitzung. *Er nimmt einen Brief aus seiner Tasche.*

Hannah Hier gibt es ja nur noch Sitzungen. *Es klingelt.*

Der Fremde Da ist er ja. So klingelt nur ein Abgeordneter.

Hannah Da kommt er aber schon früh am Morgen wieder zurück. *Eilig nach rechts ab.* Der hat dies Haus doch höchstens vor fünf Stunden verlassen, aber mich geht das alles natürlich nichts an. *Sie kommt fast im selben Augenblick wieder zurück; in der Hand hält sie ein Telegramm.* Ein Telegramm für die Gnädige! Ein Telegramm! *Bevor sie nach links abgeht, bleibt sie in der Mitte der Bühne stehen.* Gott stehe zwischen uns und allem Übel. Was wohl drinstehen mag?

Der Fremde Nur Gutes, mein liebes Kind, nur Gutes. Rechne doch nicht immer gleich mit dem Schlimmsten.

Hannah *geht nach links ab.* Na, Gott sei Dank, daß i c h noch nie ein Telegramm gekriegt habe.

Der Fremde *betrachtet Plakat an der Wand.* »Nicht für Partei noch Privileg ...« Das ist falsch. Entweder »entweder – oder« oder »weder – noch«.

Er geht zum Plakat und legt die Hand darauf. Als er die Hand wieder wegnimmt, steht NOT FOR PARTY *OR* PRIVILEGE ... *drauf. Dies kann man dadurch erreichen, daß das N auf einen separaten Zettel gedruckt ist, der lose auf dem Plakat befestigt war.*

Hannah *kommt aufgeregt wieder herein.* Nein, nein, mich brauchen Sie gar nicht erst zu fragen. Ihre Hoheit behält Glück und Kummer für sich. Macht nicht mal einen Brief auf und liest ihn, solange ich dabei bin. Wartet, bis sie allein ist.

Der Fremde Ich glaube trotzdem, daß es gute Nachrichten sind, Hannah. *Er sieht auf eine Uhr, die er aus der Westentasche gezogen hat.* Ich glaube, ich mache mich dann mal lieber auf den Weg und versuche, den Steuerzahlern etwas Geld abzunehmen, falls das überhaupt zu machen ist. *Er nimmt seine Aktentasche.*

Hannah Tja, wir müssen alle manchmal ein bißchen arbeiten.

Der Fremde Wenn Mr Kelly kommt, Hannah, gib ihm bitte diese Listen und sag ihm, daß ich heute abend noch mal vorbeischaue. Bist du so lieb und tust das für mich?

Hannah *nimmt den Brief.* Er wird den Brief unversehrt und wohlbehalten bekommen. *Sie legt – oder lehnt – den Brief auf den Kaminsims.*

Der Fremde Dann leb wohl, Hannah. *Ab.*

Plötzlich tritt Kelly auf. Hannah macht beim Kamin sauber.

KELLY Guten Morgen, Hannah. Ist Mrs Crockett schon aufgestanden?
HANNAH Der Mann mit dem Hut war heute morgen wieder da, Mr Kelly. Er hat nach Ihnen gefragt und einen Brief für Sie hinterlassen. Sie haben ihn gerade verpaßt.
KELLY Ich habe ihn noch an der Tür getroffen, als er hinausging. Wir haben in der Diele kurz miteinander gesprochen. Ist noch keiner von den anderen da?
HANNAH Nein, Sir. Hier ist der Brief, Sir.
KELLY Danke. Danke, Hannah.

Er setzt sich erschöpft und öffnet mechanisch den Brief; für den Inhalt zeigt er nicht das mindeste Interesse.

KELLY Mrs Crockett ist noch nicht aufgestanden?
HANNAH Doch, Sir, sie müßte jede Minute hier sein. Sie hat gerade ein Telegramm gekriegt.
KELLY Ein Telegramm? Von wem?
HANNAH Weiß ich nicht, Sir. Hat sie nicht gesagt, Sir.
KELLY Hoffentlich nichts Unangenehmes.
HANNAH Ganz bestimmt nicht, Sir. Man soll nicht immer gleich mit dem Schlimmsten rechnen.
KELLY *seufzt* Wohl wahr, Hannah. Wohl wahr.

Es klingelt. Hannah eilt nach links ab, um die Tür zu öffnen.

HANNAH Das werden die anderen Herren sein, Sir, wegen der Sitzung. Die Gnädige muß jetzt jeden Moment herunterkommen; ich weiß auch nicht, was unter Gottes Sonne sie da oben so lange treibt.
KELLY Gut, gut.

Er entnimmt dem Umschlag einige Dokumente und beginnt sie müßig durchzusehen. Hannah führt den Gemeindeschreiber herein.

GEMEINDESCHREIBER Einen wunderschönen guten Morgen, Herr Vorsitzender.

KELLY *matt* Guten Morgen, Herr Gemeindeschreiber. Ist Cullen nicht mitgekommen? Oder Kilshaughraun?

GEMEINDESCHREIBER Nein, Herr Vorsitzender. Ich habe ihnen aber hinterlassen, daß sie nachkommen sollen.

KELLY *zwingt sich, etwas munterer zu wirken* Die Listen, die mir hier vorliegen, sehen sehr vielversprechend aus, wenn Cullen sie korrekt markiert hat. Unser Feind Cooper scheint sehr schwach zu sein, jedenfalls in diesem Teil des Landes. Laut diesen Listen haben wir jeweils vier von fünf Stimmen. Kann das stimmen?

GEMEINDESCHREIBER Aber ja, mein guter Herr, und bevor der Wahltag dämmert, haben Sie noch mehr; unser Wahlkampf bekommt doch jetzt erst überhaupt den richtigen Dampf. Wir werden diesem Protestanten, der gegen Sie angetreten ist, das Schmalz aus den Rippen prügeln.

KELLY Na, na, na, Herr Gemeindeschreiber, wo bleibt denn da die arme, alte christliche Nächstenliebe? Haben wir die in der Hitze des Gefechts ganz und gar vergessen? Sind die Protestanten etwa keine Christen?

GEMEINDESCHREIBER Schön und gut und schön und gut und schön und gut, aber mit solchen Sprüchen werden Sie keine Wahl gewinnen.

HANNAH *tut schwer beschäftigt, hält aber hin und wieder inne, um dem Gespräch zu lauschen.* Ich glaube, Cromwell war Protestant.

GEMEINDESCHREIBER Allerdings, und was für ein guter.

HANNAH Und sehen Sie sich England an: Voller Protestanten.

GEMEINDESCHREIBER Das ist doch ganz was anderes. In England wäre man ganz schön blöd, wenn man kein Protestant wäre. Alles zu seiner Zeit, alles an seinem

Platz, Mädchen. Im Meer gibt es eben nur Fische. Für die Leute in England ist es natürlich, daß sie Protestanten sind. Aber in Irland ist es etwas sehr Unnatürliches.

KELLY Einige meiner besten Freunde sind Protestanten.

GEMEINDESCHREIBER Geben Sie mir mal die Listen, Herr Vorsitzender, damit ich einen Blick darauf werfen kann. Wenn wir weiter so reden, verlieren wir noch unsern Vorsprung.

Kelly gibt sie ihm mit ironischem Lächeln. Der Gemeindeschreiber setzt sich auf die Diwankante.

KELLY Shawn und Tom Cullen könnten sich vielleicht allmählich mal zu unserer Sitzung bequemen. Würde nichts schaden.

GEMEINDESCHREIBER, *der die Listen liest* Und die Dame des Hauses ebenfalls.

Pause.

KELLY *steht auf und geht im Zimmer auf und ab.* Haben wir nicht am Sonntag zwei Veranstaltungen? Eine in Tobberglas nach der letzten Messe und eine in Knockaree um zwei Uhr Sommerzeit?

GEMEINDESCHREIBER Doch; das ist alles arrangiert. Wir haben einen Mann von der Industrie- und Handelskammer in Waterford, der ein paar Worte sagen soll; das macht sich gut, wissen Sie, bei einem Kandidaten des selbständigen Mittelstands wie Ihnen. Und für die Veranstaltung in Knockaree haben wir die Trommler und Pfeifer »Patrick Sarsfield« –; die halbe Bande geht doch sonntags nach dem Mittagessen schlafen, und da müssen wir einen Höllenlärm machen, damit sie wegen der Versammlung wieder aufstehen.

Hannah, gelangweilt, hört auf, schwer beschäftigt zu tun, und geht nach links ab.

Kelly *nachdenklich* Ja. Klingt gut. Ich glaube, ich werde ein paar Worte über die Banken sagen. Und über die Auswanderung, durch die unser Land ausblutet und die der Ruin unserer Wirtschaft ist. Auch die Landflucht ist etwas, dem eines nicht zu fernen Tages Einhalt geboten werden muß. Wenn es Gott gefällt und ich ins Parlament gelange, werde ich zu gegebener Zeit den leitenden Herren ein Wörtchen zu sagen haben. Und natürlich wird der Skandal mit dem Komplott um die undichten Abwasserrohre ein weiteres Thema darstellen, über welches ein paar wohlgesetzte Worte zu verlieren ich mir angelegen sein werden lasse. Mögen andere Abgeordnete Ja und Amen sagen. Mögen sich andere Abgeordnete vom Fraktionseinpeitscher knebeln lassen. Mag sich der Opportunist, mag sich der Gesinnungslump getrost von derlei nicht anfechten lassen. Aber wenn es Gott gefallen sollte und ich das Vertrauen der Menschen in diesem Lande gewinne – wenn sie es für angebracht halten, m i c h mit der Aufgabe zu betrauen, sie in der Nationalversammlung zu vertreten –, dann werde ich frei und furchtlos meine Meinung sagen.

Gemeindeschreiber *legt die Akten, die er studiert hat, beiseite und betrachtet Kelly prüfend.* Wenn Sie so auch reden, wenn Sie am Rednerpult stehen, kommt de Valera von der Regierungsbank und macht Platz für Sie!

Kelly, *von seinen eigenen Worten hingerissen* Ich kann Ihnen nur sagen: Das Land befindet sich in einer sehr ernsten Lage. Wir müssen mit der äußersten Behutsamkeit zu Werke gehen. Weder die Rechte noch die Linke wird uns retten, nein, es ist der Goldene Mittelweg. Voreilige monetäre oder ökonomische Experimente werden uns nur noch tiefer in den Morast führen. Was dieses Land am dringlichsten braucht, ist eine informierte, starke Führung und ein Ende der politischen Rangelei, Schiebung und Ämterwirtschaft. Davon haben wir genug erlebt – zuviel. Die Ausgaben der Öffentlichen Hand müssen schonungslos gekürzt werden. Gebt mir freie Hand, und ich werde in jedem einzelnen Ministerium kaltlächelnd hunderttausend Pfund einsparen. Ich garantiere Ihnen, wenn das Volk dieses Landes mich eines Parlamentssitzes für würdig befindet, dann wird es Skandale auf höchster Ebene geben. Zufällig weiß ich über das eine oder andere recht gut Bescheid. Dies ist weder der Ort noch die Zeit, gewisse Dinge zu erwähnen. Es mag genügen, wenn ich sage, daß gewisse Dinge geschehen, die nicht geschehen sollten. Diese Dinge sind bekannt – mir zumindest. Ich kann Roß und Reiter nennen. Ich habe das alles auf Abruf bereit, und zu gegebener Zeit werde ich sämtliche abstoßenden Details ans mitleidlose Tageslicht zerren. Zweifellos werden sie versuchen, mich mit ihrem Gold zum Schweigen zu bringen. Sie werden versuchen, meine Ehre zu kaufen.

GEMEINDESCHREIBER *sotto voce, nachdem er verblüfft zugehört hatte* Ich würde bei Gott wünschen, daß mal jemand versucht, mich zu kaufen.

KELLY *schlägt erneut mit der Faust auf den Tisch.* Wird ihnen das gelingen? Werden ihre Bemühungen, mich zum Schweigen zu bringen, von Erfolg gekrönt sein? Wird ihr Gold wieder einmal obsiegen und mich zu einem weiteren ihrer gekauften und bezahlten Günstlinge machen? Das wird es bei Gott nicht! Bei Gott im Himmel nicht!

GEMEINDESCHREIBER *wieder sotto voce* Beim Sonstwas, ich würde meine Seele für eine halbe Krone verkaufen!

KELLY *wild und laut* Mich kauft weder Christ noch Judenmensch! Mich kauft man nicht! Ich bin nicht zu verkaufen! Hören Sie, Gemeindeschreiber? Ich bin nicht käuflich! ICH BIN NICHT KÄUFLICH!

Gemeindeschreiber *hebt den Kopf.* Schon gut, Herr Vorsitzender, ich versuch ja gar nicht, Sie zu kaufen. Ich hab ja gar nie was geboten. *Es klingelt.* Ich versuche ja nur, einen Blick auf diese Listen zu werfen. Da werden weiß Gott einige sehr seltsame Menschen für Sie stimmen, wenn Cullens Markierungen irgendwas zu bedeuten haben. Ich hab hier sogar einen Fianna-Fail-Abgeordneten.

Kelly *mit hoher, aufgeregter Stimme, immer noch auf und ab gehend und den Gemeindeschreiber ignorierend* Ich werde dieses Diebesnest ausräuchern.. dieses Diebesnest.. voll Wucher und Bestechung. Ich sage Ihnen, ich werde ein und für allemal aufräumen mit dem ganzen Gesindel, ich werde sie mit Sack und Pack ans kalte Licht des Tages zerren. Und weder Adelsbagage noch Freimaurergesindel hält mich davon ab. Merken Sie sich das, Herr Gemeindeschreiber. UND WEDER ADELSBAGAGE NOCH FREIMAURERGESINDEL HÄLT MICH DAVON AB!

In die Stille nach seinem Ausbruch hinein klingelt es wieder, länger diesmal.

Gemeindeschreiber Da kommen ja die beiden Teufel Kilshaughraun und Cullen, ebenso spät wie mopsfidel, nachdem sie den halben Vormittag verplempert haben. Noch dazu Ihren Vormittag, Herr Vorsitzender.

Hannah tritt auf, ein wenig nervös, eilt über die Bühne und geht hinten links ab. Kelly bleibt endlich stehen, wischt sich matt über die Stirn und setzt sich seufzend auf seinen Stuhl.

Kelly Ach, Herr Gemeindeschreiber, man hat's nicht leicht mit dieser Welt. Man hat's nicht leicht mit dieser Welt. Aber so Gott will, werden wir für Irland getan haben, was wir nur können, bevor wir sterben. So Gott will, werden wir unserem lieben, alten Land einen kleinen Dienst erwiesen haben.

GEMEINDESCHREIBER Ich habe Irland seit dem Tag meiner Geburt wahrlich hart gedient. Und wie wurde es mir gedankt? Der Minister streicht mir meine Zulagen für Messen und Märkte.

Noch gegen Ende dieser Rede betritt eine gänzlich unerwartete Gestalt das Zimmer; ihr folgt eine staunende Hannah. Es handelt sich um einen schlanken, hochgewachsenen Mann von etwa vierzig Jahren, sehr gut und sorgfältig gekleidet. Er trägt eine Brille und einen schmalen, gepflegt gestutzten Schnurrbart. Er beträgt sich mit der vollkommenen und irgendwie fremdartigen Sicherheit des Gentleman, dessen Schulung ihn dazu befähigt, in jeder Situation zu Hause zu sein. Wenn er spricht, geschieht dies mit einem komisch übertriebenen britischen haw-haw-Akzent. Er schreitet ins Zimmer und legt eine ganz leichte, wohlerzogene Verblüffung an den Tag, als er den Gemeindeschreiber und Kelly so zwanglos in einem fremden Haus sitzen sieht. Der Gemeindeschreiber nimmt gegenüber dem Fremden eine gänzlich unverbindliche Haltung ein, während Kelly ein leicht feindseliges Befremden zeigt. Hannah zieht sich zur Tür links zurück, verläßt aber das Zimmer nicht, ist sie doch eher bereit zu sterben, als irgendeine bevorstehende Überraschung zu verpassen. Der Neuankömmling legt Hut, Stock und Handschuhe auf den Tisch neben der Tür.

SHAW Eaou. Guten Morgen. Guten Morgen.

GEMEINDESCHREIBER Good morra, Sir. Das ist ein schöner Frühlingsmorgen, dem lieben Gott sei Dank.

Kelly erhebt sich und starrt fragend.

SHAW O ja, in der Tat, ganz fabelhaftes Wetter. Erstklassig, um genau zu sein. Sagen Sie, meine Liebe, ist Mrs Crockett in der Nähe? Würden Sie ihr freundlicherweise mitteilen, daß Captain Shaw eingetroffen ist?

HANNAH *noch heftiger staunend* Ja, Sir.

Auf so feine gebieterische Art entlassen, geht Hannah widerstrebend nach links ab. Kelly starrt auch weiterhin. Der Gemeindeschreiber fühlt sich in seiner Gerissenheit gefordert und ist entschlossen herauszufinden, wer der Fremde ist und was da vor sich geht.

GEMEINDESCHREIBER Aber gestern war's ja nicht so besonders. Den Teufel hat der gestrige Tag getan, um dem Frühweizen zu nützen.

SHAW *verständnislos* Wie bitte?

GEMEINDESCHREIBER *leicht verwirrt* Das gestrige Wetter entsprach nicht den Anforderungen, Sir.

SHAW Najn, das Wetter in Irland ist ausgesprochen unschön. Darf ich mir übrigens die Freiheit herausnehmen, mich vorzustellen? Ich heiße Captain Shaw. Ich bin gerade von der anderen Seite her angekommen. War eine ziemlich rauhe Überfahrt, by Jove.

GEMEINDESCHREIBER Verstehe.

SHAW Ausgesprochen unschön, verstehen Sie, furchtbar aufreibend für den Magen. Furchtbare Angelegenheit, wenn man nicht zufällig ein guter Seemann ist.

GEMEINDESCHREIBER *hinter dem Diwan; erhebt sich und streckt die Hand aus.* Freut mich aufrichtig, Sie kennenzulernen, Captain Shaw. Ich werde Sie mit meinem Namen nicht behelligen, weil ich hier nämlich nur der Gemeindeschreiber bin...

SHAW Eaou!

GEMEINDESCHREIBER *geht nach links zum Kamin.* Und dieser Herr, Captain, ist der Vorsitzende. Der Vorsitzende des Stadtrats, Captain.

SHAW Eaou. *Korrekt-höfliche Verbeugung.* Freut mich und ehrt mich, dochdoch.

KELLY *entspannt sich und entdeckt eine Gelegenheit zu weiterem Politschwadronieren.* Ich bin froh, Sie kennenzulernen,

Captain, sehr froh, das Privileg Ihrer Bekanntschaft zu haben. Es erfüllt mich immer mit Vergnügen, einen unserer Vettern aus dem Land hinter der Großen Welle bei uns in Irland willkommen heißen zu können.

Gemeindeschreiber stellt sich vor dem Kamin auf.

SHAW Eaou, tatsächlich?

KELLY Ich meine immer, daß wir in jedem Besucher aus England eine einzigartige Gelegenheit finden, Freundschaftlichkeit und guten Willen zwischen den beiden Inseln zu propagieren, eine Chance, Jahrhunderte des Mißtrauens und bösen Bluts ungeschehen zu machen, eine gottgegebene Gelegenheit, die Aufmerksamkeit jener mächtigen Nation, die auf der anderen Seite der Irischen See lebt, auf die schlichten und gerechten Ansprüche unseres Landes zu lenken – *er tritt vor* –, eine Chance, wenn ich mir die Kühnheit erlauben darf, dem englischen Volk zu zeigen, und zwar, wohlgemerkt, ohne Bosheit und Verbitterung, was es uns vor dem Auge Gottes schuldet und wie es diese Schuld abtragen kann. In einem Wort: Wie wir nach sieben finsteren Jahrhunderten der Unterdrückung dennoch Freunde sein können.

GEMEINDESCHREIBER *ungeduldig; findet Kellys Ansprache unpassend.* Yerrah, Herr Vorsitzender, das ist wieder eine andere Geschichte. Dafür sollte man sich einen anderen Tag vornehmen. *Er setzt sich neben den Kamin.*

SHAW *blickt nicht durch.* Ja, ganz recht, ganz recht. Ganz recht. *Setzt sich voller Unbehagen.*

KELLY, *der sich erneut für sein Thema zu erwärmen beginnt* Und bitte, Captain, damit es bei diesem Thema keine Mißverständnisse gibt: Manche Menschen werden Ihnen sagen, ich sei anti-englisch eingestellt ...

SHAW Eaou!

KELLY ... ich hegte für die großartige englische Nation nichts als Haß ... und Zorn ... und Verachtung.

SHAW Eaou?

KELLY Und wie lautet meine Antwort? Meine Antwort lautet, daß nichts der Wahrheit ferner liegen könnte. Es ist eine Lüge. Dem Lande England bringe ich Gefühle wärmster Achtung entgegen. Dem Volk, welches dort wohnt, die Liebe und den Respekt, die seiner Würde als Menschenwesen gebühren, die Bewunderung, die jenen gebührt, die hart und gut gearbeitet haben im Streben nach weltlichem – wenn schon nicht geistlichem – Segen. Doch was soll ich über die Klasse sagen, die in jenem frohen und fruchtbaren Lande herrscht ...?

SHAW *blickt nicht durch.* Eaou?

GEMEINDESCHREIBER *mit gespielter Begeisterung* Hört, hört! Hört, hört!

KELLY *hat dies für echt gehalten und steigert sich rhetorisch noch* Was soll ich über jene sagen, die vor Gott mit der Herrschaft und Regierung der englischen Nation betraut sind, von ihren Dominions, Protektoraten, Mandatsgebieten und Kolonien jenseits der Meere ganz zu schweigen? Was soll ich von den korrupten, fehlgeleiteten, beschränkten und boshaften Gesinnungslumpen sagen, die durch Machinationen, welche Gerechtigkeit und Regierungsverantwortung zur Farce werden lassen, Schande und Schmach über die britische Flagge gebracht haben? Mit welch zornigem Wort, welch zornigem Satz soll ich vor den Schranken der Geschichte brandmarken, wie eine britische Regierung nach der anderen sich eingemischt hat in die Belange meines Landes, IRLANDs, dieser Lampe der Zivilisation zu einer Zeit, da Europa noch in der Finsternis saß, dieser Wiege des Glaubens und Heimat von Märtyrern. Mit welch mitleidlosen und erbarmungslosen Ausdrücken werde ich jene würdelosen Günstlinge geißeln und wieder und wieder geißeln, jene, die sich erdreistet haben, sich an unserer historischen Rasse zu vergreifen, Millionen unserer Brüder und Schwestern im Blute zu vertreiben in schwimmenden Särgen über die sieben Meere, auf daß sie an fremden Gestaden hausen zusammen mit dem nackten Wilden, jene, die unsere Industrie und unser Handwerk und unser Recht auf Entwicklung unserer nationalen Ressourcen zerstört haben, jene, die nicht gezögert haben, das heilige Tabernakel unserer Nation zu entweihen, um s i e zu stehlen zu schänden und zu zerstören: unsere melodische und königliche Sprache – DIE IRISCHE SPRACHE –, einziges Merkmal unseres Nationalcharakters, unser einziges geschichtliches Bindeglied mit den Giganten unserer nationalen Vergangenheit – Niall von den Neun Geiseln, der im Bestreben, das Evangelium zu verbreiten, bis zu den Alpen vordrang, König Cormac von Cashel, Bekenner, Heiliger und Gesetzgeber, der heldenhafte St Laurence O'Toole, welcher der Schutzheilige von Irlands bedeutendster Stadt ist, und Patrick Sarsfield, der des Nachts, ohne des Risikos für seine eigene Person zu achten, nach Ballyneety ritt, den Munitionszug des verhaßten Ausländers in die Luft zu sprengen! Mit welchem entsetzlichen und beängstigenden Fluch, Captain Shaw, werde ich den gerechten Zorn des Allmächtigen herabbeschwören auf jene niederträchtigen Männer, die in England vergoldete Paläste bewohnen, in Luxus und lasterhafter Extravaganz gewiegt, die nichts wissen und nichts wissen wollen von den englischen Massen, so wenig wie von der historischen und unbesiegbaren irischen Nation, vom nackten Neger im fernen, verzweifelten Indien oder vom neuseeländischen Pygmäen an seiner heimischen Küste? Mit welchem strengen Wort werde ich den gerechten Zorn des allmächtigen Gottes auf ihr Haupt herabbeschwören, Captain Shaw?

GEMEINDESCHREIBER Der Herr steh uns bei!

SHAW *beklommen* Wirklich, mein Guter, das ist ein bißchen starker Tobak, wissen Sie. Immerhin, wissen Sie, gibt es in London ein paar sehr nette alte Knaben. Ich wünschte, Sie würden dort ein paar meiner Freunde kennenlernen. Wie Irland mal behandelt wurde, das war natürlich ausgesprochen unschön, darum kommt man nicht herum, das Land wurde von Anfang an falsch gehandhabt. Wenn man das Land richtig behandelt hätte, gäbe es kein loyaleres Land auf der Welt, es wäre ausgesprochen schön. Die Engländer und die Iren sollten sich zusammenraufen, wissen Sie, mein Guter, sind nämlich beides nette Völker – verdammt nette Völker.

Pause. Kelly geht zu dem verblüfften Shaw und reicht ihm die Hand.

KELLY Das war edel gesprochen, Captain; ich bewundere einen Mann, der seine Ecke verteidigt. Ich achte einen fairen Gegner. Bitte, denken Sie nicht, ich wollte unterstellen, alle Schurkerei, Korruption und Regierungsinkompetenz konzentriere sich auf das Land England. Hélas, auch das arme, alte Irland hat sein gerüttelt Maß davon. Auch in diesem Lande, Captain, wird an höchster Stelle der krasseste Mißbrauch getrieben. Wir haben Betrügereien, Beeinflussung hinter den Kulissen... Cliquenwirtschaft... *er gestikuliert*... böses Blut zwischen leiblichen Brüdern... bestechliche und würdelose Rüpel in jedem Bereich, stets bestrebt, einander die fettesten Pfründen zukommen zu lassen...

Er bricht seine Ausführungen ab. Soeben ist Mrs Margaret Crockett von links hereingeeilt. Sie ist eine etwas grobschlächtige

Dame ohne jeden Schick, etwa 35 Jahre alt, ziemlich stämmig, vulgär gekleidet. Sofort nach ihrem Auftritt bleibt sie stehen, hat offenbar nicht mit Captain Shaw gerechnet. Kelly steht stumm herum, kann die Lage nicht abschätzen.

MARGARET *zu Shaw, aufgeregt* Was, James? Du!

Sie stürzt sich auf ihn, um ihn zu begrüßen. Er erhebt sich mit wohlerzogenem sang-froid und wird plötzlich ein wenig ernst.

SHAW Hullo, Margaret. Wie geht es dir?
MARGARET Sehr gut, James. Wie geht es dir?

Kelly beginnt sich zu nähern.

SHAW Recht gut, danke schön, Margaret, recht gut. Und du scheinst vor Gesundheit geradezu zu strotzen. Ich habe dir ein Telegramm geschickt. Hast du es nicht bekommen?
MARGARET Erst heute morgen; eben gerade. Ich hatte gedacht, du kommst heute abend mit dem Sieben-Uhr-Zug. Wenn ich gewußt hätte, daß du kommst, hätte ich dir das Auto geschickt.
SHAW Eaou.
MARGARET Das ist aber eine Überraschung, dich zu sehen, James. Ich glaube, seit Daddys Beerdigung haben wir uns nicht mehr gesehen, und das ist lange her.
SHAW Da hast du wohl recht, Margaret. Ziemlich lange her, stimmt's? Übrigens ... *Er unterbricht sich und sieht Kelly und den Gemeindeschreiber an* ... Übrigens, Margaret, ich möchte gern mit dir über etwas sehr Wichtiges sprechen.
MARGARET *tritt zwischen Shaw und Kelly.* Ja. Du kennst diese Herren? Es sind Freunde, sehr spezielle Freunde ... *Sie zeigt auf Kelly* ... Dies ist der Vorsitzende des Stadtrats persönlich. Und dies ist sein Vorstandsmit-

glied, der Gemeindeschreiber. *Sie wendet sich an Kelly und zeigt auf Shaw.* Dies ist mein Bruder, Captain Shaw...

Kelly und Gemeindeschreiber sind verblüfft.

KELLY Ihr Bruder! Ich wußte gar nicht, daß Sie einen Bruder haben, Margaret. Das haben Sie mir nie gesagt.

GEMEINDESCHREIBER Doch, wenn man's recht überlegt... eine gewisse Familienähnlichkeit ist unverkennbar.

MARGARET *lächelt.* Tja, aus den Augen, aus dem Sinn, wie man so schön sagt. Ich habe James seit fast achtzehn Jahren nicht gesehen. James lebt – schon beinah sein ganzes Leben lang – in England. Und deshalb ist es ein solcher Schock für mich, ihn plötzlich zu sehen. *Plötzlich besorgt.* Es ist doch nichts passiert, James, oder? *Setzt sich auf den Diwan. Kelly, Gemeindeschreiber und Shaw setzen sich ebenfalls.*

SHAW Eaou najn. Ich bin nur rasch herübergekommen, um mit dir zu reden, Margaret. Ein kleiner offenherziger Plausch, weißt du, altes Mädchen.

KELLY Ah ja. Verstehe. Verstehe.

GEMEINDESCHREIBER Jaja, die Familienbande sind schon etwas ganz Einziges.

SHAW Wenn ein Haushalt aufgelöst wird, und die Familie zerstreut sich in alle vier Winde und so weiter und so fort –; höchst unschön, so was. Wissen Sie was, ich komme mir hier wie ein regelrechter Ausländer vor. Dabei bin ich aber doch Ire, nicht wahr?

GEMEINDESCHREIBER Och, Captain, warten Sie, bis Sie einen Tropfen vom guten Selbstgebrannten in sich haben. Danach kommen Sie sich wieder irisch vor, das und eine ordentliche Portion Schweinshaxen aus Cork.

SHAW Eaou, wirklich?

KELLY *erhebt sich, mit einem Anflug von Munterkeit.* Tja,

Herr Gemeindeschreiber, hier ist kein Platz für uns. Familienkonferenzen, wie ich sie verstehe, müssen strikt privatim abgehalten werden. Keine dritte Person, mag sie ein noch so intimer Freund der Familie sein, darf unter welchen Umständen auch immer diese intime und geheiligte Privatsphäre verletzen oder beschädigen. Captain Shaw, ich hoffe und bete, daß mir das Vergnügen und Vorrecht vergönnt sein möge, Sie wiederzusehen, bevor Sie aus unserer Mitte heraus aufbrechen.

Shaw und Margaret erheben sich.

SHAW *mit Verbeugung* Wird mir ein Vergnügen sein, mein Guter, ganz bestimmt.

GEMEINDESCHREIBER Dann wollen wir mal, ich und der Vorsitzende. Quatscht euch mal in aller Ruhe aus. *Er geht in Richtung Tür nach links.*

MARGARET Es ist ja eine Schande, euch so rauszuschmeißen, aber James kommt schließlich nicht jeden Tag zu Besuch.

SHAW Ja, ihr Burschen, ausgesprochen unschön, euch so hinauszuekeln, aber ich möchte mit meiner Schwester über einen Kerl namens Kelly sprechen. Das alte Mädchen hat sich, fürchte ich, nicht sehr vernünftig benommen. Ein ganz schlimmer Finger, habe ich gehört.

GEMEINDESCHREIBER *verblüfft* Der Herr steh uns bei!

Kelly ist vor der Tür wie vom Donner gerührt stehengeblieben, hat sich umgedreht und glotzt.

MARGARET James!

KELLY Was?

MARGARET James! Was sagst du da? Das i s t Mr Kelly.

Kelly kommt ein paar Schritte weit zurück ins Zimmer.

MARGARET *tritt aufgeregt zwischen Kelly und Shaw.* James,

was um Himmels willen meinst du damit? Dies ist Mr Kelly.

KELLY Ich heiße Kelly. *Er schlägt sich an die Brust.* Ich bin Kelly!

SHAW Eaou, ich, äh, sehen Sie mal...

MARGARET *schrill* James, was für einen Unsinn redest du da? Mr Kelly ist ein guter Bekannter von mir. Hat dir eins der hiesigen Klatschmäuler geschrieben oder was?

GEMEINDESCHREIBER Begor, das wäre Reilly zuzutrauen.

SHAW *erstarrt* Margaret, tritt bitte zur Seite. *Geht auf Kelly zu und schiebt seine Schwester sanft beiseite.* Darf ich Sie so verstehen, daß Sie derselbe Kelly sind, der für das irische Parlament kandidiert?

KELLY *trotzig* Freunde haben mich dazu überredet, daß es meine Pflicht ist, ihnen meine Dienste als ihr Vertreter im Doll Erin anzubieten.

SHAW Sehr gut. Dann kennen wir uns, dann wissen wir, wo wir stehen. Erlauben Sie mir, Ihnen zu sagen, Sir, daß Sie ein Schuft sind.

MARGARET *verzweifelt* James!

SHAW *ohne ihr Beachtung zu schenken* Haben Sie das gehört? Ein Schuft, ein Schurke und ein Lump!

KELLY *böse* Sie wagen es, so mit mir zu sprechen? Wie können Sie es wagen!

SHAW Ich bin noch nicht mit Ihnen fertig, Sir. Ich habe Sie einen Schuft gennant. Jetzt nenne ich Sie noch eine unaussprechliche Kanaille.

KELLY *brüllt Margaret an und schreitet an Shaw vorbei zur anderen Seite der Bühne* Was zum Teufel hat das alles zu bedeuten? Wie können Sie es wagen, mir gegenüber solche Ausdrücke zu verwenden! Margaret, was fehlt diesem Mann?

SHAW *weiterhin ernst zu Kelly gewandt* Lassen Sie freundlicherweise meine Schwester aus dem Spiel. Sie haben ihren guten Namen bereits genügend beschmutzt und beschädigt. Wenn Sie jünger wären, würde ich Sie auffordern, mit mir vor die Tür zu kommen. Was Menschen Ihres Schlages gebührt, ist eine erstklassige Tracht Prügel . . .

GEMEINDESCHREIBER *nähert sich unbehaglich.* Um Gottes willen, Schlägereien können wir nicht gebrauchen. Erklärungen, das brauchen wir, Erklärungen.

MARGARET *geht rückwärts auf einen Sessel am Kamin zu und bricht zusammen.* Oh, mein Gott!

KELLY *mit harter, leiser Stimme* Sie sagen, Sie heißen Captain Shaw. Sehr gut. Ich versuche, nicht die Beherrschung zu verlieren. Ich verlange – und zwar umgehend – eine Erklärung für Ihre letzte verunglimpfende und verletzende Äußerung. Andernfalls müßte ich erwägen, den Gemeindeschreiber zu bitten, daß er einen Polizisten ruft. Ich werde Sie der Polizei überstellen wegen verbrecherischer Ehrverletzung, wegen Verleumdung!

MARGARET *stöhnt* Ach, du meine Güte. Ach, du meine Güte.

SHAW Ich werde Ihnen ganz kurz mitteilen, was Sie sind, Sie Schuft. Meine Schwester, Margaret, versteht nichts von der Welt. Sie haben ihren guten Namen zerstört. Sie haben ganze Nächte in diesem Hause verbracht. Sir, Ihretwegen steht sie jetzt im Ruf einer . . . einer Isebel . . . einer Prostituierten . . .

MARGARET *nunmehr kreischend* J a m e s !

SHAW *unbeirrt* Sie Schurke, Ihretwegen hat sie in ihrer eigenen Stadt mittlerweile den Ruf einer Prostituierten. Sie haben ihr Geld abgeschwatzt. Sie haben sie als Werkzeug Ihrer Gier auf Macht und Mandat benutzt, Ihrer Gier auf den gesellschaftlichen Stellenwert und Status, der einem gewöhnlichen Kneipenwirt vom Lande jederzeit so verlockend scheint. Sie haben sie zum Werkzeug Ihres vulgären und ekelerregenden Versuchs gemacht, als Abgeordneter ins irische Parlament einzuziehen.

Kelly *sehr ruhig; wendet sich von Shaw ab.* Ich bitte Gott um die Gnade der Selbstbeherrschung.

Margaret *steht wütend auf und herrscht ihren Bruder an* James, du solltest dich gründlich schämen. Du wagst es, so von mir zu sprechen? Wie kannst du mich so als übles Weibsbild hinstellen!

Shaw Ich habe gesagt, daß du dieses Schuftes wegen zu diesem Ruf gekommen bist.

Kelly *explodiert* Wie können Sie es wagen! Wie können Sie es wagen!

Margaret Und was hast du dir dabei gedacht, daß du einfach so in dieses Zimmer platzt und Mr Kelly wild und gemein attackierst, einen Gentleman, den du noch nie im Leben gesehen hast? Wer hat dir diese Lügen erzählt?

Kelly Welche giftige Zunge oder Feder hat Zwietracht und Verleumdung und Schmähung gesät?

Shaw Haben Sie Nächte verbracht in diesem Haus bis fünf und sechs Uhr morgens? Haben Sie von meiner Schwester große Geldsummen erhalten? Haben Sie letzten Donnerstag einen von ihr ausgestellten Scheck über vierzig Pfund eingelöst, um eine Druckereirechnung zu bezahlen?

Gemeindeschreiber Mrs Crockett ist Schatzmeister des Wahlkomitees. Wir bringen das Geld für den Wahlkampf auf die Bank, und dann schreibt der Schatzmeister die Schecks.

Shaw Wer zum Teufel sind Sie?

Gemeindeschreiber *honigsüß* Ein Mitglied der allgemeinen Öffentlichkeit.

Margaret *zu Shaw* Du hast Schande über mich gebracht, und über dich auch.

SHAW Na, na, altes Mädchen, du hältst dich bitte raus aus dieser ekelhaften Angelegenheit. Ich bin hier, weil es meine Pflicht ist, hier zu sein. Ich bin dein Bruder, und ich bin das Familienoberhaupt...

MARGARET Du hast, seitdem ich auf der Welt bin – seitdem ich auf der Welt bin –, nie etwas anderes getan, als dich in meine Angelegenheiten einzumischen... und Lügengeschichten über mich zu verbreiten... und dich einzumischen. *Ihre Stimme schwillt hysterisch an.* Du hast alles versucht, damit Treuhänder mich nicht an mein eigenes Geld ranlassen, du hast versucht...

SHAW Nun mach doch um Himmels willen keine Szene.

Es klingelt.

KELLY *geht zu Margaret, um sie zu trösten* Na, na, Margaret. Überlassen Sie m i r das. Es wird alles wieder gut. *Führt sie zum Sessel neben dem Kamin.*

SHAW Finger weg von der Dame! Haben Sie gehört, Sie Schuft!

Hannah tritt auf, ist einen Augenblick lang völlig platt, sagt »Der Herr steh uns bei!« und geht nach rechts ab, um die Tür zu öffnen.

KELLY *mit Ingrimm* Von Ihnen nehme ich keine Anordnungen entgegen, Sie niederträchtiger englischer Schikaneur, Sie unverschämter junger Schnösel.

GEMEINDESCHREIBER *zu Shaw* Also, Mr Shaw, als unbeteiligter Zuschauer kann ich Ihnen nur sagen, daß es ausgesprochen unschön ist, wie Sie sich hier aufführen.

SHAW Wer zum Teufel sind Sie?

GEMEINDESCHREIBER Ein Mitglied der allgemeinen Öffentlichkeit.

Draußen sind Stimmen zu hören. Hannah tritt auf und ist völlig durcheinander. Cullen, Kilshaughraun und Reilly folgen ihr. Kilshaughraun überquert mit einem dicken »Bail o Dhia annso isteach!« die Bühne, bis er einen Sessel, links, erreicht, in den er sich schwer fallen läßt. Er schlägt die Beine übereinander, begrinst gutgelaunt die stürmische Szenerie und beginnt, seine Pfeife zu stopfen. Cullen bleibt erstaunt neben der Tür stehen. Reilly, dem etwas schwant und der sich nicht sehr sicher fühlt, zieht sich in den Hintergrund in die Nähe des Gemeindeschreibers zurück und versucht, so unauffällig wie möglich zu sein. Hannah geht über die Bühne, als wollte sie links abgehen, bleibt aber nahe der Tür stehen und lauscht. Ein paar Sekunden lang herrscht Stille, die nur durch Margarets Schluchzen unterbrochen wird. Shaw mustert die Neuankömmlinge mit Widerwillen.

CULLEN Was ist los? Was geht hier vor?

KELLY Eine berechtigte Frage. Eine berechtigte Frage: Was geht hier vor?

SHAW *zu Cullen* Wer sind Sie?

GEMEINDESCHREIBER *honigsüß* Er ist ein Mitglied der allgemeinen Öffentlichkeit.

SHAW Hier geht es ja zu wie auf einem Bahnhof. Margaret, was hat das zu bedeuten? Hast du denn gar kein Schamgefühl?

KELLY Halten Sie das Maul, Sie Klotz!

MARGARET *hysterisch* Wie kannst du es wagen, so mit mir zu sprechen! *Erhebt sich mit Mühe und redet auf Shaw ein.* Wie kannst du es wagen, mir zu sagen, was ich in meinem eigenen Hause zu tun und zu lassen habe und wen ich nach Hause einlade und wen nicht!

KELLY Hört, hört.

SHAW Sei nicht so verdammt theatralisch, Margaret.

MARGARET Ich weiß aber, wen ich in diesem Hause haben will und wen nicht. Ich weiß, wem ich mein Haus verbieten soll! Hinaus! Jawohl, du bist gemeint! Genau.

Du! Du! Hörst du? *Wird lauter, kreischt.* Raus! Raus! *Sie bricht zusammen und rennt zu Hannah.* Ach, Hannah!

Pause. Hannah nimmt sie und führt sie nach links hinaus. Es entsteht eine lange, peinliche Pause.

CULLEN Was um Himmels willen ist hier eigentlich los?

GEMEINDESCHREIBER Das Unheil ist uns begegnet, uns allen. Ein feiner Mann ist zu uns übers Meer gekommen. Mit sehr schlechten Nachrichten.

KELLY Dieser junge Spund, glauben Sie's, oder lassen Sie's bleiben, ist Margarets Bruder.

SHAW Mit Ihnen bin ich noch nicht fertig, Kelly. Impertinente Ausdrucksweise wird Ihnen überhaupt nichts nützen.

KELLY Ich bin's auch nicht mit Ihnen. Ich habe noch gar nicht richtig angefangen. Sie wären nicht das erste Jüngelchen in dieser Stadt, dem ich einen Dämpfer verpasse.

SHAW *sieht Kilshaughraun an, der zufrieden auf seinem Sessel schmaucht.* Ich bin zufällig ein Bruder der Dame, der dieses Haus gehört ...

KELLY Und die Sie eben gerade aufgefordert hat, das Haus zu verlassen.

SHAW Ich bin zufällig ein Bruder des Haushaltungsvorstands. Ich heiße Shaw. Darf ich fragen, wer S i e sind?

SHAWN *lächelt leutselig.* Ich, avic? *Er steht auf.* Ist es nicht etwas Gräßliches, wenn man jemanden in Irland fragen hört, wer Shawn Kilshaughraun ist? Mr Shaw. *Er reicht Shaw die Hand, wobei er gleichzeitig mit der anderen Hand dessen Ellbogen umklammert.* Mr Shaw, dieser Händedruck kommt von Shawn Kilshaughraun, einem demütigen ... schwer arbeitenden ... gutherzigen ... Mitglied der historischen irischen Nation.

SHAW *überrumpelt, schüttelt seine Hand frei.* Sehr angenehm, dochdoch.

GEMEINDESCHREIBER, *indem er Cullen vorstellt* Dies ist ein weiteres Mitglied der allgemeinen Öffentlichkeit, genau wie ich. *Dreht sich zu Reilly um, welcher im Hintergrund herumschleicht.* Und das ist Mr Reilly.

SHAW Hullo, Reilly. Was in aller Welt führt Sie hierher?

REILLY *tritt herausfordernd vor* Ich bin nur rasch vorbeigekommen, um dem Vorsitzenden zu sagen, daß sich ein Inspektor vom Ministerium in der Stadt befindet. Er ist jetzt im Hotel, und er ist hergekommen, um das abgekartete Spiel mit dem Steuereintreiber auszuforschen, oder ich will nicht Reilly heißen.

GEMEINDESCHREIBER Begob, Herr Vorsitzender, wenn ein Inspektor in der Stadt ist, muß ich auf dem Amt sein. *Nimmt seinen Hut.* Auf dem Amt muß ich dann sein. Ich sehe euch dann alle später wieder. Sie ebenfalls, Mr Bernard Shaw! *Eilig ab.*

KELLY *mit höhnischem Lächeln* Ha! Ich stelle fest, daß Sie bereits mit diesem erlauchten Besucher Bekanntschaft geschlossen haben. Bei Gott, jetzt wird mir alles klar. Jetzt weiß ich, wer mein Widersacher ist.

CULLEN Kann mir nicht mal jemand sagen, was in diesem Haus los ist? Was ist denn los, Mr Shaw?

KELLY Der Mann ist nicht ganz bei Trost, Tom.

SHAW Dieser Herr Kelly, wenn Sie es unbedingt wissen wollen, ist ein erbärmliches Schwein, welches den guten Namen meiner Schwester zerstört hat. Außerdem hat er ihr Geld gestohlen.

CULLEN Was?

KELLY Haben Sie das gehört, Tom?

CULLEN *zu Shaw* Sie sind wohl nicht ganz dicht, Mann.

KELLY Haben Sie das gehört, Tom? Merken Sie sich das gut. Merken Sie es sich und notieren Sie es sich gut, denn anderen Ortes und zu anderer Zeit wird Ihre Aussage vonnöten sein.

CULLEN *erstaunt zu Shaw* Aber das ist doch bestimmt nicht Ihr Ernst, Mann, oder? Wenn der Vorsitzende Ihrer Schwester den Hof machen will, dann hat er doch das Recht dazu, oder?

SHAW Wenn Sie nichts dagegen haben, ist es meine Sache, darüber zu befinden, was die Ehre meiner Familie betrifft und das Recht meiner Schwester, ihr eigenes Leben zu regeln. *Lächelt höhnisch.* Und ihr Bankkonto.

CULLEN Mein Gott, Sie müssen wahnsinnig sein!

KELLY Wissen Sie was, Tom, hören Sie gar nicht hin. Der Mann schwelgt ja geradezu in Rufmord und Schmähung. Ich bitte Sie, Tom, sich alles zu notieren, was hier gesagt wird. Nicht zu vergessen die Rolle, die unser gemeinsamer Freund Mr Reilly spielt.

CULLEN Was hat er denn gemacht? Was war da, Martin?

REILLY *tritt vor, bleibt in der Nähe von Shaw stehen und sieht Kelly an.* Darf ich darum bitten, mich verabschieden zu dürfen, um mich um meine eigenen privaten Angelegenheiten zu kümmern? Sie sind mir doch so wurschtegal, Sie, oder sonst ein Gauner. Und was das abgekartete Spiel mit dem Steuereintreiber betrifft –: Damit kommen Sie nicht ungeschoren davon; glauben Sie das bloß nicht.

KELLY *streckt die Arme aus; Handflächen und Augen deuten gen Himmel.* Ach, dieser arme Mann, dieser arme, fehlgeleitete Mann!

SHAW Dieser frömmlerische Unsinn wird Ihnen auch nichts einbringen. Ich werde Sie in dieser Stadt zerschmettern, Sie Lump!

CULLEN *entsetzt; geht über die Bühne nach links, wo Kelly und Shawn stehen, läßt also Shaw und Reilly rechts liegen.* Hör zu, Shawn, können wir nicht im Namen Gottes etwas unternehmen? Das ist ja ganz abscheulich und wirft ein schlechtes Licht auf uns alle.

SHAWN *froh paffend* Jajajajajaja. Das weckt Erinnerungen an meine eigenen stürmischen... harten... abenteuerlichen Wahlkampfzeiten, als Shawn Kilshaughraun allein gegen die besten Gehirne dieses Landes stand. Der Vorsitzende wird gewiß noch manchen Strauß ausfechten, bevor er in das freie Parlament des irischen Volkes einzieht.

SHAW *zu Shawn* Bevor er dort einzieht? Ich werde dafür sorgen, daß er bei dieser Wahl durchfällt, und wenn ich selbst gegen ihn kandidieren muß.

REILLY *erstaunt* Selbst kandidieren?

SHAW *starrt Reilly an. Pause.* Und vielleicht ist das gar nicht mal so eine schlechte Idee. Vielleicht ist das gar keine schlechte Idee! Warum sollte ich nicht gegen ihn kandidieren? WARUM EIGENTLICH NICHT?

REILLY Sind Sie wahnsinnig geworden, Mann?

CULLEN *erstaunt, verdutzt, verblüfft* Sie kandidieren? Sie gehen ins Parlament?

KELLY *zu Shawn* Ich sag doch, der Mann ist nicht ganz richtig im Kopf. Ich hab's doch gesagt.

SHAW *sehr mit sich zufrieden; sieht einen nach dem andern an.* Warum sollte ich nicht kandidieren? Ich bin doch Ire, oder? Ich bin Ire. Ich habe das Geld. Warum soll ich nicht kandidieren und diesen Schuft auf seinem eigenen Territorium bloßstellen und schlagen? Was meinen Sie, Mr Reilly?

REILLY *verblüfft* Tja, begob, Mr Shaw, ich weiß nicht, was ich sagen soll. *Kratzt sich verdutzt am Kopf.* Begob, vielleicht wären Sie nicht der allerletzte Mensch, der gewählt würde.

SHAW *erfreut* Wissen Sie was, ich glaube, ich werde kandidieren. Ich glaube, ich werde kandidieren.

SHAWN Ja, begob, mit drei Kandidaten würde das doch ein großartiger... schöner... herzzerreißender...

pulsierender Wahlkampf. *Er reibt sich vergnügt die Hände.*

SHAW *beginnt auf und ab zu gehen und nachzudenken* Ja. Doch. Doch …

REILLY Wenn das, begob, nicht nur falscher Alarm ist, daß Sie kandidieren wollen, dann müssen Sie flott aussehen. Sie haben nicht mehr viel Zeit. Sie müssen Ihr Komitee in die Gänge kriegen und gute, gewichtige Leute finden, die Sie nominieren, und Plakate drucken lassen. Und das kostet alles Geld – säckeweise. Können Sie die Hand in die Tasche stecken und locker mal eben tausend Pfund in bar auf den Tisch des Hauses blättern?

SHAW *denkt immer noch nach.* Ich habe die Mittel, alter Junge, ich habe die Mittel.

SHAWN Yerrah, na klar hat Mr Shaw die Kohle. Das sieht man doch auf den ersten Blick.

KELLY Der Herr steh uns bei, als nächstes werde ich wahrscheinlich in Gelächter ausbrechen. GELÄCHTER! *Er lacht lang, laut und gezwungen.* Allein schon der Gedanke! Allein schon der Gedanke!

SHAWN Yerrah, mein Junge, wenn er kandidieren will, hat er das Recht dazu.

KELLY *halb zu sich selbst* Allein schon der Gedanke! Der Gedanke allein schon! Und etwas sagt mir: Wenn dieser Wahnsinnige kandidiert, wird mir dies gewiß nicht schaden. Hören Sie, Shawn …

Er geht hinüber und beginnt, sotto voce mit Shawn zu konversieren. Das einzige, was man von dessen Antworten vernimmt, ist immer mal wieder »Jajajaja«.

REILLY *reibt sich die Hände* Begob, wissen Sie was, Mr Shaw, ich glaube, Sie sind der Mann, auf den wir alle gewartet haben. Ich glaube, Sie können es gut aufnehmen mit all den politischen Gaunern, die wir in diesem verdammten Land haben. Ich glaube, Sie wüßten, wie man den Schweinehunden die Stirn bietet und wie man aufräumt mit den ganzen schmutzigen Schiebungen und Machenschaften durch die Hintertür.

SHAW Ich bin jedenfalls Ire – nicht weiter als zwei Meilen von hier geboren.

REILLY *zu Shaw, vertraulich* Hören Sie zu, Mr Shaw. Sie sagen, Sie sind Ire und kommen aus dieser Gegend. Sie sprechen aber wie jemand, der lange Zeit jenseits des Wassers verbracht hat. Nun sagen Sie mir dies. Vielleicht haben Sie wie viele andere auch die Farben gewechselt, als Sie drüben waren. Das würde den Leuten hier gar nicht gefallen. Sind Sie immer noch römisch-katholisch, oder haben Sie Ihr Latein verlernt?

SHAW Seien Sie kein Esel, mein Alter. Ich wurde als Römischer Katholik geboren, und wenn ich vor meinen Richter trete, werde ich immer noch, so es Gott so will, ein Römischer Katholik sein.

REILLY *laut und überglücklich* Na, dann ist ja alles gut. Wenn Sie katholisch sind, ist alles in Ordnung. Wunderbar. Traumhaft.

CULLEN Wollen Sie ernsthaft kandidieren, oder ist das ein Scherz?

REILLY Natürlich kandidiert er.

SHAW Ich habe weder das Vergnügen gehabt, Ihre Bekanntschaft zu machen, Sir, noch kenne ich Ihren Namen, aber darf ich …

REILLY Cullen. Er heißt Cullen. Tom Cullen, und er ist nicht der Übelste.

SHAW Eaou. Mr Cullen? *Verbeugt sich.* Freut mich, Sie kennenzulernen, dochdoch. Soviel kann ich Ihnen sagen, Mr Cullen. Ich w e r d e mich zur Wahl stellen. Selbst wenn ich nie einen Parlamentssitz erringen, selbst wenn ich nie an einer Vollversammlung des Unterhauses in Dublin teilnehmen sollte, so würde ich den Menschen dieses Landes dennoch einen großen Dienst erweisen. Wissen Sie, warum?

Reilly Warum?

Shaw Weil ich sie, dadurch, daß ich mich zur Wahl stelle, vor diesem Rüpel bewahre – *seine Stimme wird lauter; er deutet auf Kelly* –, diesem Hochstapler von einem Kneipenwirt. Egal, wie – egal, wieviel es mich kostet –, ich werde die Menschen vor diesem Herrn bewahren.

Reilly *zynisch* Na bravo. Gut gesprochen.

Kelly hat begonnen, Shaw haßerfüllt anzustarren, und geht nun zu ihm, um ihn direkt anzugehen.

Shawn Es kocht das Blut, das Blut des Wahlkampfs siedet. Jajajaja.

Pause.

Kelly Gott hat mir in Seiner Gnade bisher die Gabe verliehen, die Beherrschung zu behalten, und ich habe nicht die Absicht, sie jetzt zu verlieren. Die goldene Tugend der Kontrolle – der Selbstkontrolle – ist ein Ding, das auszuüben ich immer bestrebt war. Es ist meine Absicht, dabei zu bleiben. Von so jemandem wie Ihnen laß ich mich nicht abbringen von meinem Ziel. Aber eins möchte ich doch sagen. Eins werde ich mir gestatten. In einem Leben, das beinahe fünfzig Jahre umspannt, habe ich noch nie das Unglück gehabt, einem Menschen zu begegnen, der ein schlimmerer Schnösel gewesen wäre, ein üblerer Windbeutel als Sie. Sie besitzen die Unverfrorenheit, vom Geld Ihrer Schwester zu sprechen. Davon habe ich nie auch nur einen Penny angerührt. Ich hätte es nicht ertragen, auch nur einen Penny davon anzurühren. WAS SIE DA SAGEN, IST EINE VERDAMMTE LÜGE!

SHAW Es ist die Wahrheit, Sie Lump, und das wissen Sie.

KELLY Viel wichtiger ist aber, w a r u m Sie sich so sehr für das Geld Ihrer Schwester interessieren. Viel wichtiger ist, warum Sie Angst davor haben, daß Ihre Schwester heiraten könnte.

SHAW *spöttisch lächelnd* Wirklich? Wirklich?

KELLY *mit Ingrimm* VIELLEICHT ÜBERSCHÜTTEN SIE MICH DESHALB IN DIESEM ZIMMER MIT DER WÜSTESTEN FLUT VON VERLEUMDUNGEN ... UND EHRABSCHNEIDUNGEN ... UND WIDERWÄRTIGEN AUSDRÜCKEN, DENEN ZUZUHÖREN JEMALS MEIN ARGES MISSGESCHICK WAR!

Shaw starrt Kelly an, nimmt sich dann eilig Hut und Stock und strebt der Tür zu, von wo aus er noch einen letzten vernichtenden Blick abschießt.

KELLY Das wär's dann so im großen ganzen. Widersprechen Sie mir bitte, wenn ich mich irren sollte, Mr Kilshaughraun.

SHAW *bei der Tür, nachdem er sich mit Hut, Stock und Handschuhen versehen hat* Und wenn es das letzte wäre, was ich auf dieser Welt tue: Ich werde Sie in kleine Stücke zerbrechen, so wahr mir Gott helfe ... Ich werde Sie aus diesem Haus und aus diesem Land vertreiben, Sie anstößiges kleines Schwein von einem Kneipenwirt. Ich werde Sie zerstören, verstanden? Und für eins werde ich sorgen: SIE KOMMEN NIE INS IRISCHE PARLAMENT, SIE – – –*.

VORHANG, UND ZWAR SCHNELL

* Bitte passendes regionales Schimpfwort einsetzen.

III. Akt

Vier Wochen später.

Der Schauplatz ist derselbe, allerdings befindet sich das Zimmer in einem Zustand weit größerer Unordnung; Plakate, Briefpapier, Wimpel, Fahnen und alle Sorten von Wahlkampf-Utensilien liegen, stehen und hängen herum. Eine Uhr zeigt an, daß es etwa neun Uhr abends ist. Die Vorhänge sind zugezogen.

Margaret sitzt untröstlich allein auf dem Sofa, welches links auf der Bühne dem Publikum zugewandt steht. Kelly lauscht am Telefon und beugt sich dabei über einen kleinen Tisch auf der rechten Seite. Nachdem sich der Vorhang gehoben hat, herrscht ein paar Sekunden lang völlige Stille.

KELLY Was? Was?

Margaret seufzt und wischt sich matt über die Stirn.

KELLY *eifrig* Ja. Ja, ja! Gut, gut. Hervorragend. Ja? *Schweigt, um zuzuhören.*

MARGARET Was sagt er denn?

KELLY *hebt die Hand, um Schweigen zu gebieten.* Sind Sie sicher? WAS? *Er hört zu.* Gut! Rufen Sie mich später wieder an. ICH SAGTE: RUFEN SIE MICH SPÄTER WIEDER AN! Wiedersehen!

Er knallt den Hörer auf die Gabel, dreht sich zu Margaret um und reibt sich vergnügt die Hände.

KELLY Margaret, Margaret, ich bin schon fast am Ziel. Ich bin schon fast am Ziel! *Er läßt sich aufs Sofa fallen und greift nach ihrer Hand.* Ich hab's schon fast geschafft, Margaret.

MARGARET *niedergeschlagen* Wie schön für dich.

KELLY *versucht sie aufzuheitern* Nun komm schon, Frau, SEI DOCH MAL EIN BISSCHEN FRÖHLICH! *Wieder ergreift er ihre Hand und sieht sie flehentlich an.* Freust du dich nicht, daß ich gewinne? Nun komm schon! Freust du dich, oder freust du dich nicht? Mal ehrlich.

MARGARET *hebt den Kopf.* Ich freu mich ja, ich freu mich doch. Aber ich mach mir Sorgen. Ich habe nachgedacht. Ich hab heute mit Pater Healy gesprochen.

KELLY *ungeduldig* Du fängst doch um Gottes willen nicht schon wieder damit an, daß du Nonne werden willst? Du wirst keine Nonne, und damit basta. Du wirst mich heiraten. Du gehst nicht ins Kloster, Margaret. DAS LASSE ICH NICHT ZU!

MARGARET *mustert ihn argwöhnisch.* Ich glaube, du hast heute wieder Alkohol getrunken.

KELLY *schockiert* Margaret! Ich? Wie kannst du so etwas sagen?

MARGARET Weil du gestern abend Alkohol getrunken hast, und dieser Gemeindeschreiber hat auch Alkohol getrunken.

KELLY *besänftigend* Hör zu, Margaret, du bist jetzt durch den Ärger mit dem Wahlkampf ein bißchen enerviert, und ich mache dir das auch nicht zum Vorwurf. Im Herzen weißt du doch, Margaret, daß ich das Zeug nie anrühre. Glaubst du mir nicht, Margaret?

MARGARET *führt matt die Hand zum Kopf.* Ach, ich weiß nicht. Ich mach mir solche Sorgen. Gott möge mir den Streit vergeben, den ich mit James hatte. Er hat sich bei der Wahl so fürchterlich blamiert. Und es ist alles meine Schuld. Ich habe mit Pater Healy über Menschen mit einer späten Berufung gesprochen. Es tut mir so leid, daß ich nicht schon vor Jahren getan habe, was ich tun wollte. Ich denke ernsthaft daran fortzugehen. Fort von all der Bitterkeit und all dem Streit. Fast alle in der Stadt waren betrunken, als sie gewählt haben. Pater Healy hat mir alles darüber gesagt. Alkohol, Alkohol, Alkohol.

KELLY Hör zu, Margaret, so darfst du nicht reden. Das öffentliche Leben ist alles andere als vollkommen, aber so Gott will, werden wir das, was schlimm und schändlich daran ist, ändern. Und ich sagte w i r , Margaret. Du und ich. Gemeinsam können wir unserem Land einen großen Dienst erweisen. Gemeinsam können wir unseren kleinen Teil dazu beitragen, daß das Unrecht, das in sieben Jahrhunderten Fremdherrschaft und gottloser Mißwirtschaft über uns gekommen ist, wiedergutgemacht wird. Na, was meinst du, Margaret?

MARGARET *seinen Überschwang dämpfend* Es will mir nicht aus dem Kopf, daß du Alkohol trinkst.

KELLY Margaret!

MARGARET Der Alkohol hat meinen Mann umgebracht.

KELLY *ernsthaft* Ich sage dir aber doch, Margaret, ich rühre das Zeug nie an. *Pause. Dann bricht es aus ihm hervor.* Mein Gott, Margaret, warum sagst du das immer wieder?

MARGARET *traurig und gedankenverloren* Der Alkohol hat meinen Mann umgebracht. Und meinen Vater. Ich würde nie einen Mann heiraten, der Alkohol trinkt. Nie!

KELLY *geht besorgt zu ihr und setzt sich neben sie* Jetzt hör mir mal zu, Margaret. Über die armen, schwachen Seelen, die in der Vergangenheit durch übermäßige Hingabe ans bacchanalische Laster gefoltert und zerstört wurden, brauchen wir gar nicht zu reden. Es ist dies ein Zug unseres Nationalcharakters, den wir durch Erziehung bessern müssen . . .

MARGARET Und warum mußt du in die Vergangenheit zurückgehen? Sieh dir diese Stadt an, wie sie heute ist. Sieh dir den Gemeindeschreiber an. Er ist der dreisteste kleine Mann der ganzen Stadt, und er ist immer angetrunken. Ständig hat er Starkbier intus.

KELLY *ungeduldig* Ich weiß, Margaret, ich weiß, aber können wir denn nie von etwas anderem reden? Hör zu, Mädchen, ich bin fast sicher, daß ich gewählt werde. Wenn ich gewählt bin und wenn ich meinen Platz im irischen Parlament eingenommen habe, könnten wir beide doch heiraten und nach Dublin ziehen!

MARGARET *immer noch bedrückt* Ach, ich weiß nicht, was ich sagen soll. Und ich weiß wirklich nicht, was ich tun sollte. Ich wollte schon immer in ein Kloster eintreten. So vieles an der Welt um mich herum gefällt mir gar nicht ...

KELLY Zum Beispiel?

MARGARET Ach, so vieles. Alles. Wie die Menschen sich betragen zum Beispiel. Das ist nicht christlich. Zum Beispiel die schrecklichen Dinge, die James, mein eigener Bruder, letzten Sonntag über dich gesagt hat. Die Leute lachen über mich; ich weiß, daß sie über mich lachen. Ich hab das Gefühl, es ist fast alles meine Schuld. Und deine auch. Wir haben alle Schuld auf uns geladen. Wie konnte James das sagen, was er am Sonntag gesagt hat, wenn er ein richtiger Christ ist?

KELLY *nachsichtig* Ach, Margaret, das liegt alles in der armen, alten menschlichen Natur begründet. Der armen, sündigen, gebrochenen menschlichen Natur. Wenn alles zur vollsten Zufriedenheit läuft, ist sie ja schon schlecht genug, aber wenn dann eine Wahl in der Luft liegt, gerät sie vollends aus den Fugen.

MARGARET Und wie kannst du so reden, wie du eben noch geredet hast, wo du doch selbst Besitzer einer Schankwirtschaft bist.

KELLY *schockiert und verletzt* Margaret, das ist nicht wahr. Das ist überhaupt nicht wahr. Ich bin nicht Besitzer einer Schankwirtschaft. Es ist lediglich eine Wein- und Spirituosenhandlung.

MARGARET Ist mir doch egal, wie das genannt wird.

KELLY *emphatisch* Und sie hat auch nur eine Sechs-Tage-Lizenz.

MARGARET Hannah hat gesagt, sie sieht sonntags nach der letzten Messe immer viele Leute in deinen Laden gehen, obwohl du geschlossen hast.

KELLY Ach, das müssen die Spracharbeiter sein – die Gälische Liga. Ich gebe ihnen kostenlos einen Raum für ihren Unterricht, weißt du. Ich tue, was ich kann, für die alte Muttersprache.

MARGARET Aber es lernt doch bestimmt niemand Irisch um die Tageszeit, noch dazu am Sonntag. Ich dachte immer, Irisch lernt man abends.

KELLY Ja, ja, Margaret, aber es gibt ja auch so etwas wie eine Ausschußsitzung, es gibt so etwas wie einen Finanzausschuß. Die echte Kärrnerarbeit muß hinter verschlossenen Türen verrichtet werden. O ja – ich kann ein Lied davon singen. Hab schließlich schon in so manchem Ausschuß gesessen und meinem Land gedient.

MARGARET *scharf* Das ist mir doch so egal.

KELLY *ungeduldig* Hör zu, Margaret. *Einschmeichelnd nimmt er ihre Hand.* Eine ganz einfache Frage. Dieselbe, die ich bereits gestellt habe. Margaret, willst du mich heiraten? Ja oder nein? Natürlich erst, wenn ich im Parlament bin. Willst du mich heiraten? Na?

Das Telefon klingelt heftig. Kelly schrickt auf und hebt, ohne ein weiteres Wort zu verlieren, ab; als er gerade zuzuhören begonnen hat, fällt ihm ein, »Tschuldigung« zu Margaret zu sagen, welche sein plötzlicher Abgang ziemlich aus der Fassung gebracht hat.

KELLY *aufgeregt* Hallo! Ja? Ja. Was? *Lange Pause.* WAS? Ja.

JA, ICH HAB'S GESCHAFFT? Sind Sie sicher? Gut! Großartig! GROSSARTIG! Danke, danke, danke.

Er knallt den Hörer auf die Gabel und rast voll Überschwang im Zimmer umher, wobei er sich vergnügt die Hände reibt. Er ist vor Entzücken völlig außer sich.

KELLY Ich hab's geschafft, Margaret. Ich hab's geschafft; es ist alles unter Dach und Fach. Die Stimmen sind noch nicht vollständig ausgezählt, aber jetzt kann er mich nicht mehr schlagen, da mag geschehen, was will! Cooper ist Zweiter und dein Bruder Letzter! Master James ist geschlagen, er hängt in den Seilen. ER IST GESCHLAGEN! Und ich bin drin; ich bin gewählt. Ich bin drin!

MARGARET *erhebt sich.* Bist du sicher?

KELLY Absolut. ABSOLUT SICHER! Ich hab's doch gerade am Telefon erfahren.

Es klingelt.

MARGARET Ich weiß gar nicht, was ich dir sagen soll! Ich bin ja so froh.

Sie eilt ungestüm zu ihm; er greift sie sich in einer Art halber Umarmung, die sich aber sofort löst, als Hannah von links hereineilt, um die Tür zu öffnen. Sie geht nach links wieder ab, ohne Kelly und Margaret zu beachten. Beinah sofort hört man von draußen das konfuse, fette Geschwafel von Shawn Kilshaughraun und dem Gemeindeschreiber. Eine Sekunde später marschieren sie ein, Shawn voran. Der Gemeindeschreiber ist dreiviertelbetrunken, hat aber lange Übung im Verbergen dieser Tatsache. Shawn ist nicht die Sorte, die sich durch Trinken verändert, und könnte durchaus volltrunken sein. Seine Hand ist, während er noch geht, schon ausgestreckt und zu einem Handschlag des Glückwunschs bereit. Margaret hat begonnen, sich von Kelly zurückzuziehen, und nimmt wieder auf dem Sofa Platz.

Kelly *strahlt* Na, na, na.

Gemeindeschreiber *noch in der Tür* Guten Abend zusammen. Und einen schönen, guten Abend, Mrs Crockett.

Shawn Ach, Herr Vorsitzender, Herr Vorsitzender, mögen Sie lange leben, um die große, großartige, schöne Ehre zu tragen, mit der Sie an diesem heutigen Tage vom Volk dieses großartigen historischen Landes bedacht wurden. Mögen Sie noch lange, lange Jahre leben, um jedes kleine Bißchen und jedes klitzekleine Bißchen zu genießen und wieder und wieder zu genießen, avic.

Gemeindeschreiber *tritt vor, um Shawn Kellys Hand zu entreißen.* Gratuliere, Vorsitzender. Begob, Sie sind mir der Richtige, Sie sind der richtige Mann dafür. Ich hab doch schon immer gewußt, daß Sie ein potentieller Abgeordneter sind; das ist Ihnen doch schon an der Wiege gedroht worden, Mann.

Kelly *leutselig* Ich danke Ihnen, meine Herren, ich danke Ihnen. Vielen Dank.

Gemeindeschreiber Yerrah, schon gut.

Kelly Soviel will ich aber d o c h sagen. Noch nie war ein Mann des öffentlichen Lebens der glückliche Nutznießer uneingeschränkterer Mitarbeit und Hilfe seitens wahrer Freunde als ich anläßlich dieser wichtigen Wahl. *Er wendet sich an Margaret* Margaret, ich schulde diesen beiden Herren mehr, als ich je werde zurückzahlen können...

Shawn *breit grinsend* Jajajaja.

Er bahnt sich schwer einen Weg zum Kaminsessel und setzt sich. Kelly rennt wieder zu Margaret und setzt sich beflissen neben sie.

Kelly Margaret, dies sind meine zwei besten Freunde. Wir beide sollten ihnen sehr dankbar sein, Ellen.

Margaret Ja, ich weiß. Sie haben sehr hart gearbeitet.

Gemeindeschreiber Yerrah, lassen Sie man. Das gehört

doch alles zur täglichen Routine. Das gilt weniger als der Fluch eines reisenden Fiedlers oder, mit anderen Worten: Das ist nicht der Rede wert.

MARGARET Und was ist mit dem anderen Freund? Dem Mann mit der Melone, dem Steuereintreiber?

KELLY *weniger angenehm berührt* Ach, der?

SHAWN Jajajaja. Der hat ja wirklich wie eine Dampfmaschine gearbeitet und Hunderte von Pfund aus dem Nichts beschafft, weiß der Teufel, wo er die gesammelt hat.

KELLY Ja. Er hat sich ebenfalls als guter Freund erwiesen.

GEMEINDESCHREIBER *sotto voce* Wenn ihm so ein Job zugeschustert wird, soll er sich ruhig ein bißchen anstrengen.

Shawn hat sich jovial auf einem Stuhl niedergelassen und mit dem langwierigen Vorgang des Pfeifestopfens begonnen. Der Gemeindeschreiber wandert in den Hintergrund, wo er eine Stellung einnimmt, in der er für die beiden auf dem Sofa nicht sichtbar ist, entnimmt seiner Gesäßtasche eine Nullkommadreiliterflasche und trinkt einen riesigen Schluck.

SHAWN Jajajaja. Noch einmal meinen Glückwunsch, Herr Vorsitzender, aber möge der Herr Sie auch trösten und Ihnen Kraft geben, damit Sie die traurigen ... schrecklichen ... beschämenden ... gräßlichen ... schlimmen ... Prüfungen und Peinigungen ertragen, die Ihrer dort oben im Parlament harren. Das ist, als ginge man mit zehn Krokodilen zu Bett – und ohne Stiefel an.

KELLY *lächelnd* Wir werden es, so Gott will, versuchen, Shawn ...

An dieser Stelle ist der Gemeindeschreiber mit seinem Riesenschluck Whiskey fertig und stößt ein unfreiwilliges Keuchen oder Grunzen aus, welches deutlich zu hören ist.

KELLY *dreht sich erstaunt um.* Was ...?

GEMEINDESCHREIBER *vertuscht es hastig.* Ich habe mich nur geräuspert, Herr Vorsitzender. Diese Zigaretten sind noch mal mein Tod.

Margaret fährt herum und steht entrüstet auf. Sie geht nach hinten rechts, schlimm irritiert. Kelly zeigt sich besorgt.

KELLY Was ist denn los, Margaret?

MARGARET Ach, nichts. Überhaupt nichts.

SHAWN Die Aufregung dieses wilden ... wahnsinnigen ... ungestümen ... aufregenden Tages hat uns doch alle schwer mitgenommen.

MARGARET *gereizt, sich an sie alle wendend* Ich glaube, Sie denken ständig nur an sich und nicht an andere Menschen. Ihnen ist doch egal, was passiert, solange es nur nach Ihrem Willen geht ...

KELLY Margaret, was ist denn los?

MARGARET Ist doch wahr. Ihr spreizt euch wie drei Pfauen, nur daß der eine Pfau Alkohol zu sich genommen hat.

GEMEINDESCHREIBER, *der nach dem letzten großen Schluck ein wenig übermütig geworden ist* Das geht, glaub ich, gegen Sie, Herr Vorsitzender.

KELLY *sehr ernst* Margaret, bitte ...

MARGARET Das ganze Gerede über Irland und die vielen schönen Versprechungen, die wir letzten Monat gehört haben: Alles vergessen. Und all die bösen unchristlichen Worte, die ausgesprochen wurden: Die sind ja jetzt egal, weil wir alle wieder lieb und froh und guter Dinge sind, jetzt, wo wir gewonnen haben.

KELLY *ganz ruhig* Margaret, bist du nicht ein ganz kleines bißchen ungerecht? Vielleicht stimmt es, daß so manches in der Politik eher unangenehm ist. Aber was mich betrifft – *seine Stimme wird lauter, als er unbewußt wieder ins*

Schwadronieren kommt –, was mich betrifft, so will ich doch dies eine sagen. Als gewählter Volksvertreter im nationalen Parlament bin ich entschlossen, meinem Land nach bestem Wissen und Gewissen und unter äußerstem Einsatz aller Talente, die Gott mir gegeben hat, zu dienen. Ich bin entschlossen, den Vertretern finanzieller Interessen Schlag auf Schlag zu versetzen. Ich bin entschlossen, die Hintertreppen-Kungeleien auf höchster Ebene zu zerbrechen, ja: zu zerschmettern. Ich bin entschlossen, jeden Schurken, Gesinnungslumpen, Speichellecker und Mitläufer bloßzustellen, ans schonungslose Licht des hellen Tages zu zerren. Ich werde mich ihnen allen entgegenstellen und sie bekämpfen. Ich werde Adelspack wie Freimaurergesindel den Krieg erklären. Ich werde den Betrüger und den Wechsler zur offenen Feldschlacht fordern ...

MARGARET *mit lauter, schriller, halb hysterischer Stimme* Hör auf damit, HÖR AUF! *Sie beginnt rastlos im Zimmer umherzugehen.* Ich habe dieses Gerede satt, absolut satt. Ich habe einen ganzen Monat lang nichts anderes gehört. Ich kann es einfach nicht mehr ertragen. *Sie wendet sich voller Ingrimm Kelly zu.* Ich kann es nicht mehr ertragen, verstanden! *Sie setzt sich auf den Diwan.*

SHAWN Yerrah, klar, wir sind alle sehr müde.

KELLY *geht zu ihr und setzt sich wieder neben sie.* Hör zu, Kind, du bist sehr müde. Ich finde, wir sollten dich jetzt alle in Ruhe lassen, damit du ins Bett gehen kannst.

Nun, da das Paar sich wieder gesetzt hat, zieht sich der Gemeindeschreiber in den Hintergrund zurück, holt die Flasche hervor und nimmt einen noch längeren Schluck als vorher. Wieder kommt es zu einem lauten Keuchen. Kelly wendet sich um, bedenkt ihn mit einem kalten Blick, merkt, was geschehen ist, und sieht wieder Margaret an.

Shawn *steht auf, wobei er seiner Kleidung viele kleine Klapse versetzt und mehrere liebevolle Veränderungen an ihrem Sitz vornimmt.* Jajajaja. Es wird Zeit, und zwar höchste Zeit für alle, die beim großen Vorhaben behilflich waren, sich davonzustehlen – *er fährt seine dicke Stimme auf eine Stärke herunter, die er für zierlich hält* –, leise, hinaus in die Süße der Nacht, und ein paar süße Stunden sanften, gesunden Schlafs zu genießen. Was meinen Sie, Herr Gemeindeschreiber?

Kelly spricht unhörbar mit Margaret. An dieser Stelle klingelt es. Es ist ein höchst ungewöhnliches Läuten; es hält zehn bis fünfzehn Sekunden an, als wäre der Klingler plötzlich mit dem Finger auf dem Klingelknopf eingeschlafen. Als es gerade aufhört, hastet Hannah herein. Als sie nach rechts abgeht, um die Tür zu öffnen, schrillt die Klingel erneut und wird offenbar nur dadurch zum Verstummen gebracht, daß die Tür unterdessen geöffnet wurde.

Gemeindeschreiber Wer im Namen Gottes kann das jetzt sein? Hat der denn gar kein Schamgefühl, daß er zu so einer Stunde ein Privathaus besucht? Oder ist es vielleicht ein Polizist?

Margaret *matt* Ach, das sind vermutlich noch mehr von diesen Wahlkampfmenschen.

Kelly Bestimmt nicht einer meiner Anhänger, und wenn, dann marschiert er schnurstracks wieder hinaus.

Er wird durch Hannah unterbrochen, die verängstigt hereingestürmt kommt und sorgenvolle Blicke hinter sich wirft. Eine bis zwei Sekunden später erscheint der Grund für ihre Befürchtungen. Es ist Captain Shaw. Er bleibt reglos auf der Schwelle stehen. Seine Kleidung sieht ein wenig derangiert aus, und seine Miene ist äußerst angespannt. Alle Anwesenden sind erstaunt und ahnen, daß etwas Ungewöhnliches geschehen ist. Sie starren Shaw an, und Margaret erhebt sich bestürzt.

MARGARET *erhebt sich; Kelly tut es ihr nach.* Jim! Was ist los? *Sie geht einen Schritt nach vorn.* Was ist los, Jim?

KELLY Unser Freund ist wieder da.

MARGARET, *deren Stimme leicht hysterisch wird und lauter* J i m ! Was fehlt dir denn?

GEMEINDESCHREIBER, *der aus reicher Erfahrung spürt, was los ist, und nach vorn eilt, um Shaw zu stützen* Yerrah, der arme, unglückliche Mann hat sich bestimmt getröstet. Und warum auch nicht!

Shaw steht immer noch mit wirrem Blick an der Tür. Margaret wagt einen weiteren Schritt nach vorn und starrt ihn an, als könne sie die Unterstellung des Gemeindeschreibers nicht glauben.

SHAWN *sanft* Jajajaja. Jetzt ist er endlich zufrieden mit sich selbst, Gott segne ihn.

MARGARET *fast kreischend* J i m ! Hast du getrunken?

KELLY *sehr ruhig* Der Unglückliche ist ja wohl bis oben hin voll mit Whiskey.

Jetzt kommt oder fällt Shaw ins Zimmer. Er befindet sich im allerletzten debilen Stadium der Vergiftung, und die Art seiner Bewegungen und Sprechversuche lädt eher zum Improvisieren als zur Niederschrift in vorliegendem Rollenbuch ein; seine Bemerkungen sind hier nur in groben Zügen wiedergegeben. Er taumelt zu Shawn und versucht die Hand auszustrecken, als wolle er ihn beglückwünschen.

MARGARET *außer sich* J i m !

SHAW Nichts für ungut, alter Junge.

SHAWN *leutselig* Ach, yerrah, der arme Mann!

SHAW Nichts für ungut, alter Junge, nichts für ungut.

MARGARET *läuft zu Shaw und stellt sich vor ihm auf* Jim, du hast getrunken! Du hast getrunken! D u , der du dein Leben lang keinen Alkohol angerührt hast!

SHAW H'llo, Margaret. *Er pliert Shawn an.* Sie sind ja gar nicht Mr Kelly.

KELLY I c h bin Kelly.

GEMEINDESCHREIBER *fast gleichzeitig* Dies ist der gewählte Vertreter des Volkes Mr Kelly, M.d.P.

SHAW *blinzelt vage im Zimmer umher.* Nichts für ungut, alter Junge. *Er erkennt Kelly und wendet sich ihm zu.* Ich bin Sportler. Ich war schon immer dafür, dem Mann die Hand zu reichen, der mich geschafft hat. *Er versucht die Hand auszustrecken.* Der Beschte hat gewonnen, alter Junge. Überhaupt nichts für ungut.

Er fällt auf den Diwan. Der Gemeindeschreiber und Shawn setzen sich neben ihn.

KELLY Dieser unglückselige Mensch sollte im Bett sein, denn überall sonst ist er fehl am Platz.

Jetzt wird Margaret wirklich hysterisch. Der Anblick ihres Bruders in diesem Zustand treibt den gesamten Abscheu, den sie gegenüber Alkohol hegt, auf einen schrecklichen Siedepunkt. Sie schreit Kelly an.

MARGARET Da, sieh nur, was du angerichtet hast! Sieh nur, was du angerichtet hast! *Dann sieht sie abwechselnd Shawn und den Gemeindeschreiber an.* Sehen Sie das? Das ist Ihr Werk! *Sie zeigt auf Shaw.* Sehen Sie ihn sich an! Sehen Sie ihn sich an! Ich hoffe, Sie sind zufrieden. Mehr habe ich dazu nicht zu sagen. Ich hoffe, Sie sind zufrieden.

KELLY Margaret, um Gottes willen, rede doch nicht so!

MARGARET Warum soll ich nicht so reden? Du bist schlimmer als sie alle. Du bist dafür verantwortlich.

KELLY I c h ?

MARGARET Du! Du hast meinen Bruder dazu getrieben, sich auf die gleiche Ebene wie ein seelenloses Tier zu begeben, einen Mann, der 45 Jahre auf dieser Welt gelebt hat, ohne den Geschmack von Alkohol kennengelernt zu haben. *Ihre Stimme wird noch lauter und höher.* Das ist alles deine Schuld. Hörst du? Es ist deine Schuld, und du wirst dich dafür vor Gott verantworten müssen.

KELLY M e i n e Schuld? Wieso um Himmels willen soll das meine Schuld sein?

SHAW Vertragen wir uns alle wieder.

MARGARET Er ist ja vor lauter Alkohol nicht mehr bei Sinnen. Er muß schon seit Stunden getrunken haben.

KELLY Wie kannst du sagen, daß es meine Schuld ist, wenn ein erwachsener Mann beschließt, zum Tier zu werden?

SHAW Wir sind alle Sportler. Mit uns kann man Pferde stehlen.

MARGARET Du hast Schuld... und diese vermaledeite Wahl... und all die Lügen und Verleumdungen. Ihr alle habt Schuld, und ich ebenfalls. Hast du gehört? Ich eingeschlossen.

GEMEINDESCHREIBER Yerrah, gar nicht wahr.

KELLY Du armes Mädchen, du bist überreizt. *Er legt ihr die Hand auf den Arm, aber sie schüttelt ihn ab.* Du bist gar nicht du selbst, Margaret.

MARGARET Laß mich zufrieden!

SHAW Wissen Sie was, alter Junge, ich war noch nie so gut in Form wie heute.

MARGARET *zeigt auf Shaw.* Sieh ihn dir doch an. Plappert wie ein Kind, jedes Funkens seiner gottgegebenen Sinne verlustig. Ach, mein Gott, es ist ja so furchtbar!

GEMEINDESCHREIBER Yerrah, der Mann ist doch bestimmt nur besoffen.

KELLY Margaret, wir gehen jetzt nach Hause.

MARGARET Ich bin fertig mit euch allen – für immer. FÜR IMMER, hast du gehört? Da sprichst du über christliche Barmherzigkeit... und Anstand... und darüber, daß du all die schrecklichen Dinge, die man heutzutage in Irland sieht, ändern willst. Wer seid ihr denn, die ganze Bande, doch nur vulgäre, verabscheuungswürdige Heuchler, eine Bande besoffener Strolche, den ganzen Tag und die ganze Nacht nur um die eigene empfindliche Haut besorgt! Ich habe euch satt ... absolut satt ... *Geht ab.*

SHAWN *mit heftigem Mitgefühl* Ach, das arme, überreizte ... müde ... liebe ... religiös empfindende Mädchen. *Er sieht zu Shaw hinüber.* Und der arme ... müde ... abgekämpfte ... ganz leicht angeheiterte Bruder.

Der Fremde ist unbemerkt eingetreten.

KELLY *pathetisch; ein gebrochener Mann; geht ans Fenster* Ach, Gott helfe uns. Gott helfe und errette uns. Sie will mich verlassen.

GEMEINDESCHREIBER Stimmt. Au Backe. *Er bemerkt Den Fremden und wendet sich an ihn.* Begob. Sie sind's, und mit Hut! Wo zum Teufel kommen S i e denn her?

Alle drehen sich erstaunt um und sehen Den Fremden.

DER FREMDE Guten Abend, meine Herren. *Er geht auf Kelly zu.* Und herzlichen Glückwunsch, Mr Kelly.

Er nimmt Kelly herzlich beim Arm, führt ihn von den anderen weg und spricht leise mit ihm. Einmal hält er kurz inne, um auf den lang hingestreckten Shaw zu zeigen. Kelly sieht verstört und verängstigt aus. Er unternimmt ein paar halbherzige Anstrengungen, den untergehakten Arm abzuschütteln, und antwortet gedämpft. Unterdessen ...

SHAWN *läßt das ausgedehnteste und lauteste Gähnen frei, das freizulassen je ein menschliches Wesen gewagt hat.* Wißt ihr was? Noch nie im Leben war Shawn Kilshaughraun so erschöpft und abgekämpft ... und so abgezehrt von Anstrengung ... und Intensivitäten.

GEMEINDESCHREIBER Yerrah, wem sagen Sie das.

An dieser Stelle reißt Kelly ungestüm seinen Arm vom Fremden los, weicht rückwärts vor ihm zurück und spricht mit lauter, ängstlicher Stimme.

KELLY Das mache ich nicht mit, das mache ich nicht mit! Ich bin kein Parlamentsabgeordneter. Ich habe den Eid noch nicht abgelegt, und ich sitze noch nicht im Parlament. So war das nicht ausgemacht!

DER FREMDE *beruhigend, schmeichlerisch* Natürlich, natürlich, Mr Kelly. Das ist völlig in Ordnung. Das hat überhaupt keine Eile. *Er wendet sich den anderen zu.* Wir haben nur über eine kleine Privatangelegenheit gesprochen. Bis zur nächsten Sitzung hat es noch genug Zeit, in zwei Monaten.

GEMEINDESCHREIBER *zum Fremden, ernst* Wissen Sie denn gar nicht, was sich gehört, Mann, daß Sie in der Stunde seines Triumphs mit dem Vorsitzenden über Geschäftliches reden. Wenn Sie wüßten, was sich gehört, wären Sie jetzt auf der Piste und würden gute Kugeln Malzwhiskey schlucken, wie wir anderen auch.

DER FREMDE Tut mir leid, wenn ich störe. *Er setzt sich neben Shaw auf den Diwan.*

Es klingelt.

KELLY *immer noch sehr aufgebracht* Herr Gemeindeschreiber, ich würde gern etwas Persönliches mit Ihnen besprechen. *Zu den anderen* Entschuldigen Sie bitte.

Der Gemeindeschreiber begibt sich hinüber zu Kelly, der am Fenster steht. Sie tuscheln kurz miteinander, während Shawn sagt . . .

SHAWN Wissen Sie was, Herr Steuereintreiber, die Hälfte unseres ruhmreichen Sieges haben wir Ihnen zu verdanken.

Nachdem es geklingelt hat, eilt Hannah herein, um die Tür zu öffnen. Sie bleibt erstaunt stehen, als sie sieht, wer alles anwesend ist.

HANNAH Gott steh mir bei, seid ihr immer noch da? Die Gnädigste ein Stockwerk höher hat euretwegen ja Zustände gekriegt; was ihr der Frau bloß angetan habt? *Eilig nach rechts ab.*

DER FREMDE *zu Shawn* Nun, ich glaube, wir haben alle unser Bestes getan. Sie selbst haben auch nicht übel geschuftet, Mr Kilshaughraun.

SHAWN *abwehrend* Ach, yerrah, ach was.

Hannah kommt zurück und führt verächtlich Reilly herein; sie geht sofort wieder nach links ab, nachdem sie alle mit einem vernichtenden Blick bedacht und Shaws hingestreckte Gestalt auf dem Sofa lange angestarrt hat. Kelly hat sich unterdessen vom Gemeindeschreiber getrennt. Über Reillys Gesicht geht ein zufriedenes, boshaftes Lächeln.

REILLY *hämisch* Guten Abend zusammen. Ich habe eine nette Nachricht erhalten.

GEMEINDESCHREIBER Begob, wenn Sie eine Nachricht haben, muß sie schlimm sein.

REILLY Ach, es ist nichts Besonderes. Nur daß der Gemeindeschreiber heute morgen einen Brief vom Minister bekommen hat. *Sein Ton wird härter.* Das abgekartete Spiel ist aus. Die Kungelei kommt nicht zustande. Und wissen Sie, warum?

GEMEINDESCHREIBER *überrascht und ernst* Woher zum Teufel wissen Sie, was in Privatbriefen steht, die ich in meinem Büro bekomme?

REILLY *triumphierend* Wissen Sie, warum? Weil unser gemeinsamer Freund – *zeigt mit dem Daumen auf Den Fremden* – nicht zugelassen wird. ER WIRD NICHT ZUGELASSEN!

KELLY *beinahe strahlend* Falls seine Anstellung aus dem einen oder anderen Grunde nicht ordnungsgemäß war, bin ich genauso dafür, daß dies Anstellungsverhältnis beendet wird, wie jeder andere.

GEMEINDESCHREIBER Begob, wenn ich die Wahrheit sagen soll, ist das eine Anstellung, über die ich nie so recht froh war.

SHAWN *tritt nach vorn.* Wissen Sie was, ich hatte mir schon gedacht, daß so was passieren würde, denn das Ministerium ist eines der ... kompliziertesten ... Sowiesos in der ganzen ... zivilisierten Welt.

REILLY Das wird noch schönen Ärger geben, vielleicht eine Untersuchung mit eidesstattlichen Erklärungen. Sie werden schon sehen.

KELLY *scharf* Sie können uns all Ihre Bösmäuligkeiten ersparen, Mr Reilly. Unser Stadtrat war immer ehrlich und offen, aber wir können genauso Fehler machen wie andere Leute auch. Es ist mir genauso ein Anliegen wie allen andern, jeden Fehler, der in der Vergangenheit gemacht wurde, wiedergutzumachen.

REILLY Beim Ausfüllen des Fragebogens werden Sie Blut und Wasser schwitzen. *Er nickt zum Fremden hinüber.* Alle Antworten, die unser Freund gegeben hat, waren Lügen. Der Inspektor vom Ministerium hat sie überprüft. Alles Lügen, von Anfang an. Und einige davon sogar ausgesprochen dreiste Lügen. Die Polizei hat sich, soviel ich weiß, der Sache angenommen.

DER FREMDE *steht vom Sofa auf und kommt nach vorne.* Wo liegt denn das Problem?

KELLY *tapfer* Ich fürchte, S i e sind das Problem.

DER FREMDE *verwirrt* Wie meinen Sie das?

REILLY *verliert fast die Beherrschung* Das werden Sie, begob, bald genug herausfinden, mein Lieber. Durch unverfrorene Machenschaften und durch Ihre eigenen schmutzigen Lügen bei der Beantwortung des Fragebogens wurden Sie auf dem Rücken des Steuerzahlers in dieses Amt gehievt. SIE WERDEN NICHT ZUGELASSEN. Haben Sie das gehört? Sie werden nicht zugelassen, und vielleicht spazieren Sie auch noch in den Knast, gratis und franko.

GEMEINDESCHREIBER Die alte Krähe hat recht. Sie werden nicht zugelassen.

DER FREMDE *verwirrt* Ich habe gar nicht den Wunsch, dieses Amt sehr lange zu versehen. Mr Kelly und ich haben da eine Verabredung getroffen.

KELLY Oh, ich fürchte, Sie haben das Amt bereits eingebüßt. Wenn das Ministerium Sie ablehnt, dann ist das für Sie das Aus. Wenn der Stadtrat Sie behält, muß er sich auf ein Bußgeld und vielleicht auch auf eine Untersuchung mit eidesstattlichen Erklärungen gefaßt machen. Und das ist eine sehr ernste Angelegenheit.

DER FREMDE *etwas durcheinander* Ich sehe keinen Grund, warum ich nicht noch kurze Zeit im Amt bleiben sollte, bis ich etwas Neues gefunden habe. Man muß mir doch eine gewisse Frist lassen. Sie können mir doch einen andern Job besorgen, Mr Kelly, oder?

GEMEINDESCHREIBER Einen andern Job? Sind Sie wahnsinnig, Mann? Haben Sie sich von Ihrem Verstand auf französisch verabschiedet?

DER FREMDE *durcheinander* Das verstehe ich nicht. Was meinen Sie?

GEMEINDESCHREIBER Yerrah, Mann, wo sind Sie denn aufgewachsen? Sie befinden sich hier in der Lage eines Mannes, den das Ministerium nicht zugelassen hat. Bis morgen früh weiß das die ganze Stadt. Da könnten Sie genausogut auch tot sein, Mann.

SHAWN *mit äußerster Emphase beistimmend* Jajajaja. Jajajaja. Jajajaja. Jajajaja.

Der Fremde Ich verstehe das nicht. Ich werde nicht zugelassen; na und? Dann verliere ich eben meinen Job. Ich will gar nichts weiter außer einem andern Job.

Gemeindeschreiber *wendet sich verzweiflungsvoll an die anderen* Yerrah, ganz klar, der Mann ist wahnsinnig.

Shawn *nachsichtig, zum Fremden* Wissen Sie, es ist hart ... böse ... gnadenlos, so was zu sagen, aber in diesem Teil des Landes wäre ein Mann, der vom Ministerium nicht zugelassen wurde – nun, er wäre in Van Diemens Land besser dran. Er wäre in irgend einem weit entfernten Landstrich besser aufgehoben ... in der Republik China zum Beispiel ...

Gemeindeschreiber Ich werde Sie aufklären, mein Junge. Sie können wegen Mordes angeklagt sein, und wenn schon, bitte schön. Sie können ein Beil nehmen und Ihre Frau in zwei Stücke hacken. Dann werden die Leute sagen, Sie seien ... ein wenig wunderlich. Aber wenn man nicht zugelassen ist ..., das ist, begob, ein anderes Paar Stiefel. Sie werden schon sehen, Junge. Sie werden sehen. Zeit Ihres Lebens werden Sie den Tag verfluchen.

Kelly *ernst* Das ist wirklich schlimm. Sehr schwerwiegend.

Shawn Wie Irrsinn mütterlicherseits.

Der Fremde *aufgebracht* Aber ich muß noch etwas hierbleiben. Ich brauche einen Job. ICH BRAUCHE EINEN JOB. Sie können mir doch bestimmt für ein paar Wochen etwas verschaffen, Mr Kelly? Man kann mich doch nicht so ohne Warnung feuern. Das ist nicht fair.

Während dieser Ansprache hat sich der Gemeindeschreiber wieder zurückgezogen, seine Flasche herausgerissen und mit einem wilden Schluck geleert. Er kommt wieder nach vorn und sieht sehr gestärkt aus. Dann nimmt er eine höchst feierliche Haltung ein und gestikuliert mit dem Finger.

REILLY *der neugierig zugehört hat, vom Verlauf, den das Gespräch nimmt, verblüfft* Ich weiß nicht, wer von euch der schlimmste Finger ist, aber jetzt seid ihr plötzlich, bedad, alle einer Meinung. Begor, die Zeiten haben sich geändert. *Er dreht sich um.* Und mein abstinenter Kumpel liegt mit abgesägten Füßen auf dem Sofa.

KELLY Die Vereinbarung war völlig in Ordnung, bis das Ministerium Einspruch erhoben hat.

DER FREMDE *äußerst bestürzt* Ich sehe nicht ein, warum alle so gegen mich sein sollten.

SHAWN Doch. Es ist etwas sehr Ernstes, wenn man nicht zugelassen ist. Jajajaja. Etwas ganz Düsteres.

REILLY Es ist das Schlimmste, was einem überhaupt zustoßen kann in diesem Leben. *Zum Fremden.* Sagen Sie mal, mein lieber Herr, wohnen Sie nicht unten bei Connors?

DER FREMDE Doch.

REILLY Eben. Versuchen Sie mal, heute abend hinzugehen. Versuchen Sie's mal.

DER FREMDE Was wollen Sie damit sagen?

SHAWN Ehre sei Gott, Sie glauben doch nicht etwa, Big Mick Conners läßt einen Mann die Nacht unter seinem Dach verbringen, der nicht zugelassen ist?

REILLY Nicht sehr wahrscheinlich.

SHAWN Kein anständiger Mensch wäre ein solcher Dummkopf.

KELLY *resigniert* Ich fürchte, Sie stecken in der Klemme, mein Freund. Ich würde Ihnen ja gern helfen, aber die Situation liegt außerhalb meiner Kontrolle. Sie übersteigt, so fürchte ich, meine Möglichkeiten. Manches kann ich regeln. Manches – nicht.

GEMEINDESCHREIBER *schwankt und geht dann wieder zum Angriff über* Hören Sie zu, mein Junge. Hören Sie zu, mein Junge, ich werde Ihnen eine Geschichte berichten. In einer gewissen Stadt, in der ich mich aufhielt, bevor ich hierher kam, hatten wir einen Mann, der nicht zugelassen war. Gott sei Dank habe ich etwas Derartiges bisher nur einmal im Leben erlebt. Und wissen Sie was, ich werde es nie vergessen. Nie, solange ich lebe. Da können Sie sagen, was Sie wollen.

SHAWN *nickt gewichtig* Jajajaja. Ich kenne den Fall gut. Gehört schließlich zur irischen Geschichte, Mann.

GEMEINDESCHREIBER *als entsetze ihn die Erinnerung daran* Ach, Ehre sei Gott, es war eins der traurigsten, eins der herzzerreißendsten Mißgeschicke, die ich je gekannt habe. Und ich habe im Leben viele entsetzliche Dinge erlebt. Aber das war... Ach, es war schrecklich. Schrecklich.

DER FREMDE Aber was habe ich denn getan? Ich hab doch nichts Böses getan.

REILLY Egal was für Lügen im Fragebogen stehen, die Polizei weiß Bescheid. Begob, Sie werden den Tag verfluchen, an dem Sie den ehrlichen Mr Kelly kennengelernt haben. Merken Sie sich das, mein Lieber.

GEMEINDESCHREIBER *immer noch in seinen traurigen Erinnerungen aufgehend* Wissen Sie was, im Augenblick gibt es, glaube ich, in ganz Irland nicht mehr als zehn nicht zugelassene Männer. Möge Gott den armen, unglücklichen Teufeln gnädig sein. *Er wendet sich aufgewühlt an die anderen.* LIEBER HÄTTE ICH LEPRA! Wißt ihr was? Ich hätte lieber Lepra.

DER FREMDE *besorgter als je* Hören Sie mal, das gefällt mir nicht, wenn Sie so reden. Was meinen Sie denn?

KELLY *zieht sich zurück, um einen Blick auf Shaw zu werfen.* Ich kann Ihnen nur sagen, daß Sie in Ihrem großen

Unglück mein von Herzen kommendes Mitgefühl haben.

DER FREMDE *schrill; jetzt kriegt er wirklich Angst* Was meinen Sie denn bloß? Wollen Sie das bitte mal erklären?

REILLY *jovial* Ich werd's Ihnen sagen. Nummer eins: Heute nacht kein Bett für Sie. Nummer zwei: Keine Zigaretten, kein Bier, egal, wo Sie darum bitten. Nummer drei: Keine Antwort auf eine Frage, egal, wo Sie sie in dieser Stadt stellen. Sie sind ein Mann, den das Ministerium nicht zugelassen hat. Was das bedeutet, werden Sie wissen, bevor Sie sehr viel älter sind, oder ich heiße nicht Reilly.

SHAWN *nickt* Jajajaja.

GEMEINDESCHREIBER *in Erinnerungen* Mit diesem anderen unglücklichen Teufel nahm es dann noch ein sehr ungutes Ende. Man hat dafür gesorgt, daß es nicht in den ›Examiner‹ kam, aber ich erinnere mich noch gut daran. Er hat sich irgendwo irgendwie mit einer Rasierklinge selbst aufgemacht.

REILLY *zuckt die Achseln.* Verdammt unwahrscheinlich, daß so ein Windhund sich den Hals auftut. Nur anständige Menschen nehmen sich das Leben. Mir war auch schon so manches Mal danach.

DER FREMDE *mit leiser Stimme* Und warum hat dieser Mann Selbstmord begangen?

GEMEINDESCHREIBER Yerrah, der Mann hat sein Fahrgeld nach Amerika nicht zusammengekriegt; was sollte er da sonst tun?

SHAWN Es gab einmal einen nicht zugelassenen Mann in der Gegend, aus der ich komme; das ist Jahre – ach, Jahre und Jahre her. Am selben Tag, an dem der Brief vom Ministerium kam, war er auch schon auf dem Weg über den großen, blauen Ozean. Wohin ging nun der arme Trottel? Ausgerechnet nach Boston, einer Stadt voll der großartigsten durch die See von uns geschied'nen Exilanten aus unserem Land. Und wissen Sie was, im ersten Hotel, das er aufsucht, schmeißt man ihm die Tür vor der Nase zu. Der Portier am Empfang war nämlich auch aus meiner Gegend. Und so wurde der arme, unglückliche Mann wieder auf die Straße geworfen.

GEMEINDESCHREIBER Klar, den Fall kenn ich auch. Er mußte nach Mexiko fliegen und den Rest seiner Tage mit Itakern und Wilden aller Schattierungen verbringen.

DER FREMDE *aus dem es mit großer Nervosität hervorbricht* Aber mal angenommen, ich will gar keinen Job? Angenommen, ich habe genug, um ein Weilchen davon zu leben? Angenommen, ich lebe hier ganz still und gehe nie vor die Tür und spreche mit niemandem?

GEMEINDESCHREIBER Wo wollen Sie denn leben, Mann?

DER FREMDE Wo? ... Irgendwo. Wenn ich da nicht bleiben darf, wo ich bin ... könnte ich dann nicht bei Mr Kelly wohnen? Ginge das, Mr Kelly? Nur ein paar Monate, bis Sie ins Parlament einziehen? Was ist denn so verkehrt daran?

KELLY *entsetzt* Nein, vielen Dank. Das wäre schlechterdings unmöglich. Schlechterdings unmöglich.

DER FREMDE Aber WARUM denn?

KELLY Erstens wäre schon mal der Klerus dagegen.

SHAWN Jaja. Pater Healy ist sehr streng, wenn es um nicht zugelassene Männer in seiner Gemeinde geht. Er sagt, das zieht stets große Skandale nach sich.

DER FREMDE *inzwischen gründlich verstört* DER KLERUS? Was hat der damit zu tun? DER KLERUS?

REILLY Wenn Sie morgen noch in dieser Stadt sind, wird Pater Healy ein Wörtchen mit Ihnen zu reden haben. Er wird Sie schnell genug rausschmeißen.

DER FREMDE *schrill* Was? Ein Priester?

KELLY Wenn Sie versuchen hierzubleiben, dann wird das

kein Leben für Sie, Mann. Niemand wird mit Ihnen reden.

DER FREMDE *vergißt sich vor lauter Besorgnis* Aber ich MUSS mit Leuten reden. Das ist mein Job. Ich muß mit ihnen reden, muß sie überreden, damit sie tun, was ich will ... Ich meine, ich rede gern mit Menschen ... *Er bricht verwirrt ab.*

GEMEINDESCHREIBER Sie werden mit den Mexikanern reden müssen, wie der andere Bursche.

Das Telefon klingelt, und Reilly stürzt hin, um den Hörer abzunehmen.

REILLY Was? Reilly am Apparat. Ja, er ist da. *Er hört zu.* Verstehe. *Er legt auf und sieht sehr überrascht aus.*

KELLY Wer war das?

REILLY Das war Wachtmeister Shanahan. Er ist auf dem Weg hierher, er hat eine Menge Fragen zu dem Fragebogen, und er sagt, es wird eine Untersuchung geben.

KELLY Eine Untersuchung ...?

REILLY Ja, eine Untersuchung. Noch sind Sie nicht im Parlament. Da ist irgendein Unfug passiert. Als die letzten beiden Wahlurnen geöffnet wurden, waren sie voll Asche. *Er wendet sich an die anderen.* Was haltet ihr davon?

GEMEINDESCHREIBER *erstaunt* Asche? Tja, begor ... das ist ungewöhnlich.

KELLY *ungläubig* Eine Untersuchung? Asche! Na, da soll doch gleich! Da soll doch gleich!

GEMEINDESCHREIBER *munter, um Unbehagen zu überspielen* Also, wißt ihr was, wenn jetzt gleich ein Polizist mit einem großen Notizbuch und einem Bleistift kommt, verziehe ich mich, glaube ich, lieber und gönne mir eine schöne Flasche Stout. Bis die Tage, Jungs! *Ab.*

DER FREMDE *jetzt gründlich verängstigt* Ich habe nichts zu

verbergen, meine Herren. Wenn die Polizei mich sprechen möchte, stehe ich ihr gern zur Verfügung. Ich hol nur rasch meinen Mantel … Bin gleich wieder da.

Er öffnet den Wandschrank hinten auf der Bühne, was außer Kelly niemand bemerkt. Man sieht reihenweise Porzellan usw. Leise schließt er die Tür hinter sich.

REILLY *explodiert giftig, als er sich zum Gehen wendet* Nun, ich bin heute nacht ein glücklicher Mann. Ich habe das schlimmste Komplott, den schmutzigsten Trick, die übelste Kungelei, die je in dieser Stadt veranstaltet wurde, in tausend Stücke zerschlagen. Ich habe diesem Kunden, wer zum Teufel er auch sein mag, gehörig die Suppe versalzen. Und wenn ich überhaupt was von überhaupt was verstehe *zu Kelly*, dann können Sie sich Ihren Parlamentssitz abschminken … *lächelt höhnisch* …, Herr Vorsitzender, Sir!

Stille. Shawn macht sich weiterhin breit auf seinem Stuhl, höchlich mit sich zufrieden. Kelly bleibt erschöpft auf seinem Stuhl sitzen, den Kopf hält er gesenkt. Sogleich wird die allgemein trübselige Stimmung durch einen sehr abrupten und schlechtgelaunten Auftritt von seiten Hannahs durchbrochen.

HANNAH Na, das ist ja ein nettes Haus! Trunkenbolde, die das Zimmer in ein Bärengehege verwandeln, und die Gnädigste ein Stockwerk höher mit einem Nervenzusammenbruch, bloß weil die Bande hier nicht weiß, wie man sich benimmt!

SHAWN *mit großem Mitgefühl* Ach, die großartige … feine … religiöse … weichherzige Frau. Ich werde mich noch in dieser Minute nach Hause verfügen und sie ihren Gebeten überlassen.

HANNAH *kriegerisch* Ach, von Ihnen haben wir genug Geschwätz gehört.

SHAWN *erhebt sich und watschelt hinaus.* Jajajaja. Leben Sie wohl, Herr Vorsitzender. Jajajaja.

HANNAH *zu Kelly* Und Sie sind auch gemeint. Sie und Ihr Freund auf dem Sofa. *Kelly blickt verständnislos auf.* Ich mache jetzt eine Kanne guten ... starken ... schwarzen Bohnenkaffee. Der bringt euch wieder auf die Beine, damit ihr gehen könnt. *Sie hastet zum Wandschrank, in dem Der Fremde verschwunden ist. Sie öffnet ihn weit, und wieder sieht man die Reihen Porzellan. Vom Fremden ist keine Spur zu sehen. Während sie die Tassen herausnimmt, hat sie den Kopf halb ins Zimmer gedreht und hält nicht mit Schelten inne.* Denn gehen werdet ihr, aus diesem Haus, und zwar ein bißchen plötzlich. Der Teufel persönlich könnte nicht mehr Ärger machen als ihr beide. *Mit Kaffeekanne und Tassen ab.*

Kelly bleibt mit dem reglosen Shaw allein zurück. Er murmelt ein paarmal das Wort »Untersuchung« und scheint sich allmählich zu erholen. Noch immer das Wort murmelnd, steht er unsicher auf und wirft einen beiläufigen Blick auf den Wandschrank. Seine Augen sind weit aufgerissen.

KELLY Asche ...? Eine Untersuchung ...? Eine Untersuchung ...? *Er geht fieberhaft auf und ab.* Eine Untersuchung? *Er wird trotzig.* Zum Teufel mit ihrer Untersuchung! ZUM TEUFEL MIT IHRER UNTERSUCHUNG! Nur weil ich mich entschlossen habe, ein paar christliche Prinzipien zur Basis meines Lebensplans zu machen, hassen sie mich ... bin ich ihnen zuw i d e r, versuchen sie, mich aus dem Weg zu räumen ... MICH AUS DEM ÖFFENTLICHEN LEBEN ZU ENTFERNEN! Aber das wird ihnen nicht gelingen – habt ihr mich gehört? – DAS WIRD IHNEN NICHT GELINGEN. Ich bin diesem alten Land, das mich hervorgebracht hat, noch etwas schuldig. Und diese Schuld werde ich abtragen. DIESE SCHULD WERDE ICH ABTRAGEN. Und keine verabscheuungswürdige Verschwörung, keine infame Intrige, weder teuflischer Verrat noch Tatsachenverdrehung werden zwischen mir und meinem rechtmäßigen Platz im freien Parlament des souveränen irischen Volkes stehen. IN ... DIESER ... NATIONALEN ... VERSAMMLUNG ... werde ich meine furchtlose und von Fesseln freie Stimme erheben, um die Schurken und jene, die schlimmer sind als Schurken, zu geißeln und zu züchtigen, die das alte Land auf dem Altar des Mammons ausverkauft haben, ich werde ohne Gnade die Wucherer angreifen, die Mitläufer, die Postenjäger *er nimmt seinen Hut,* die Narren und Speichellecker und gottlosen Wechsler –; ich werde sie alle überlisten und zerstören, ENDGÜLTIG ZERSTÖREN ...

In seiner rhetorischen Verzückung hat er gegen Ende der Rede das Zimmer verlassen. Sofort ist der Teufel wieder aus dem Wandschrank getreten; er trägt jetzt wieder den feierlichen schwarzen Talar, den er während des Prologs anhatte. Er hat ein Dokument in der Hand. Das Licht wird schwächer, bis er nur noch in einem grünen Spotlight dasteht, eine Gestalt, von der großer Schrecken ausgeht. Seine Lippen beginnen sich zu bewegen, und sogleich hört man die Stimmen der anderen Personen. Die Stimmen können die echten Stimmen der Personen sein, aber es wird so aussehen, als ahme sie Der Fremde mit diabolischem Geschick nach.

SHAWN Er hat doch eine große, dicke Färse von einer Frau geheiratet. Jajajaja. Jajajaja.

KELLY Ich will frei und furchtlos meine Meinung im Parlament des irischen Volkes sagen – und ohne Rücksicht auf politisches Zweckdenken, die Diktate finanzieller Interessen oder das Knallen der Peitsche des Fraktionseinpeitschers!

GEMEINDESCHREIBER Kommen Sie, trinken wir ein Gläschen, es ist zehn vor zehn.

KELLY Mich kann man nicht kaufen – haben Sie das gehört? – MICH KANN MAN NICHT KAUFEN!

REILLY Das ist eine abgekartete Sache, und das werde ich nicht hinnehmen! DAS WERDE ICH NICHT HINNEHMEN!

SHAWN Die großartige ... feine ... liebe ... religiös empfindende Frau. Jajajaja.

KELLY *schreit* Nur weil ich ein paar einfache christliche Prinzipien zu meiner Lebensregel gemacht habe, hassen sie mich ... SIE HASSEN MICH!

SHAWN *sehr sanft* Jajajaja, Jajajaja.

DER FREMDE *mit seiner eigenen Stimme* Um keinen Preis der Welt ... im Himmel, auf Erden oder in der Hölle ... würde ich diesen Kelly und die anderen dorthin mitnehmen, wo ich wohne, um dort in ihrer Gesellschaft zu sein auf ewig ... und ewig ... und ewig. Hier ist der Vertrag, der von ihm unterschriebene Pakt. *Er zeigt das Dokument und zerreißt es wütend.* ICH HABE ES SATT, DAS ÖFFENTLICHE LEBEN IN IRLAND! *Pause; er wendet sich ab, ist plötzlich erschöpft.* Ich bin müde. Ich geh nach Hause.

LICHT AUS UND VORHANG

Wie man im Tunnel ein Faß aufmacht

James Joyce war Künstler. Das hat er selbst gesagt. Er war ein Fall von *ars gratia artist.* Er erklärte, er wolle seine künstlerische Mission erfüllen, und zöge sie eine Strafe nach sich, die so lang daure wie die Ewigkeit. Man kann also als gesichert annehmen, daß er an die Hölle geglaubt hat, somit auch an den Himmel und an Gott.

Eine bessere Überschrift für diesen Text könnte lauten: *WAR JOYCE WAHNSINNIG? von Hamlet (Dänenprinz).* Es gibt aber einen Grund für die Überschrift, so, wie sie ist.

Einige Denker – allesamt Iren, allesamt katholisch, manche dem geistlichen Stande angehörend – haben gestanden, eine gewisse Ähnlichkeit zwischen Joyce und dem Satan wahrgenommen zu haben. Stimmt. Ähnlichkeiten. Die gibt es. Beide hatten noch andere Namen; der eine hieß Stephen Daedalus, der andere Luzifer, wobei letzterer »Träger des Lichts« bedeutet und später den ironischen Glanz eines »Fürsten der Finsternis« auf sich ziehen sollte! Beide fingen sehr gut an, hatten tadellose Lehrer, beide waren sehr stolz, beide kamen zu Fall. Aber in einer großen, entscheidenden Frage waren sie verschiedener Meinung. Satan leugnete nie die Existenz des Allmächtigen; er erkannte sie vielmehr an, indem er lediglich Seine Vorherrschaft bestritt. Joyce sagte, es gebe keinen Gott, und bewies dies, indem er verschiedenerlei Blasphemien und Obszönitäten äußerte, ohne sofort tot umzufallen.

Mir hat mal ein Mann gesagt, er hasse Blasphemie, aber aus rein rationalen Gründen. Wenn es keinen Gott gibt, sagte er, ist die Sache dumm und unnötig. Wenn es einen gibt, ist sie gefährlich.

Anatole France sagt es besser. Er berichtet, wie eines Morgens ein berüchtigter Agnostiker einen Bekannten besuchte, der frommer Katholik war. Der fromme Katholik war betrunken und begann entsetzliche Blasphemien auszustoßen. Bleich und schockiert stürzte der Agnostiker aus dem Haus. Später stellte ihn ein Dritter wegen dieses Vorfalls zur Rede.

»Seit Jahren sagen Sie, es gibt keinen Gott. Warum kriegen Sie dann so furchtbar Angst, wenn jemand diesen Gott beleidigt, der doch gar nicht existiert?«

»Ich sage nach wie vor, daß es keinen Gott gibt. Aber dieser Bursche glaubt, es gibt ihn. Angenommen, ein Blitz wäre vom Himmel gesandt worden, um ihn zu erschlagen. Woher sollte ich wissen, daß ich dabei nicht ebenfalls umkäme? Stand ich nicht neben ihm?«

Eine weitere Blasphemie, vielleicht: die Zielgenauigkeit des Allmächtigen in Frage zu stellen. Doch es stimmt, daß alle wahren Blasphemisten wahre Gläubige sein müssen.

Wie steht es mit der Lage des Künstlers in Irland?

Gleich nachdem mich die Herausgeber von *Envoy* gebeten hatten, Material für diese Ausgabe zusammenzutragen, ging ich ins Scotch House zu Dublin, um eine Flasche Stout zu trinken und in aller Abgeschiedenheit ein wenig nachzudenken. Bevor sich noch ein bemerkenswerter Gedanke geformt hatte, kam ein Mann – mir zu der Zeit noch völlig fremd –, von seinem Getränk begleitet, und stellte sich neben mich: Er redete mich mit Namen an und sagte, es erstaune ihn, einen Mann wie mich in einer Kneipe trinken zu sehen.

Auf meinem Kneipenradarschirm erschien das Wort »SCHNORRER«. Ich war sofort auf der Hut.

»Und wo sollte ich Ihrer Ansicht nach trinken?« fragte ich. »In einem Hotel überhöhte Preise zahlen?«

»Ah, nein«, sagte er, »das habe ich nicht gemeint. Sondern wenn mir danach ist, ein ordentliches Faß aufzumachen, verschaffe ich mir das in den Wagen. Was trinken Sie?«

Ich sagte, ich nehme ein Großes, wußte ich doch, daß seine geheimnisvolle Erwiderung eine ausführliche Erläuterung nach sich ziehen würde.

»Ich brauche Ihnen ja nicht zu sagen, daß diese Meute eine Meute von Schweinehunden ist«, lautete seine einleitende Exegese.

Dann erzählte er mir alles. Sein Vater hatte einst einen Ausschank mit Gemischtwarenhandlung betrieben, in der Nähe einer großen Dubliner Eisenbahn-Endstation. Jedes Jahr lud die Eisenbahngesellschaft Bewerber dazu ein, Angebote für die Belieferung der Speisewagen zu machen, und jedes Jahr bekam der Vater den Zuschlag. (Der Erzähler sagte, dies sei wohl auf die räumliche Nähe des Hauses zurückzuführen gewesen, welche die Aufwendungen für Bearbeitung und Transport verringert habe.)

Die Speisewagen (im folgenden als »die Wagen« bezeichnet) wurden üblicherweise auf entfernten Rangiergleisen abgestellt. Es oblag dem Vater, sie von Zeit zu Zeit mit kostspieligen Lebensmitteln zu beladen – Eiern, Speckstreifen, kaltem Puter und Whiskey. Diese Wagen, die auf ihren einsamen Rangiergleisen vor lauter fabelhafter Fracht schier platzten, hatten spezielle Schlösser. Der Vater besaß den Schlüssel, und niemand sonst auf der Welt hatte die Befugnis, die Türen zu öffnen, bis der Wagen Teil eines Zuges war. Mein Informant jedoch hatte es sich angelegen sein lassen, berichtete er mir, ebenfalls einen Schlüssel zu besitzen.

»Zu jener Zeit«, sagte er mir, »machte ich einmal pro Woche in den Wagen ein Faß auf.«

Man muß an dieser Stelle zwei Besonderheiten irischen Eisenbahnwesens verzeichnen. Die erste ist eine chronische Unfähigkeit, Züge im voraus »zurechtzumachen«, d.h. das zu erwartende Passagieraufkommen akkurat zu schätzen. Woche für Woche wird ein Fernzug so angesetzt, daß er aus fünf Personen- und einem Speisewagen besteht. Beständig erscheinen aber unvermutet 150 zusätzliche Passagiere auf dem Bahnsteig. Dies bedeutet dann, daß der Wagen abgehängt, durch einen Personenwagen ersetzt und der Zug ohne Nahrung und Getränke auf den Weg geschickt werden muß.

Die zweite Besonderheit – nicht ausschließlich irisch – besteht in der Unfähigkeit des mit Rangierlokomotiven befaßten Personals, Eisenbahnwagen, die auf entfernten Gleisen abgestellt sind, in Ruhe zu lassen. Sie müssen um jeden Preis verschoben werden.

So war die Lage, wie sie mein Bekannter im Scotch House beschrieben hat. Die beladenen Speisewagen fuhren nie irgendwohin, zumindest nicht im Sinne des Fernverkehrs. Dies fand die Billigung meines Bekannten. Sie waren jedoch Gegenstand endloser Rangierbewegungen. Das, sagte er, sei verdammtekackenochmal ein Skandal und eine Verschwendung von Steuergeldern.

Wenn ihn der Drang danach, »ein Faß aufzumachen«, befiel, war sein Vorgehen simpel. Mit Hilfe seines Geheimschlüssels verschaffte er sich sehr früh morgens heimlich Zutritt zu einem abgestellten und beladenen Wagen, drang in die Kombüse vor, griff sich einen Krug Wasser, ein Glas und eine Flasche Whiskey und schloß sich mit diesem Sortiment an Stoff und Gerät auf dem Klo ein.

Verweilen Sie noch einen Augenblick bei der Sache mit dem Schloß. Für die ganze restliche Welt war der Wagen völlig leer. Er war mit speziellen, noch nie dagewesenen Schlössern verschlossen. Dieser Mann jedoch schloß sich innerhalb dieser Schlösser noch zusätzlich ein.

Nun nahte die Morgendämmerung – und mit ihr die Rangierer. Gleich dem Windhund, der den Hasen erspäht, so erspähten sie den einsamen Speisewagen, stumm, unbeweglich, verlassen. Also koppeln sie ihn an und schleppen ihn auf ein anderes Abstellgleis in Liffey Junction. Dort steht er fünf Stunden lang, wird jedoch entdeckt (von »dieser Meute von Schweinehunden«, d.h. anderen Rangierern) und zum Verschiebebahnhof hinter der Westland Row Station verschleppt.

Viele Stunden später wird er bis zum Heck des Wexford Express gezerrt, kurze Zeit darauf jedoch wegen des unerwarteten Eintreffens zusätzlicher Fahrgäste ärgerlich wieder abgehängt.

»Und Sie sitzen die ganze Zeit auf dem Klo und trinken Whiskey?« fragte ich.

»Aber sowieso«, antwortete er. »Wofür zum Teufel glauben Sie, ist ein Klo in der Eisenbahn da? Und die Knie meiner Hosenbeine von meinem eigenen Whiskey durchnäßt, weil es so ruckelt, wenn die Schweinehunde rangieren!«

Sein Groll war enorm. Es sei noch darauf hingewiesen, daß der Whiskey gar nicht sein eigener Whiskey war und daß er selbst eine dieser Kuriositäten war: eine unbefugte Person.

»Wie lange dauert das, in den Wagen ein Faß aufzumachen?« fragte ich ihn.

»Ach, das hängt von allem möglichen ab«, sagte er. »Wie Sie wissen, trage ich nie eine Uhr.« (Stellt zum Beweis manschettenloses, haariges Handgelenk zur Schau.) »Habe ich Ihnen je erzählt, wie ich im Tunnel ein Faß aufgemacht habe?«

Hatte er nicht – aus dem guten Grund, daß ich ihn vorher noch nie gesehen hatte.

»Ich habe nämlich«, sagte er, »einmal ein Dreitagesfaß aufgemacht. Die Schweinehunde haben mich von Liffey Junction bis hin nach Hazelhatch geschafft. Eine andere Meute hat mich auf den Rangierbahnhof von Harcourt Street verbracht. Ich hatte gerade ein gutes Faß aufgemacht, aber ich versuche immer darauf zu achten, aus Rücksicht auf meine Gesundheit, daß ein Faß aufzumachen nicht länger dauert als einen Tag und eine Nacht. Daß draußen Nacht ist, merke ich, wenn es dunkel ist. Wenn es hell ist, ist es Tag. Können Sie mir folgen?«

»Ich glaube schon.«

»Also, ich war etwa bei der dritten Flasche, als diese andere Rangierermeute ankam – es war schon dunkel, etwa acht Uhr abends –, und die hatten nun nichts anderes im Kopf, als mich in den Liffey Tunnel unterm Phoenix Park zu bringen *und mich dort abzustellen*. Wie Sie wissen, benutze ich nie eine Uhr. Wenn es hell ist, ist es Tag. Wenn es dunkel ist, ist es Nacht. Da war ich also im Tunnel abgestellt und machte im Dunkeln eine Flasche nach der andern auf und dachte, das ist aber eine reichlich lange Nacht, bloß weil ich da fest saß, im Tunnel. Ich war schon dreiviertel hinüber, als sie mich aus dem Tunnel zogen und nach Kingsbridge brachten. Eine Woche habe ich das Bett gehütet. Haben Sie je im Leben von einer schlimmeren Meute von Schweinehunden gehört?«

»Noch nie.«

»Das war das erste- und das letztemal, daß ich im Tunnel ein Faß aufgemacht habe.«

Komisch? Aber da haben Sie doch eindeutig den irischen Künstler, oder? Sitzt da, komplett angekleidet, tiefinnerst auf der Toilette eines verschlossenen Eisenbahnwagens eingeschlossen, allwo er sich unberechtigt aufhält, trinkt hadernd Whiskey, der ihm nicht gehört, wird von anonymen Rangierern hierhin und dorthin geschubst und achtet die ganze Zeit heikel darauf, daß das äußere Antlitz seiner Tür das simple Wort BESETZT zeigt?

Ich glaube, das Bild paßt auf Joyce: aber besonders in seiner Manifestation eines überaus irischen Charakteristikums – im Groll, den der Gesetzesbrecher gegenüber dem Nichtsbrecher empfindet.

Einer meiner Freunde saß neulich bei einem Abendessen neben einem wohlbekannten Weisen, der im *Ulysses* vorkommt. (Er soll namenlos bleiben, denn er lebt noch.) Mein Freund, der pflichtschuldigst Konversation betrieb, erwähnte Joyce. Der Weise sagte, Irland sei dem Autor von Joyces *Irische Ortsnamen* zutiefst verpflichtet. Daraufhin erläuterte mein Freund in aller Breite, er habe sich auf einen anderen Joyce bezogen. Der Weise verstand nicht so recht, gestand aber zu guter Letzt, er habe gewisse Gerüchte über den anderen Mann gehört. Allem Anschein nach habe er ein paar schmutzige Bücher geschrieben, die in Paris erschienen seien.

»Aber Sie sind doch eine Figur in einem seiner Bücher«, bemerkte mein Freund unbedacht.

Die nächsten beiden Stunden wurden nicht etwa mit Wein und Zigarren verbracht, sondern der Weise füllte sie mit der Aussage, er sei keinesfalls eine Romanfigur, er sei ein Mensch und darüber hinaus lebendig und habe selbst Bücher veröffentlicht.

»Wie kann ich eine Romanfigur sein«, wollte er wissen, »wenn ich hier mit Ihnen spreche?«

Dieser Vorfall mag ebenfalls komisch sein, aber das Merkwürdige daran ist folgendes: Joyce hat ein Leben damit verbracht, sich als Romanfigur zu etablieren. Joyce schuf, in narzißtischer Faszination, den alterslosen Stephen. Indem er damit beginnt, reale Figuren in seine Bücher zu importieren, gelingt ihm die großartige Umkehrung, sie legendär und fiktiv zu machen. Es ist ziemlich grotesk. Tausende von Menschen glauben, es habe einst ein Mann gelebt, mit Namen Sherlock Holmes.

Joyce ging in seiner Rebellion weiter als Satan.

Zwei Figuren, die bekennen, sie seien auf Thomas von Aquin zurückzuführen: Joyce und Maritain.

In *Finnegans Wake* scheint Joyce Vicos Theorie der zwangsläufigen und periodisch wiederkehrenden Evolution der Menschheit den Vorzug zu geben: Theokratie – Aristokratie – Demokratie – Chaos.

»A.E.« sprach vom Chaos in Joyces Kopf.

Das war falsch, denn in Joyces Kopf sah es in Wirklichkeit sehr ordentlich aus. Beim Aufbau seiner Werke verwendete er verschiedenfarbige Buntstifte, um den Überblick zu behalten. Jedes seiner Werke, *Finnegans Wake* nicht ausgenommen, ist nach einem strengen klassischen Muster gearbeitet. Persönliche Moral und familiäres Verhalten dagegen waren unmöglich. Es scheint, als habe er wie George Moore den spöttischen Spruch vom Gegenteil eines Kavaliers verdient: *Er genießt nicht, bezahlt nicht – und schweigt schon gar nicht.*

Was war denn wirklich anomal an Joyce? In Clongowes hatte er seine Dosis jesuitischer Kasuistik abgekriegt. Warum ersetzte er sie durch seine hausgemachte Chaosistik?

Mir scheint, jenseits der Vorhänge von Schlüpfrigkeit und Blasphemie entpuppt sich Joyce als völlig angstgebeutelter irischer Katholik, der nicht so sehr gegen die katholische Kirche als solche rebelliert wie gegen deren irische Spielart mit ihren schismatoiden Schrulligkeiten, ihrem

Anspruch, es gebe nur ein Gebot, der Vulgarität ihrer Bauten, der Seichtheit und Dummheit vieler ihrer Geistlichen. Mit seiner an sich edlen Revolte schoß er übers Ziel hinaus. Er sah vor lauter Bäumen den Wald nicht mehr. Aber ich glaube, er hat es gut gemeint. Wie wir alle, sowieso.

Was ist *Finnegans Wake?* Eine Abhandlung über das (Nichtvermittelbare), was sich nachts im Kopf abspielt? Oder nur ein Beispiel für Schweigen, Verballhornung und List?

Ich bezweifle, daß der Inhalt dieser Nummer von *Envoy* viele von uns irgend weiterbringen wird.

Ein bestimmter Kommentator versucht, den Nachweis zu erbringen, Joyce sei im Herzen ein irischer *Es-tagt-heraus-ihr-Kämpfer*-Romantiker gewesen, ein Bewunderer de Valeras, einer, der sich sehnlichst wünschte, als alternder Mann nach Dublin zurückgerufen und mit einem Dr phil. der Literarischen Fakultät, jener nationalen, von Priestern durchspukten Universität gekrönt zu werden. Dies ist zumindest möglich, allein schon weil es die grotesken »ästhetischen« Affektiertheiten seiner Jugend erklärt, einschließlich der Notwendigkeit, zu seiner sterbenden Mutter unhöflich zu sein. Das Thema hier lautet, daß ein Herz aus Gold unter der künstlichen Weste schlug. Amen.

Die Anzahl der Leute, die eingeladen wurden, zu dieser Ausgabe etwas beizutragen, ist notwendigerweise begrenzt. Aber es ist merkwürdig, daß niemand von Joyces großartigen Eigenschaften spricht: sein humoristisches Können. Humor, der Leibdiener von Kummer und Angst, lugt ohne Unterlaß aus jedem Werk von Joyce hervor. Joyce bedient sich seiner, so, wie es Shakespeare tut, aber weniger aus formalen Gründen, sondern um die Angst jener zu mildern, die gläubig sind und ernsthaft annehmen, sie werden bald in die Hölle oder in den Himmel kommen, möglicherweise sehr bald. Mit Lachern lindert er das Gefühl von Verhängnis, welches das Erbe des irischen Katholiken ist. Wahrer Humor bedarf dieser hintergründigen Dringlichkeit: Rabelais ist komisch, aber man überfrißt sich an seinem Zeug. Seinem Zeug fehlt die Tragödie.

Vielleicht liegt die wahre Faszination von Joyce in seiner Geheimniskrämerei begründet, in seiner Doppeldeutigkeit (oder, vielleicht in seiner Jedemengedeutigkeit?), seinem Auf-den-Arm-Nehmen, seinen Unehrlichkeiten, seinem technischen Können, in der Anziehungskraft, die er auf Amerikaner ausübt. Seine Werke sind ein Garten, in dem manche von uns spielen dürfen. Diese Ausgabe von *Envoy* will nur ein kleiner Teil dieses Gartens sein.

Aber am Ende wird Joyce immer noch in seinem Tunnel sitzen, unfaßbar.

Anmerkungsapparat, entstanden unter Verwendung von Anne T. Clune

Es gibt von Art Cummings einen zehnteiligen Cartoon, und der geht so: Ein Indianer macht mit Lagerfeuer und Decke Rauchzeichen, und ein Cowboy sieht ihm dabei zu. Eine Squaw erscheint, und der Indianer geht mit ihr in die Büsche. Der Cowboy nimmt die Decke und macht ebenfalls Rauchzeichen. Eine Squaw erscheint und schlägt ihn zusammen. Am Boden liegend, denkt der Cowboy: »Something is always lost in translation.«

So auch hier. Köstliche anglo-irische Nuancen und Aromata bleiben auf der Strecke, ohne daß der Leser, der das Original nicht kennt, sie auch nur vermißt. Die werden hier nachgereicht.

Allgemein Wissenswertes, wie z. B. Thomas Hardy, »der große Romancier aus Wessex«, der gar nicht aus Wessex stammt, sondern aus Dorsetshire, welches er in seinen Romanen »Wessex« nannte, oder der Jansenismus, jene Bewegung innerhalb der katholischen Kirche im 17. und 18. Jahrhundert in Frankreich und den Niederlanden, welche unter Anleitung von Cornelius Jansen (1585–1638), dem Bischof von Ypern, eine Rückkehr zu Lehre und Kultus des frühen Christentums erstrebte, Staat und Papst für halb so wichtig hielt und sich mit den Jesuiten anlegte, weshalb sie wieder dichtgemacht wurde, wird dagegen nicht erklärt.

Deshalb steht auch nicht viel drin, in diesem Anmerkungsapparat. Im Gegenteil, er ist einer der magersten Anmerkungsapparate aller Zeiten, und daß er nicht noch magerer ausgefallen ist, ist Anne T. Clune zu verdanken, der Verfasserin des wegweisenden Werks »Flann O'Brien: A Critical Biography«.

Zur Aussprache irischer Wörter gilt folgende – von mir aufgestellte – Regel: *Das meiste wird nicht ausgesprochen; was doch ausgesprochen wird, spricht man anders aus.*

In der Praxis sieht das so aus, daß alle Buchstaben etwa den gleichen phonetischen Wert haben wie im Englischen. Ausnahmen:

a wird ausgesprochen wie *o* in *dochdoch* oder wie ein langes Hamburger A (»Wåhnsinn!«).
bh wie *v* oder *w*.
ch wie *ch* in *Krach* oder in der Schweiz.
c wie *k* (nie wie *z* oder *ss!*).
dh wie *j* in *ja*. Oder gar nicht.
fh ist stumm.
gh wie *j* in *ja*. Oder gar nicht.
mh wie *v* oder *w*.
s wie *sch*, wenn es vor i oder e steht.
sh wie *h* in *Husten*.
th wie *h* in *heiser*.

Seite 16
»Frauönn«: Im Original *weemen*.

Seite 50
»Sarawad«: Aus *saor*, »frei, leicht, billig, steuerfrei« und *um a luaithe*, »bald«.

Seite 52
»Yerra«: Wie *begob, begor, begorra, avic, bedad* und dergleichen mehr eine Interjektion in reinstem Stage Irish: »Bei Gott! Meiner Treu! Traun fürwahr! Sapristi!« Leider nie außerhalb eines Romans oder Bühnengevierts anzutreffen. Ähnlich enttäuschend wie die USA für den Karl-May-Leser, sobald er feststellen muß, daß niemand »Zounds!« und »Pshaw!« sagt.

Seite 62
»einen Eid auf die katholische Bibel von Douai geschworen«: »I took an oath on the Douai«. Die beliebteste katholische Bibelversion; erschien 1609 zum erstenmal in Douai (Frankreich).

Seite 67
Die »heilige Brigid« (altirisch *Brigida*, »die Hohe«), Irlands Schutzheilige. * Fochard (Leinster) 453, † 1. 2. 523. War womöglich gar nicht die heilige Brigitte, sondern nur eine Brigittenpriesterin. Auf jeden Fall hatte sie noch zwei Schwestern, die hießen auch Brigitte, weshalb sie vielleicht weder die heilige Brigitte noch die Brigittenpriesterin war, sondern eine ihrer beiden Schwestern, welche allerdings ebenfalls Brigittenpriesterinnen waren. Zu ihren Ehren brannte, von einer Dornenhecke umgeben, ein Ewiges Feuer, das Brigittenfeuer, dem sich Männer nicht nähern konnten. Im 13. Jahrhundert ging das Ewige Feuer aus. Sie christianisierte ihre sämtlichen Brigittenpriesterinnen und gründete auf diese Weise die ersten irischen Nonnenklöster, z. B. in Kildare und Armagh. Und am 1. Februar feiern die Brigitten den Brigittentag.

»Königin Maeve« war die beste Partie der irischen Geschichte. Sie war mit neun Königen verheiratet, weil man allgemein davon ausging, daß niemand König werden konnte, der nicht mit Maeve verheiratet war. In ihrer Eigenschaft als Königin von Connaught führte sie Krieg gegen Cuchulain von Ulster, den größten irischen Volkshelden.

Als Cuchulain noch um Ulster kämpfte, war er so froh über eine gewonnene Schlacht, daß er seinen Streitwagen mit den Köpfen der Feinde dekorierte, Schwäne dazu zwang, den Wagen zu ziehen, und einem Hirsch bedeutete, er solle hinter alldem herrennen. Megain, die Königin von Ulster, zog ihm mit ihrer Frauenarmee entgegen, und zwar splitternackt. Das war dem Helden so peinlich, daß er den Kopf abwenden mußte, und weil er gerade nicht aufpaßte, wurde er ergriffen und in drei Zuber mit Eiswasser gesteckt. Drei Zuber? Drei Zuber, denn der erste Zuber zerbrach, das Wasser des zweiten Zubers kochte über, und das Wasser des dritten Zubers wurde nur noch warm. Diesen Mann hat, wie gesagt, Königin Maeve auf dem Gewissen.

»Grace O'Malley«: Im Original *Graunya Wayl.* Phonetische Wiedergabe von *Grainne Mhaol* oder, gebräuchlicher, *Granuaile.* Die Kahle Grainne oder Grace-vom-geschorenen-Haar (circa 1530–1600) war eine Piratenkapitänin, die mehrere Schiffe befehligte. Ihr Stützpunkt lag auf der Clare-Insel vor der Küste der Grafschaft Mayo. In dem Film *The Pirate Queen* trägt sie allerdings keine Glatze. – Daß Ned den Namen phonetisch wiedergibt, soll andeuten, daß er's nicht besser weiß.

Seite 71
»›Meine Güte!‹ sagte Mr Toole plötzlich.«: »›Gorawars!‹ Mr Toole said suddenly.« *Gorawars!* ist ein Ausdruck, der irisch klingen soll (was ihm ja auch spielend gelingt), aber es gibt ihn nicht. Weiter unten werden uns noch mehr dieser erfundenen irischen Ausdrücke begegnen. – Bei dieser Gelegenheit drängt sich die Frage auf, wieso Mr Toole immer noch der zwangsanglisierten Form seines Nachnamens anhängt, obwohl er sich doch inzwischen ohne weiteres wieder O'Toole nennen könnte.

Seite 72
»Na, wie geht's denn immer, Sean, a chara?«: *A chara* ist eine Anrede, wie man sie aus amtlichen Anschreiben kennt, *An den Geschätzten* oder so.

»Bart Conlon«: Fiktiver Charakter.

Seite 73

»Zufällig gab es da so einen Tölpel«: »There happened to be a certain gawskogue«. Das Wort *gawskogue* gibt es genausowenig wie *Gorawars.* Es läßt Anklänge an *gastog* vernehmen, aber das bedeutet »flinke, schlagfertige Entgegnung« oder – totum pro parte – ein »kluges, freches Mädchen«. Oder an *gasog,* »junger Strunk, Stiel oder Schößling« (oder Pfadfinder). Oder an *gawk,* einen unbeholfenen Menschen, einen Rüpel, einen Einfaltspinsel, einen Tölpel eben.

»Mick Collins«: Michael Collins, * Clonakilty 16. 10. 1890, † Bandon 22. 8. 1922, genannt »da big feller«, organisierte den bewaffneten Widerstand der revolutionären Regierung de Valera gegen England. Im Kampf gefallen.

Seite 74

»Cumann na mBan«: *Cumann* heißt »Gesellschaft«, die Silbe *ban* bedeutet, daß das Wort weiblich ist, *Cumann na mBan* heißt also *die Klub.* – Der Cumann na mBan, von der Gräfin Markievicz gegründet, war die heftig irisch-republikanische Frauenorganisation.

»sechs blutrünstige Grobiane«: »six blood-thirsty pultogues«. Wieder ein Wort, das es nicht gibt. Was es gibt, ist dagegen ein Wort namens *palltog,* und das bedeutet »Faustschlag«.

Seite 88

»auf einem Bergesgipfel in Darién«: »upon a peak in Darien«. »Silent, upon a peak in Darien« ist die letzte Zeile eines Sonetts von John Keats, dessen Titel die Pointe der allerersten »Keats & Chapman«-Geschichte ist. Aber eins nach dem andern. Erst mal das Sonett.

On first looking into Chapman's Homer

Much have I travell'd in the realms of gold,
And many goodly states and kingdoms seen;
Round many western islands have I been
Which bards in fealty to Apollo hold.
Oft of one wide expanse have I been told
That deep-brow'd Homer ruled as his demesne;
Yet did I never breathe its pure serene
Till I heard Chapman speak out loud and bold:
Then felt I like some watcher of the skies
When a new planet swims into his ken;
Or like stout Cortez when with eagle eyes
He star'd at the Pacific – and all his men
Look'd at each other with a wild surmise –
Silent, upon a peak in Darien.

(Lieber noch mal auf deutsch? Bitteschön, in der Nachdichtung von Heinz Piontek:

Beim ersten Hineinschauen in Chapmans Homer

Bin weit gereist durch Welt aus purem Gold,
Hab reichlich Pracht und Königtum gesehn;
Im West an Inseln, die Apoll zu Lehn
Rhapsoden gab, bin ich vorbeigerollt.

Und fabeln hört ich oft von Länderein:
Dort wär mit breiter Stirn Homer der Herr –
Mir ging sein Geist erst englisch auf, als er
In Chapmans kühner Schrift ward Wort und Wein.

Da fühlt ich Astronomen Glück,
Den ein Planet mit seinem Feuer bannt;
Wie Cortez kühn, als sich sein Kondorblick,

Indes der Trupp ihn ratlos wild umstand,
Erfrischt zum kobaltgrünen Pazifik
Hinunterschwang von Dariens Felsenrand.)

In *Cruiskeen Lawn*, seiner Kolumne in der ›Irish Times‹, schrieb Flann O'Brien den folgenden Text:

In gewisser Hinsicht glich Keats dem hausbackenen Menschen, der, nachdem er sich ins Ausland gewagt hat, nicht sicher ist, ob das Gericht, das er in einem Restaurant vorfindet, ein Aschenbecher mit den ausgedrückten Kippen der letzten Nacht ist oder der erste Gang einer *recherchée* Mahlzeit: ihn faszinierte griechische Literatur und Mythologie, aber er konnte kein Griechisch.

Und da kam Chapman ins Spiel. Wie andere große Buben auch, z. B. Pope, Hobbes und Ogilvy, übertrug Chapman Homers Werke ins Englische. Pope machte seinen Vorgänger schlecht und beschwerte sich darüber, daß Chapman (13. Gesang, Vers 312, Odyssee) zwanzig englische Verse aus zwei griechischen gemacht hat. Egal, Keats mochte Chapman.

So fanden die beiden Männer zueinander. Vor etwa zwölf Jahren schrieb ich für die ›Irish Times‹ – aus keinem Grund, den ich wirklich erhellend erläutern könnte – die folgende Geschichte:

»Eines Tages besuchte Chapman Keats in dessen Unterkunft. In seinem Besitz befand sich eine dressierte, aber verletzte Taube. Der Vogel war sehr wertvoll, hatte er sich doch im letzten Krieg herausragende Verdienste auf dem Gebiet der geheimen Nachrichtenübermittlung erworben. Er war jedoch sehr krank, da er irgendeinen fremden Gegenstand verschluckt hatte, der nun in seiner Luftröhre stak.

Keats setzte das Flügeltier sorgsam auf seinen Schreibtisch, fixierte die Krallen mit Klebeband auf der Tischplatte und spähte, nachdem er den Schnabel mit kleinen Keilen aufgehebelt hatte, mit Hilfe einer winzigen Zahnarzt-Taschenlampe in den Schlund der Taube. Ein Stückchen Champagnerkorken wurde entdeckt und rasch extrahiert.

Anschließend setzte sich der Dichter sofort hin (wesentliche literarische Präliminarie; sogar für bereits Sitzende) und schrieb ein Sonett mit dem Titel ›On First Looking into Chapman's Homer‹.«

(... wobei mit *homer* natürlich nicht der blinde Barde gemeint ist, sondern eine *homing pigeon.*)

Der echte Chapman hieß übrigens George und war kein Zeitgenosse von Keats, sondern von Shakespeare. Er schrieb sehr erfolgreiche Komödien und blutrünstige Tragödien aus der zeitgenössischen französischen Geschichte, und Shakespeare hat ihn, wie man munkelt (bzw. wie der Große Brockhaus vermutet), in seinen Sonetten als »Dichterrivalen« erwähnt.

Hier jedenfalls liegt der Ursprung der legendären »Keats & Chapman«-Geschichten, ermüdend umständlich erzählter, stinklangweilig erlogener Anekdoten, die sich zum Schluß in einem grauenhaften Kalauer entladen. ›Irish Times‹-Leser beteiligten (und beteiligen) sich an dem Spiel, aber Flann O'Brien wies die allermeisten Erfindungen als »nicht langweilig genug« zurück.

Seite 97
»Garda Schikana«: Im Original *Gawrdah Sheekawnah.* Polizei; von *an gárda síochána*, Hüter des Friedens.

Seite 106
Falls einer der Herren mitsingen möchte:

The Rose of Tralee
(Worte und Weise von William Pembroke Mulchinoc)

The pale moon was rising above the pale mountain,
The sun was declining beneath the blue sea,
When I strayed with my love to the pure crystal
fountain
That stands in the beautiful vale of Tralee.
She was lovely and fair as the rose of summer,
Yet 'twas not her beauty alone that won me.
Oh, no! 'twas the truth in her eyes ever dawning
That made me love Mary,
The Rose of Tralee.

The cool shades of evening their mantle was
spreading,
And Mary all smiling was list'ning to me.
The moon thro' the valley her pale rays was shedding,
When I won the heart of the Rose of Tralee.
Though lovely and fair as the rose of summer,
Yet 'twas not her beauty alone that won me,
Oh, no! 'twas the truth in her eyes ever dawning,
That made me love Mary,
The Rose of Tralee.

Seite 108
»früher Parlamentsabgeordneter«: »an ex-T.D.«. *Teachta Dáil,* Mitglied des Dáil Eireann, des Parlaments.

Seite 113
»Bail o Dhia annso isteach«: Gott segne alle, die hier drin sind.

Seite 115
»einen Teller neue Kartoffeln am St Patrick's Day«: Am 17. März.

»fáinne«: Ring. Ein goldener Ring am Rockaufschlag, zum Zeichen dafür, daß der Träger Irisch spricht.

Seite 117
»taw may go h-mah«: *Ta me go An-mhaith:* Es geht mir sehr gut.

»Gurramahagut«: *Go raibh maith agut:* Danke.

»pá bi ag cainnt!«: Sei still!

Seite 119
»einen Dumpfsack aus Kerry«: »a gawm from Kirry«. *gam:* Narr, törichte Person, Dumpfsack.

Seite 121
»einer Bande von geltungssüchtigen Nullen und Angebern und Windbeuteln in den Arsch zu«: »a lot of thumawns and polthogues and fly-be-nights«.

Thumawns und *polthogues* sind wieder erfundene Schimpfwörter. In »Faustus Kelly« wirft meist Reilly mit solchen Ausdrücken um sich, Reilly, der Irisch weder kann noch mag. Was der Gemeindeschreiber sagt, ist korrekt (wie es sich für eine Rolle gehört, die bei der Uraufführung vom großen Cyril Cusack gespielt wurde).

Seite 131
»Enn-Eh-Emm-Punkt, Zeh-Oh-Enn-Punkt«: nem. con.: *nemine contradicente*, Neulatein, *sofern niemand am Widersprechen ist.*

Seite 137
»Taw shay mahogany!«: Sehen Sie, da haben wir's wieder. Ohne jede wie auch immer geartete Bedeutung.

»Kaykee will too!«: *Cen chaoi bhfuil tu:* Wie geht es dir?

Seite 150
»Patrick Sarsfield«: Siehe Seite 158.

Seite 182
Warum sagt Kelly plötzlich »Ellen« zu Margaret? Hmm.

Seite 196
»Kein anständiger Mensch wäre ein solcher Dummkopf«: »Shure no decent man would be such an omadaun.« *Amadan:* Narr.

Seite 207
»ars gratia artist«: Wortspiel mit *ars gratia artis,* Kunst um der Kunst willen. ARS GRATIA ARTIS ist das Motto des Metro-Goldwyn-Mayer-Löwen.

Seite 214
Mein uralter Brockhaus sagt: »Jacques Maritain, Philosoph, * Paris 18. 11. 1882, wurde 1906 Katholik, 1914 Professor am Institut Catholique, Paris. 1945–48 war er Botschafter Frankreichs beim Heiligen Stuhl, seitdem ist er Professor in Princeton (USA).« Und wenn er nicht gestorben ist, möchte man hinzufügen, dann lebt er heute noch. »Maritain ist der bedeutendste französische Thomist [das ist ein Aquin-Freak] der Gegenwart; er ist besonders bemüht um die Verlebendigung der thomistischen Metaphysik und um eine zeitnahe, der kirchlichen Lehre entsprechende Kultur-, Sozial- und politische Philosophie.«

»A.E.«: Æ ist das Pseudonym von George William Russell, * Lurgan (Ulster) 10. 4. 1867, † Bournemouth 17. 7. 1935, Dichter, Maler, Mitbegründer des Abbey Theatre in Dublin und Herausgeber des ›Irish Statesman‹. Yeats nannte ihn den »Dichter des keltischen Zwielichts«. Da Joyce mit Yeats' Mystizismus nicht viel am Hut hatte, mit

Yeats selbst aber um so mehr, machte er sich statt über Yeats über William Russell lustig, welcher deshalb zwölfmal im »Ulysses« vorkommt.

George Moore, * Moore Hall 24. 2. 1853, † London 21. 1. 1933, geriet als Kunststudent in Paris in den Bann des französischen Naturalismus und schloß sich um die Jahrhundertwende der keltischen Renaissance an, von der er sich später enttäuscht trennte. Er schrieb einen psychologischen Christusroman (*The Brook Kerith,* 1916) und eine neue Version der Geschichte von Abaelard und Heloïse.

Außer Anne Clune möchte ich noch meinem Freund und Genossen Herbert Stettner danken, Fräulein Julia Dawson, der »Rose of Tralee 1990«, sowie Wolfram Runkel, Schachweltmeisterbezwinger und Joyce-Kenner, der auch sofort (»A.E.? Das war doch diese Nase da.«) Bescheid wußte.

Bail o Dhia annso isteach.
Hamburg, Anfang März
1991

Harry Rowohlt